ちくま文庫

犯罪日誌

梶山季之
日下三蔵 編

筑摩書房

犯罪日誌

KAJIYAMA Toshiyuki
梶山季之

KUSAKA Sanzo
日下三蔵 編

目次

デザイン――坂野公一＋吉田友美（welle design）
イラストレーション――石松チ明

海の殺戮

1

……私が、小久保光枝を知ったのを、ある人は〝偶然〟だと云うだろうが、この私には決してそうは思えない。

私が、トップ屋上りの作家として、いくばくかの虚名を馳せ、週刊誌あたりに、〝酒豪作家〟として登場し、夜な夜な銀座に出没しているなどと書き立てられたものだから、おそらく光枝は、その記事を読み、私に接近すべくクラブ〈昬〉に、勤めたに違いないのである。

そういえば私は、クラブ〈昬〉に、週に二回や三回は顔を出している。

ひどい時には毎日のぞいたり、一日に二度も三度も出たり入ったりする、まアいわば常連なのである。

おそらく小久保光枝は、その私の行動を知って、クラブ〈昬〉のホステスになる気になったのであろう。それでなければ、あれだけ光枝が、初対面の私に〝接近〟してくる筈がないのである。

彼女と、いつ会ったかは、正確に思いだすことができない。

多分、光枝が私のネクタイを、賞めていたような記憶があるから、去年の秋から冬にかけてであろう。なぜなら、私はあまりネクタイを締めない。夏はほとんど、スポーツ・シャツを着ているのである。

光枝は、はじめ初々しい感じで、私に接していた。

彼女は、私のファンだと云い、私の書いた何冊かの書き下ろしを読み、その中に登場する人物の名前や、癖までをよく記憶していてくれた。

駆けだしの作家である私も、そうした熱烈なファン——今から考えると、装ったファンなのだが——には弱い。

私は光枝を知って何日目かに、彼女が買ってくれた私の本に、署名させられる羽目となったのである。

——小久保光枝様　　恵存
私はそう書いた。

すると彼女は、自分の名前の右肩に、〝愛する〟という文字を入れよ、と希望したのである。

酔っていた私は、〝熱愛する〟とオーバーな文句を記入し、私の署名の右肩に、〝忠実な下僕〟というこれまた誤解されそうな文句を、書き加えたのであった……。

あとで考えると、この文句が、私をこの奇妙な事件に、引きずり込んだとも云えるのであった。

今年の正月、私は家族と京都で正月を過して、ひとり東京に舞い戻った。

ある取材のために、南仏へ旅立つ必要があったからである。東京のホテルで、旅行中の書き溜めの仕事をしていると、光枝から電話があった。

私は駭いて、

「よく知っているな」

と云うと、彼女は笑い、

「あら、先生。四日からホテルに入っているから、陣中見舞に来いって、仰有ってたじゃないの……」

と答えた。

正直に告白するが、その一月四日の夜、私と光枝は体の関係を持ったのである。

彼女が、重箱に御節《おせち》料理をつめ、魔法瓶に私の好きな賀茂鶴を、熱燗にして持って来てくれたのが、いけなかったのだ。

むろん、後から考えると、小久保光枝はそれを計算に入れていたのだとは、思うのであるが――。考えようによると、私は光枝の、そうした〝罠〟にかかった、憐れな作家と云えるのかも知れない。

私は光枝を相手に、ホテルの湯呑みで酒を飲み、料理を食べ、酔った勢いで光枝を抱いたのである。

「あら、いけないわ、だめよ、先生……」

そう云いながら、光枝は自分からフレヤースカートの太腿を大きく崩し、荒い息を吐きながら、なまめかしいピンクのナイロン・パンティを私に見せつけたのだった。

光枝は、小柄な体格であった。

しかし、その部分はよく発達していて、やはり二十七歳という年齢を偲ばせたのだ。

光枝の帰ったあと、私は仕事をつづけようとしたが、酔いのせいか、原稿書きは思いのほか捗《はかど》らず、欠伸を連発ばかりしていた。

そのうち、フロントから電話があり、

「小久保さまが迎えに来られています」

と云う。

電話を代って貰うと、なんと光枝で、彼女は甘ったるい声で、

「ホテルでお寝みになるんなら、私のアパートに来て泊って！」

と云う。

私は、のこのこ降りて行った。

光枝のアパートは、九段下だった。

思いのほか、質素な暮しだったが、そこで私は、光枝の父――小久保暁の奇怪な死につい

て聞かされたのである。

私は、ただ、

「うん、うん……」

と光枝の言葉を聞いていたが、その時は、あまり真剣には耳を傾けていなかった。

世間には、よく原因不明の死をとげる人間がいる。

トップ屋時代、私はそんな死因を追って、東奔西走した記憶がある。

他殺かと思って追いかけてみると、他愛のない病死だったり、自殺だときいて調べてみると、なんのことはない脳溢血や、ポックリ病だったりした。

娘が、父の死を悼む気持は判る。

だが、私は光枝に同情はしても、彼女の父親の死因などに、あまり意は払わなかったのであった。

その私が、光枝の父のことに、興味をもったのは、南仏からの取材旅行を終え帰国して間もなく、ホテルに奇妙な電話が、かかって来てからである。

手許のスケジュール表をみると、二月八日の仏滅の日に、〝怪電話。Mの父〟と赤鉛筆で記入してあるから、多分その日に、電話がかかって来たのであろう。

2

〝怪電話〟というのは、今でも憶えているが、若い男の声であった。

交換手の声で、

「どうぞ――」

という催促がかかり、私が、

「もし、もし……」

と声をかけると、先方は私の名前をたしかめたあと、

「先生は、小久保光枝をご存じですね？」

と訊いて来た。

「はあ？」

と、私は空惚けてみせる。すると先方は低く含み笑い、

「お二人の仲はよく存じてますから、お隠しになるには及びませんよ……」

と云ったのだ。

私は不愉快になって、

「貴方は、失礼ですがどなたです？」

と訊いた。すると相手は、

「名乗るほどの者じゃありませんが、小久保暁のことで、深入りするのは、お止めになった方がいいですよ」

と云うのだった。

「小久保暁？　それ、なに者です？」

私は嚙みついた。

「お惚けになって、先生……。とにかく、ご忠告しておきますよ。なにかあっても、私は知りませんからね」

相手は、それっきり電話を切った。

小久保光枝は知っている。私はしばらく考えていて、そういえば正月の夜、九段下の光枝のアパートで、新聞記事などを見せられたな……と思いだしたのだった。

クラブ〈唇〉に電話を入れ、光枝のアパートの番号を教えて貰い、私はいまかかって来た怪電話のことで光枝に問い合わせたのである。

彼女は、

「まあ……やっぱり！」

と云った。

私は、彼女のその予期したような言葉を耳にすると、眉根を寄せた。

〈こりゃあ、なにかある！〉

私は、そう思ったのだ。

「今夜、店を休んでくれないか……」

そう私は光枝に告げ、大急ぎで仕事を片付けると、九段下へと駆けつけたのである。

光枝の父、小久保暁は二年前の八月二十七日の朝、水死体となって葉山海岸に打ち上げられた。

十日前から、行方不明になっていたのだそうだが、解剖してみると、死因は溺死ではなくて、扼殺によるものであった。

つまり、誰かに背後から首を絞められ、窒息死した後に、海に投げ込まれたらしいのである。

扼殺だけは、自分では出来ない。

警察では〝他殺事件〟として、小久保暁の行動を追ったが、結局、足どりが摑めず、迷宮入りになったのだという。

光枝の手許には、新聞の八月二十七日付の夕刊の、

『葉山に漂着死体』

という、一段八行ほどの記事と、

『昨日の水死体は〝他殺〟と断定』

という、神奈川県版の三段十五行の記事とが、切り抜かれて保存されてある。

私は、その二つの記事を読んだあと、光枝の話を改めて聞いたのだった。

光枝はなぜか嬉しそうに、

「先生……私は父の死の背後に、なにか大きな事件が隠されているように思うの……。だって父は、行方不明になる一週間ぐらい前から、母や私に、〝近いうちに金が入るから、お前たちを楽にさせてやるぞ〟と云っていたんですもの……」

と話しだした。

「ほう、近いうちに金がねえ」

　私は相槌を打つ。

「私が父に、〝宝クジでも当ったの？〟って訊いたら、父は憤慨して、〝阿呆。宝クジみたいな、百万単位の金じゃあない〟と云ったわ……」

「ふーん。すると一千万単位か？」

「死んでから、母が教えてくれたんですけれど、父は少なくとも五千万円は入る、と云っていたそうなんです……」

「えッ、五千万！」

　私は、目をまるくした。五千万円といったら大金である。そんな大金が、右から左に入るというのは、尋常ではない。

「その金は、一体、どんな種類の金だったんだね？」

　私は訊いた。

　光枝は、一瞬、困ったような顔をしたが、

「うちの父は、昔から、仕事を家庭のなかに持ち込まない主義でしたの。だから、よく判らないけれど、母の話だと、なにかの礼金らしかったわ……」

　と答えた。

「え？　礼金？」

　私は、ますます駭いて云った。

ある右翼の人物が、会社の乗っ取り事件を解決して、二千万円の礼金を要求したという話は耳にしたことはあるが、五千万円とは法外な〝礼金〟である。

「君のお父さんは、株屋かい？」

私は云った。

「いいえ」

光枝は答えた。

「じゃあ、総会屋かなにか……」

「いいえ、父は農林省出身の、なんと云ったらよいかしら……死ぬ前までは、団体の役員をしてました」

光枝は低く呟いた。

「団体の役員ねえ……」

私は、ゆっくり腕を組んだのである。

3

――小久保暁。

明治三十七年三月、福井県の生れ。

三高、京大法科を卒業し、農林官僚としての道を歩く。

戦争中、社団法人〈農林水産協会〉に迎えられて、理事となり、死亡するまで常任理事であった……というのが、光枝の父の簡単な経歴である。

〈農林水産協会〉というのは、農林省の外郭団体で、戦争中、農作物、材木、水産物などが統制され、その流通機構を整備するためにつくられた団体らしく、それが今日もなお存続しているのであった。

私の調べたところでは、この協会は、今では流通関係の仕事よりも、むしろ農業、林業、水産業の三つの業種から、金をあつめて政界に寄付するという、いわば〝ポンプ〟の役割を果している団体らしかった。

私はそれを知ると、

〈また政治資金が原因か？〉

と思った。

さいきん、政治資金の調達をめぐる怪事件があいついで起き、馬田首相の秘書官が変死したり、奇妙な事件がいろいろと耳に入ってくるからである。

だから、小久保暁もそうした政治献金のゴタゴタから、謀殺されたと考えられないこともない。

農林水産協会が、業界から金をあつめる団体である以上、当然のこととして、法案を通すとか、米価の値上げを認めるとか、いろいろと政治的な行動を行なっていることは推測できる。

私は小久保常任理事が、そうした政治工作を行なって、法案が無事に通過したか何かのお礼に、五千万円を貰う約束をしていたのではあるまいか……と考えたのだ。

私は、農林水産関係の、衆参両議院を通過した法案を、過去十年にさかのぼってみた。なにも、目ぼしい成立法案はないようであった。

それから私は、親しい代議士から、衆議院の農林、水産関係の委員を紹介して貰い、過去に〝利権〟の対象となったような、大きな法案は何かと質問してみた。

すると、三つばかり名前が出て来たが、むかしのトップ屋仲間に調べて貰うと、農林水産協会は、別にその三つの法案の成立に、タッチした形跡はないという報告である。

私は、首を傾げた。

——扼殺だというのだから、これは疑いもなく〝他殺〟である。にも拘らず、犯人は判らない。

しかも、本人は八月十六日の午後二時ごろ、千代田区代官町にある社団法人〈農林水産協会〉の事務所を出たまま、行方不明となっている。

葉山海岸に死体が打ちあげられたのは、八月二十七日の未明であった。

私は、農林水産協会へ行ってみた。

古い、近衛連隊が使っていた木造の二階建の建物で、

「小久保理事と親しかった人に会いたい」

というと、常任理事という肩書のついた、良永家久三という人物が、応接室へ間もなく現われた。

良永氏は、昭和二十七年に入ったと語り、

「もう二年になりますかなあ……」

と感慨深げであった。

良永氏は、八月十六日、朝十時ごろ小久保理事と顔を合わせた。インドネシアに、農業指導員を送ることについて、どういう要領で人材を選抜するかを、決めるための会議があったからなのだそうである。

小久保理事は、日頃から無口な方で、その日も理事たちの話に耳を傾け、多数の方の意見に賛成し、散会を宣したという。

「ただ、そのとき珍しく、小久保さんがインドネシアは暑いから、九州あたりの人の方が適任じゃないかな……と発言したあと、世界一周の帰り、寄ってみるかなあ、なんて呟いたのを覚えてますよ……」

良永理事はそう語った。

「世界一周ですって？」

私は問い返した。

「ええ、たしかに小久保さんは、そう云ったんです。私は隣に坐ってたから、〝ほう、何時いらっしゃるんですか。世界一周とは豪勢ですね〟と冷やかしたんです。すると小久保さんは、〝いや、なに、女房孝行さ〟と云いました……」

「女房孝行……」

私は、小久保暁が、金が入ったら楽をさせてやる、と云っていたことを思いだし、その五千万円が入ったら、小久保理事は妻を連れて世界一周に出かけようとしていたに違いないと推測した。

「それから後は？」

私は質問した。

「会議のあと、私は農林省に出かけたんですがね。女事務員の話では、小久保さんは何時ものように、ザルそばを二枚とって食べ、午後二時ごろ、〝ちょっと出かける。今日は、もう帰らないから〟と伝言して、出て行ったそうです……」

「今日は、もう帰らないと云ったんですね」

「ええ、そうだそうです。そうしたら、翌日もお出でがなく、夏風邪でも引いたのかな、と話してましたら、お宅から電話で問い合わせがありましてね……」

「じゃあ、それっきり消息はなかったわけですね？」

「ええ。葉山海岸で発見されるまで、まるっきり梨の礫《つぶて》でした」

「なるほど……小久保さんが、どこへ行かれたのか判りませんか」

「それが、皆目わからないんです」

良永理事は口惜しそうな顔をした。

「私がいま使っている部屋が、小久保理事の部屋だったんですが、お仕事は殆ど専用電話をお使いでしたしね……」

私は、落胆しながら、農林水産協会の事務所を出たのである。

4

……調べれば調べるほど、謎に包まれた事件であった。

私は事件を解決するヒントを得るために、九段下の光枝のアパートに、頻繁に通うようになっていたが、情交のあと光枝は、

「ねえ、先生。父が毎晩のように、夢枕に立つのよ。そうして復讐してくれって云うの。私には、先生だけが頼りなの、ねえ、先生。父を成仏させてね……」

と、決まって私を掻き口説くのだった。

夢枕に立つというのは大袈裟な表現なのであろうが、彼女が、父親の死因を疑い、犯人を探しだそうとして必死だったのは、紛れもない事実である。

問題は、小久保暁が八月十六日の午後二時すぎ、何処へ出かけたか、であった。

一体どこへ行き、誰に会ったのだろうか。

また、なんの理由で、五千万円もの礼金を貰えることになったのだろうか。

私は、三高、京大を出た小久保の同窓生たちに、調査の枠をひろげ、ついで農林省時代の同僚、上司などにも、手をのばしてみた。

だが誰ひとり、八月十六日の午後、小久保暁を目撃した者もなく、また五千万円の〝礼金〟の心当りについて、語ってくれる者もなかったのである。

むろん葉山警察署から、神奈川県警本部にまで人を走らせて、死体発見のときの模様、解剖所見、事件の捜査経過なども、委しく聞きだしたが、なにひとつヒントになるものがない。海中を漂流していたので、よく判らないけれど、胃袋の中の消化物からみて、八月十六日の深夜、扼殺されたものと推定する……という解剖所見が、唯一の収穫ぐらいであったのだから、泣くに泣けない。

メーデーが過ぎ、若葉が萌え立つ頃、私はようやく光枝の父の怪死事件のことから、足を洗おうとしていた。

いや、足を洗う積りであった。

光枝の九段下のアパートからも、次第に遠ざかりはじめ、光枝と顔を合わすのが辛くてクラブ〈唇〉にも、あまり足を運ばなくなっていたのだ……。

そんな矢先、仕事場のホテルに、いつかの男の声で、

「いつか、警告しておいたように思いますがまだ小久保暁の事件を、嗅ぎ廻っているそうですね。改めて忠告します。きっぱりとお止めなさい。貴方の子供が、誘拐されることを想像したことがありますか?」

と、無気味な脅迫の電話が、かかって来たのである。

私は、流石に蒼褪めた。

子供に、責任はない。

私は、

「きみは誰だ?　名乗りたまえ!」

と云い、

「あの事件なら、調べても無駄だから、もう手を引いている。いったい、どういう気で私を脅迫するんだ?」

と語気鋭くきいた。

すると相手は笑い、

「そうでしたか。手を引いてくれましたか。そりゃあ良かった……。そういえば、彼女のところにも、御無沙汰のようですな。いや、ありがとう存じました……」

と一方的にしゃべって、電話を切ったのであった。

私は、〈畜生め〉と思い、それから怪電話の主が、〝そういえば、彼女のところにも、御無沙汰のようですな〟と云ったことを、反芻したのだった。

〈電話の主は、私が九段下の光枝のアパートへ、訪ねて行かない事実を知っている!〉

私は、愕然とした。

愕然としながらも、私は、もしやそのことが緒《いとぐち》となって、なにかが摑めるのじゃないか……と思ったのである。

それから間もなく、私はある雑誌社の文芸講演会のために、一週間ばかり東京を留守にした。

そして、また仕事場のホテルへ日参する生活に戻ったが、ホテルの受付で、

「お預り物がございます」

と云われた。

大きな箱包みであった。

部屋へ入ってあけてみると、洋酒の詰め合わせである。贈り主の名前も、入っていなかった。

フロントに問い合わせると、洋酒を扱っているM屋から、私にと云って届いたのに間違いないと云う。

私は不審に思って、M屋へ電話を入れてみた。贈り主の名前が知りたかったのだ。

数万円はする高価な贈物を貰って知らぬ顔もできないのである。しかし、M屋では贈り主の希望で、名刺はつけなかったと私に伝え、

「お代金は現金で頂きましたので……」

と慇懃に云うのであった。

5

その夜、私は久し振りにクラブ〈唇〉に出かけて行った。光枝の姿はなかった。

マダムに聞いてみると、ある人にパトロンになって貰い、十日ほど前に、酒場を開店したという。

私は、懐かしくなって、その光枝の新しい店を訪ねて行った。

「やあ。いつの間にか、出世したな」

私は満員だったので、カウンターに坐りながら、光枝に云った。

光枝は含み笑い、

「これからは太く短く生きるのよ」

などと、蓮ッ葉な口を利いた。

「旦那は、どこの人だい？」

私は云った。

光枝は、冗談めかして、

「ヒ、ミ、ツ……」

と云い、

「先生は怖いから……」

と笑った。

私は、光枝がマダムになった祝いのつもりで、店が終ってから彼女とホステス数名を連れて、六本木に出かけた。

ステーキをご馳走し、結局、光枝が私を家まで送ってくれることになったが、タクシーが走りだすと、光枝が何気なく、

「お酒……着いた？」

と訊いて来た。

「え、お酒?」

私は昼間のことを思いだし、

「ブランデー二本とウイスキー三本かい?　M屋からの?」

と云った。

すると光枝は、

「そう、M屋の……」

と、ポツンと答えたものだ。

私は吃驚して、

「なぜ、あんな高い物をくれたんだ?」

と聞き、それから、

「まさか、手切れ金の積りじゃあるまい」

と、冗談を云ってみた。

光枝は、「まさか!」と笑い、

「あの人が、届いたかなって、心配してたから聞いてみたの」

と云うではないか。

「あの人って?」

私は喰い下がった。

光枝はたじろぎ、怒ったように、

「あたしのパトロンよ……」

と呟いたのである。

間もなく私の家に着いたので、光枝との会話はそれっきりになったが、なぜ彼女のパトロンが、そんな高価な品物を私に贈ってくれたのか、意味が判らなかった。

私と光枝とは、肉体関係がある。

云うならば、光枝のパトロンにとっては、私は憎い男である筈である。

その憎い男に、塩ならぬ洋酒を贈る。これは尋常の神経ではない。

光枝と私との関係を知っていて、綺麗に別れてくれ、と云う意味で贈って来たのであろうか。

それとも、私が浪費家であることを知っていて、どうか彼女の店へ客として来て欲しいという意味なのか。

私には、どうしてもよく判らなかった。

一週間ほど経って、私は東南アジアの取材旅行に出発した。

フィリッピン、北ボルネオ、インドネシアと歩いて、健康を損ね、私はオーストラリアからニュージーランド、タヒチと廻る予定を繰り上げて、日本へ帰って来た。

すぐ健康は回復したが、そうなると銀座の灯が恋しくなる。

そんなある日、私はクラブ〈昏〉で独り酒を飲んでいた。

マダムが私の横に坐っていたが、新しく這入ってきた客に、目礼をした。私は、飲み相手が欲しかったので、何気なく目礼した方角をみた。若い……といっても三十四、五ぐらいの紳士であった。

見知らぬ顔である。

が、なぜだかその人物は、私を見るとバツの悪そうな、嫌な人に会った……と云う表情をして、そっぽを向いたのだった。

〈誰だろう?〉

と私は思い、マダムを小突いて、

「だれ?」

と囁いた。

マダムは微笑し、

「やめた光枝ちゃんの、いい人よ……」

と囁き返した。

私は愕いて訊いた。

「いい人って、今の店のパトロン?」

「らしいわね」

マダムは、さり気なく答えて、私の傍から離れて行く。

私は、〈ふーむ!〉と心の中で、小さく唸っていた。光枝のはじめた店は、一千万円ちかく金がかかっている。だから私は、彼女のパトロンは、大金持の三国人か、でっぷり肥えた禿げ頭の社長族だろう……位に、判断していたのである。

だが案に相違して、光枝のパトロンという人物は、私より若い紳士だったのだった。

私は、席に来たホステスに、

「いま、ママと話してる男……あれ、光枝のパトロンだろ?」

と云った。ホステスは頷き、

「名村さんよ……」

と答えた。

「名村って、何をしてる人?」

私はホステスに酒を奨める。

「あら、ご存じないの?　名村証券の御曹子よ……」

ホステスは笑った。

私は、〈なあーんだ〉と思った。

名村証券といえば、日本の証券界を牛耳っている大会社である。その会社の御曹子ならば、女に一千万円ぐらい投じるのも平気の平左だろうし、女と関係あった男に高価な洋酒を贈るぐらい、なんとも思わないに違いなかった。

私は店を出るとき、私から顔をそむけて坐った紳士に、

「名村さん。この間はお酒を有難う存じました。恐縮です」

と挨拶した。

名村英一郎はなぜか狼狽し、

「いや、なに……こちらこそ、よろしく」

と挨拶を返したのである

6

めったにないことだが、夜中に、ぽっかり目覚めることがある。

仕事が行き詰っていたり、なにか気がかりなことがある時に限って、私は夜中に目を覚ます癖があるようだ。

私がその夜目覚めたのは、たしか何か気がかりなことがあったからだった。

私は、なんだったろう、と考えた。

なにか気懸りなことがあった筈だ、と私は心の中で呟く。

はじめは、渾沌としていたが、そのうち私は、はッと目を輝かして飛び起きていた。

気がかりなことは、クラブ〈唇〉でかわした、名村英一郎の低い声音だったのだ。

〈そうだ！　あの怪電話の声だ！〉

私は、愕然となった。

名村の挨拶を聞いた時、前にどこかで、何かを話しあったような気がしたのだった。しかし初対面の人物である。私は、変だな……とは思いながらも、酒場を廻っているうちに忘れて行ったものらしい。

だが、意識の底には、それが根強く残っていて、私を目覚めさせたのであろうか。

〈なるほど、判ったぞ！　あいつが、どぎまぎした訳が！〉

私は起きて、煙草を吸いつけた。

居間の洋酒棚には、名村から貰ったコニャックや、ウイスキーが並んでいる。私はそれに目をとめた。

〈すると、この酒は、ただの贈物じゃない。光枝の父親の、死因を嗅ぎ廻ることを中止した……そのお礼だということになる〉

私は、心で呟いた。

〈しかし、変だぞ？　小久保暁のことを嗅ぎ廻るな、と警告の怪電話をくれたのが、名村英一郎だとすると……名村が光枝のパトロンになったのは、どういう意味だ？〉

私は自問自答をつづけた。

どう考えても、名村が、光枝に店を出してやるというのは、理屈に合わないような気がする。

私は混乱した頭を、シャワーを浴びて冷やし、懸命に考えはじめた。

先ず、大前提として、名村英一郎を小久保理事殺しの犯人と仮定した。

つまり光枝には、犯人探しを私に依頼する。

その彼女が、犯人探しを私に依頼する。

犯人の名村はそれを知り、私に警告を発してくる。

私は調査に乗りだしたが失敗し、自然消滅の形で手をひく。

犯人は安堵し、私に洋酒を贈る。一方、光枝のパトロンとなって、店を出させる。

「うーん……」

私は、声に出して唸った。

そして若し、犯人が名村だとしたら、光枝に店を持たせたのは、良心の呵責に耐えかねたのか、口留め料に近い性質のものではないか、と私は考えはじめたのだ。

それにしても彼が犯人だとしたら、なぜ、小久保暁を扼殺したのだろうか。

いや、その遺児である小久保光枝が、犯人捜しを私に依頼したことを、なぜ名村英一郎は嗅ぎつけたのだろうか。

私の興味は、先ずその点に向けられた。

光枝は九段下から、渋谷の松濤町に移っている。私は、むかしの九段下のアパートを訪ねて行き、管理人に会った。

私は、

「このアパートに〈名村証券〉の方が、住んでらっしゃいますか？」

と聞いてみた。すると管理人は、

「名村証券の方はいらっしゃいませんが、証券新報社に勤めてる記者の方がいましたよ。倉橋という人でね」

と答えた。

「その倉橋さんは？」

私は質問してみた。

「先月の末、どこかに引越しましたよ」

管理人は無愛想に返事をする。

「いつから住んでました？」

「さあ、一年ぐらい前ですよ。小久保さんが入って間もなく越して来て、小久保さんが出て行ったら、倉橋さんも出て行った……。あの人、小久保さんに気があったんじゃないかね。よく部屋に、遊びに行ってるみたいだったが……」

管理人の細君は、亭主とは違って饒舌家らしかった。

私は〈やっぱり、そうだったか！〉と呟いていた。

多分、その証券新報の記者である倉橋は、名村英一郎から頼まれて、小久保光枝を〝監視〟していたに違いない。

通夜の席上で、

「死んでも、お父さんを殺した奴を、探し出してみせる！」

と、半狂乱になって絶叫したという、気の強い光枝のことを、〝犯人〟はひそかに伝え聞いて、警戒していたのだろう。

光枝が、母の死後、ホステスとなって、九段下のアパート暮しに入ったと知り、〝犯人〟は監視人を送り込んだのだ。

倉橋記者は光枝に接近し、光枝の本棚から私の署名本を探しだし、そして彼女が私に、犯人探しを依頼したことを知る。

倉橋は〝犯人〟に通報し、犯人は私に脅迫の電話を入れてくる。

そう考えると、すべて辻褄が合ってくるではないか……。

私は、トップ屋仲間を招集した。そして名村英一郎と小久保理事との関係を、徹底的に洗うべく協力を求めたのである。

むかしの仲間たちは、気のいい連中ばかりであった。彼らは私の依頼を聞き入れて、さっそく東京の街へ散って行ったのである。

7

——海は凪いでいた。

大型ヨット船の〈パリジャン号〉は、無心に波を蹴立てている。

私は、船室で、名村英一郎と二人っきりで向かい合っていた。私は低い声で云った。

「名村さん……今日は何の日か、ご存じですか?」

と——。

名村は無表情に、

「八月十六日。終戦記念日の翌日」

と答えた。

「違う。今日は、きみが小久保暁を扼殺した日だ！」

私は怒鳴りつけた。名村は、ピクッと眉を動かしたが、不意に高笑いしはじめ、

「いったい、何を証拠に、そんなことを云うんです？　小久保暁とは何者ですか？」

と云いだした。

私は、名村を睨み据えて、ポケットから一通の手紙をとりだし、

「小久保常任理事が殺されたのは、この手紙のためだ……」

と、彼の鼻先にひらひらさせてみせたのである。

その時、はじめて名村英一郎の顔色が変った。彼は咽喉に、灼熱した針でも突き刺されたような、強い苦悶の表情となって、呻くように、

「あッ、どこで、それを！」

と叫んだのである。

「これは、死んだ小久保理事が、きみのお父さんの名村源蔵氏に宛てた、内容証明つきの手紙だ……。中身は、わかっているだろう」

私は、勝ち誇ったように云った。

その手紙は、私の仲間たちが奔走して、入手した貴重な資料であったのである。

本文を引用すると長くなるので割愛しなければならぬが、大意は次の通りである。

〈昭和二十四年、農林水産協会の理事であった小久保暁は、名村証券の山川企画部長から、農地債権所有者の住所氏名を、調査して貰いたいと依頼をうけた。

その住所名簿は、むろん機密文書に属し、農林省特別会計課に保管されてあった。山川部長は、〝金はいくらでも出す。成功した暁には、桁違いの謝礼をする〟という。

小久保理事は、特別会計課長に〝統計をとるのに必要だから〟と云って、農林省の一室を借り、四月十日から六月七日までの約二カ月間、名村証券の社員を動員して、三万円以上の債券所有者の住所氏名を書き写させた。

名村証券では、この名簿を各支店に送り、額面百円の農地債券を、平均三十円以下の値段で買い集めた。

その後、馬田大蔵大臣が国会において、農地債券一千五百億円の償還を発表したため、農地債券の価格はたちまち額面近くにまで暴騰、名村証券はこのとき、買い集めた農地債券を手放し、何百億円という暴利を得た。

小久保暁はその時、はじめて何故、農地債権所有者の名簿が必要だったかを悟り、山川部長を訪ねると、山川氏は広島支店長に栄転していた。

当時、資本金二億円の名村証券が、今日の如き大をなしたのは、あの昭和二十四年、小久保暁が自分の政治力を利用して、農林省の後輩をだまし、名簿づくりに協力したからに他ならない。

小久保暁は、山川企画部長が名村証券の社長になった時、謝礼を貰う念書をとっておいたが、三十九年四月、山川専務は病死した。しかし約束は約束であるから、この際、謝礼金を支払って貰いたい。

もし約束通り、支払って貰えない時は、その過去の悪事を公表する覚悟である〉

……つまり、昭和二十四年のむかし、名村証券に小久保理事は、危険を冒して、何百億円という巨大な利益をあげさせたのだった。

その時の謝礼金を、約束通り支払え、でなかったら悪事をばらすぞ……と小久保暁は、名村証券会長の名村源蔵に手紙をだし、ケツをまくったのであった。

昭和二十四年の数百億円である。

額面百円のものを、三十円以下で買いあつめ、百円で売れば、七十円の利益である。

一千五百億円の債券を、すべて買占めたと仮定したら、債券を四百五十億円で入手し、千五百億円で償還したことになるから、なんと一千五十億円の利益であった。

小久保暁は、話半分としても、五百億円の利潤があった筈だと云い、その一パーセントを要求したって五億円である、と名村会長あての手紙で触れていた。

私は、過去にそのような、名村証券の抜け駆けの功名があった事実を知り、ついで当時から馬田大臣と、名村証券との強い結びつきがあったことを教えられたのである。

そしてなるほど、小久保暁が、妻や娘の光枝に、

「大金が入るから楽をさせてやる」

と云い、世界一周を夢みたことも、当然であったわいと、首肯けたのであった。

私は、その抗議の手紙を、名村英一郎に示したのである。

「どうだ……名村さん。この手紙が原因で、きみは小久保暁を殺したんだろう？」

私は低く云った。

名村英一郎は苦しそうに首をふり、

「ちがう！　殺したのは俺じゃない！」

と叫んだ。

「きみじゃない？」

私は云った。

「たしかに、親父から云われて、この問題について、小久保理事と折衝していたのは、この僕だ……」

「それみろ、やっぱり君じゃないか……」

私は語気鋭く叫んだ。

「二年前の今日の、午後の君の行動を正直に云いたまえ！」

名村英一郎は気落ちしたように、船室の床の上に坐り込み、

「あの日……僕は小久保理事に、金を渡すから、午後二時に竹橋の袂に来てくれ、と電話をしたんだ……」

と、呟くように答えた。

「それから？」

「二時に僕は、車で小久保を迎えに行った……。竹橋で彼を拾ったんだ……」

「なるほどね。それで誰も、目撃者がいなかったわけか……」

私は首肯いた。

「僕は、小久保理事に、父が江ノ島で待っていると云った……」

「それは、本当か？」

「いや、父は箱根に行ってたんだ。実は僕はその頃、金が欲しかったんだ……」

「なぜ？」

「客から預かった株券で、大豆相場をはって一億ちかい穴をあけてたから……」

名村英一郎は、泣きだしそうな顔つきをして云った。

「一億円のアナか……」

私は腕を組んだ。

「親父には、そんなことは話せない。蠣殻町からは、じゃんじゃん催促される。そんな矢先に、小久保理事の脅迫状だった……」

「なるほど。きみは、それを逆に自分に利用しようとしたのだな？」

「うむ。恥かしいが、そうするより方法がなかったんだ……。私は父から、一億円の銀行小切手を預かって来ていた……」

私は、流石は名村源蔵だと思った。二年前の不況の折に、一億円の謝礼金とは豪気なものである。また、それだけ名村証券には、痛い過去の〝古傷〟だったという証明でもあろうが。

「僕は、小久保氏をだまして、父は沖で待っている、と云って、この〈パリジャン号〉に乗せて、暗くなるまで、父の船を探すふりをして走り廻った……」

「今日みたいに、ね」

私は、窓の外をみた。

青海原がひろびろと拡がり、真夏の太陽が青空で燃えている。

「僕は、小久保さんに、一年ほど、この金を融通してくれないか、と土下座して頼みこんだ……。しかし、小久保はカンカンになって拒否したんだ……」

「人に渡す謝礼金を、失敬しようとは、図々しいね」

私は云った。

「あまり話がわからないので、口論になったんだ……。そしたら、力自慢の、少し脳の足りない運転手が、カーッとなって首を絞めてしまった……」

「なるほど……。気がついたら死んでいたという訳か。そのあと、死体を海に投げ込んで一目散というわけだね？」

私は、組んでいた腕をふりほどき、

「それで私が調べにかかると、脅迫したり、罪ほろぼしに、小久保理事の娘に店を買ってやったんだね？」

と云った。

名村英一郎はうなずき、

「光枝は、なにも知らないから幸福だ……。しかし、貴方は知りすぎた……」

と云った。

「警察に行くんだな」

私は、小型録音機を納いながら、勝ち誇ったように、

「さあ、船を港につけて貰おうか」

と云った。

そのとき、名村英一郎はニヤリと頬を歪めて笑い、

「だめだよ……あんたにも、小久保暁の二の舞をして貰うんだ。おい、牛尾！」

と、誰か人の名を呼んだ。

私は怯えた。体に顫えがきた。

牛尾という力自慢の殺人者が、そのとき、指の関節を、ポキポキ鳴らしながら、ゆっくり〈パリジャン号〉の船室へ降りて来る姿が私の目に映った。

「殺さないでくれッ！」

私は絶叫した。しかし、私の悲鳴をはね返すように、海は果てしなく続き、青空は無限につづいたのである。

殺人者は、ゆっくり私の首に手を廻して来た……。

有閑マダムと少年

1

……満十八歳になった時、木崎貞夫は、運転免許をとった。

別に、カーキチと云うほどではないが、機械類は好きであった。

それに、運転免許ぐらい取っておかねば、これからの世の中では、肩身が狭い……と考えたからである。

大学にも行けない位だから、貞夫の家は経済的に恵まれてはいない。

むろん、車も買って貰えない。

しかし貞夫は、ある縁があって、テレビ・スターの柿原昌二の付け人となり、乗用車の運転も任されることになった。

仕事は、マネージャーの組んだスケジュールに従って、主人の柿原をテレビ局に送り届け、車を駐めたあと、なにかとスタジオで身の廻りの世話をする……ことである。簡単なようで、気苦労の多い仕事だが、いろんな有名人に会えるし、芸能界の内幕を覗けるので、貞夫は大して苦にもしていない。

給料も、まアまアだったたし、それに国産車とはいえ、一九〇〇ccの排気量をもつ車を、わがもの顔に乗り廻せることが、魅力だったのである。

柿原は、法律を守ることに対しては、口喧しい男で、どんな深夜で人通りがなくとも、信号では必ず一旦停車をしなければ、文句を云うような性格だった。

貞夫が、その日まで無事故だったのは、そんな柿原昌二の薫陶の賜物かも知れない。

さて、その日——正確には、今年の二月三日午後四時ごろのことである。

フジテレビのリハーサルに、柿原を送って行って、スタジオに入ると、主人の柿原が貞夫に、

「済まないが、三井君をＴＢＳまで送って差し上げて呉れ」

と云う。

三井と云うのは、売り出し中の歌手で、本番が迫っているのに、迎えの車が来ず、いらいらしているところだった。

それを柿原が見兼ねて、自分の車を提供しよう……と云いだしたのである。

「ああ、いいですよ」

貞夫は肯いて、三井を伴い、車に案内したが、三井は、

「こっちの方が気楽ですから」

と、助手席に自分から乗り込んだ。

貞夫は、裏門から出て左折し、一方通行の細い道を右折した。

すると、白鶴酒造の倉庫の脇から、外苑東通りに出られるのである。

その外苑東通りあたりは、中央に分離帯があり、三車線となっていた。

貞夫は、道の出口の停止線で、一時停止して、車の流れを注視した。

仲之町交差点の信号が青らしく、曙橋方面から、牛込柳町へかけて、車が三列に並んで走ってゆく。

そのうち信号が変ったのか、一番外側の車線を走っていた車が、貞夫の目の前で停ってくれた。

それで貞夫は、手をあげて、一車線分だけ車を進めた。

すると中央の二車線を走って来た小型トラックも停車して呉れた。

ちらッと左をみると、仲之町の信号は赤である。

貞夫は、トラックが蔭になって、中央の三車線のところを走って来るかも知れぬ車の姿が見えないので、安全をたしかめようと、少しずつ車を前に出しはじめた。

と――その時である。

三車線目を右から走って来た白のフォルクスワーゲンが、貞夫の運転している車のバンパーに接触し、急停車した。

急停車したとは云っても、十数メートル先でフォルクスワーゲンは停ったのだから、事故の瞬間、急ブレーキを踏んだとしても、かなりのスピードで走って来たものと思われる。

「あ、接触だね。停止線まで戻って、保険の話合いをしたらいい」

歌手の三井は云った。

貞夫は、車を停止線にまで後戻りさせ、

「急いでいる時に、済みません……」

と三井に詫び、

「すぐ済みますから」

と、車の外に飛び出した。

バンパーが凹み、ナンバー・プレートが歪み、ボンネットが若干傷ついている。

目の前は、警視庁の第四機動隊の正門で、二名の機動隊員が、なんの感動もなく、貞夫の方を眺めていた。

たしかに外苑東通りは、優先道路である。

しかし、三車線のうち左の二車線の車が停止しているのを見たら、前方の信号は赤なのだし、三車線目を走ってくる車も、

〈ははあ、なにかあるな！〉

と考えて、徐行するのが当然であり、それがドライバーたる者の義務である。

にも拘らず、白のフォルクスワーゲンは、貞夫の運転している乗用車に、自分から接触し

たのだ……。

　事故の原因は先方にある。

〈二、三日ドック入りかな？〉

　貞夫はそう考えて舌打ちした。

　しかし、急いでいる場合だから、相手の住所と氏名、それに保険会社をきいて、修理費を出して貰えばよい……と彼は思った。

　白のフォルクスワーゲンは、やっと道の端に車体を寄せたが、車の左側ドアがあかなくなったらしく、右側のドアから運転者が出て来た。

　貞夫は近づいた。
　五十四、五の女性で、夕方だと云うのに、サングラスをかけている。
　そして、いきなり、

「ドアがあかなくなったじゃないのッ！　一体、どうして呉れるのよッ！」

と、ヒステリックに怒鳴ったものだ。

「失礼ですが、悪いのは、そっちですよ」

　彼は云った。

「なに云ってるのッ！　優先道路ですよ！　飛び出したのは、そっちじゃないのッ！」

　女性は大声で興奮して喚きちらす。

「しかし、私は道路交通法を守っています。機動隊の正門前で、私が交通違反を犯すわけがないでしょう」

　貞夫は冷静に一矢を報いた。

「とにかく、あんたの責任よッ！　すぐ、修理して頂戴！」

　相手は、口角、泡を飛ばしている。

「修理して貰うのは、私の方です。急いでますから、お名前と電話番号、それに保険会社の名前を聞かせて下さい」

　貞夫は、免許証をとりだして、相手の女性にみせた。

　人体の被害はないし、車体だけの損害だから、これは保険会社同士の話し合いで、簡単にケリがつくと彼は思った。

　主人の柿原の話だと、外国では、バンパーにぶつけた位では、誰も文句を云わないと云う。

　バンパーは、そのためにあるからである。

　しかし、車をまだ宝物だと思い込んでいる日本人は、バンパーをぶつけられても、目クジラを立てる。

　車は、決して宝物ではなく、もはや人間の第二の足なのである。

　女性は、被害者である貞夫に向かって、わけのわからないことを喚きちらし、やっと住所と氏名は名乗ったが、

「保険会社を教えて下さい」

　と、貞夫がイライラしながら訊いても、

「そんなもの、あるもんですか！　私は、無事故運転主義ですからねッ！」

などと云う。

いくら話し合っても埒があかないので、貞夫は、

「では、急ぎの用事があるので、晩になってから、お電話します」

と、慌てて自分の車に駆けて行った。

歌手の三井が、ＴＢＳに行かねばならなかったからである。

お蔭で、三井はスタジオ入りが遅れたが、なんとか本番の出演には間に合った。

貞夫は、それを見届けてから、フジテレビ局に戻った。

柿原を練馬の自宅に送って、手づくりの夕食をご馳走になっている時、貞夫に電話がかかって来た。

相手は、牛込警察署であると云う。

貞夫は、しばらくポカンとした。

なんのことだか、判らなかったのである。

「木崎貞夫さんかね？」

相手はそう念を押し、

「すぐ出頭して下さい」

と云った。

「えッ、なぜですか？」

貞夫は耳を疑った。

「交通違反で告訴されてます」

係官は、冷たく云った。

しかし夕食のあと、彼は主人の柿原を、深夜のビデオ撮りに連れて行かねばならない。

彼は、明朝、出頭すると云って、電話を切った。

「なにか、あったのか？」

と柿原が訊くので、貞夫は正直に、夕方の事故のことを話した。

柿原は、自分ではハンドルを握らないが、道路交通法などの法律には委しい。

「いくら優先道路でも、こっちは先入車なんだし、一車線、二車線での車が停止しているんだろ？　それに、こちらは徐行している。先方は安全運転の義務を怠っているじゃアないか。速度の出しすぎもある。曙橋からは上り坂になってるんだから、それに白鶴酒造のあたりは上り坂の頂上だろう。当然、優先道路と雖も、徐行しなければならん。大体、この二月の夕刻に、サングラスをかけて運転するだなんて、非常識すぎる！」

柿原は、交通小六法をとりだし、

「第三十五条第一項、第三十六条第二項、第三十七条第二項、第四十二条、第七十条の違反だね。きみが告訴される方が、間違っている」

と教えて呉れた。

貞夫は、なんとなく安心して、

〈自分は間違っていない。あの婆さんが、狂ってるんだ……〉

と思った。

2

翌朝、彼は警察に出頭した。

そうして意外なことの成行きに、仰天するのである。

彼の車への加害者は、なんと、こともあろうに、

――車をぶつけられて、逃げられた。

と、木崎貞夫を告訴していたのだった。

貞夫は、阿呆らしくなった。

どう客観的に冷静にみても、被害者は自分の方である。

にも拘らず、加害者の立場に、いつのまにか、すり替っているのだ……。

彼を告訴したのは、当然、白のフォルクスワーゲンの運転者であった。

頓馬満子と云う五十四になる女性で、夫はある会社の東京支社長であると云う。

夫婦の間に子供はなく、彼女は世間で云うところの有閑マダムであった。

事故の直後、興奮して警察に駆け込んで来たのだそうで、交通係では、事故を起しながら〝逃げた〟と云うので、貞夫を悪質な交通違反者と見做したものらしい。

「逃げたのではありません。いくら話し合おうとしても、頓馬さんが喚き立てるだけで、そ

れに仕事があって急いでいたから、電話すると云って別れたのです」

貞夫は、抗弁した。

……いろいろ話をきいているうちに、貞夫にも、事情がだんだん判って来た。

驚いたことに、頓馬満子は、強制保険にだけは仕方なく入っているのだが、その他の車の保険には一切、入ってなかったのである。

だから、車体修理の保険金が下りない。

つまり彼女は、なんとしてでも、貞夫を加害者に仕立て上げ、その修理代を支払わせようとしているのだった。

魂胆は、見え透いている。

東京支社長といえば、かなりの高給取りであろう。

にも拘らず、保険に加入せず、

「私は、絶対に事故は起さないから、保険の必要はありません」

と、空嘯いていたと云うのだから、どこまで図々しいのか判らない。

これは、常識以前の感覚である。

しかし係官は、頭から彼の方が悪いと決めてかかっているらしく、

「たまたま相手のドライバーが、目の見える人で、字を書ける人だったから、よかったようなものの、そうでなかったら泣き寝入りになるところだぞ……」

などと云った。

相手が盲だったり、文盲だったら、貞夫を告訴することが出来なかったのだ、と云うことを云いたかったのであろう。

彼は、むッとなって、

「警察では、目の見えない人に、運転免許を与えるんですか？」

と云ってやった。

すると係官は苦笑して、

「理窟を云うな。だったら、なぜ逃げた？　交通事故を起した場合には、報告の義務があるじゃあないか……」

と云い返した。

「しかし――」

貞夫は、絶句した。

いつだったか、やはり同じような接触事故が交番の前で起り、当事者同士で話し合っていた時にも、交番の警官は、

――事故だから報告しろ。

とも云わず、素知らぬ顔をしていたのであった。

彼は、そのことを思い出したのだ。

おそらく人身事故であれば、交番の警官も飛び出して来たろうが、単なる接触事故は、裁判沙汰となったとしても、民事事件となるから、いちいち係り合っていたら、キリがないと

云うことだろうか。

貞夫は、むッとした表情で、

「私は、事故と考えませんでした。当事者の話合いで済む、と考えてたんです。私は、どう考えても悪くありません」

と云った。

すると係官は、調書をとるボールペンの手をとめて、

「とにかく修理代を支払って、示談にするんだなあ。なにしろ、重役夫人だからね、相手は――」

と云う。

なんでも東京支社長である頓馬満子の夫は常務なのだそうだ。

貞夫は、またしても憤慨した。

「常務夫人だったら、事故を自分の方で起さないと云うのですか？　なにも身分や、年齢に関係ないじゃアないですか！」

と喰ってかかると、傍にいた警官たちが、
頭ごなしに、

「お前が悪いんだよ！」

と、立ち上って来た。

貞夫は、顔面蒼白となりながらも、

「重役夫人だったら、交通保険ぐらい入っておけばいいじゃアないですか。あの程度の接触事故なら、都内で毎日、何千件と起きてるでしょう。それを、いちいち警察へ届け出てたら、あなた方のほうが音を上げますよ！　保険に入ってない、交通規則を守らなかった頓馬さんが悪いんです」

と訴えた。

「そうかな？」

係官は、頓馬満子の被害調書を読み上げだした。

そして、

「……みろ。十メートル前で、お前の車に気づいたが、間に合わなかった……と彼女は申し立てている。優先道路なんだからな、あそこは！」

と、得意そうに叱るのだ。

「しかし、一車線、二車線の車は、みんな停って呉れていました。交差点の信号は、赤だったのですし、こちらにも先入車という権利があります」

彼は抗議した。

係官は、口調を柔らげて、

「頓馬夫人は、修理費さえ出すのなら、告訴をとり下げてやる、と云われとる。どうだ、示談にしたら……」

と、また云った。

　貞夫は、柿原の顔を思い泛べ、

〈先生だって、私の方が正しいと仰有ってたんだ……〉

　と心に囁きかけた。

　そして胸を張って、

「修理費を出して貰いたいのは、僕の方なんです。本当に、そうなんですから！」

　と云った。

「ふむ。証人があるのかね？」

　相手は訊く。

「三井さんが助手席に坐ってました。それに第四機動隊の隊員の方が、事故を起したとき私の方を見てました……」

　貞夫は主張した。

「なるほど」

　係官は、しぶしぶ肯いて、

「では、どうあっても、示談には応じられない……と云う訳だね？」

　と云う。

「だって、悪いのは先方です！」

「しかし、君は告訴されてるんだぞ？」

「わかってます」

「行政処分に付されるよ？」

「仕方ありません。でも、なぜ私の云い分をきいて下さらないんですか？」

貞夫は抗議していた。

「きみは、人の車を傷つけながら、逃げた」

「逃げたんじゃアありませんったら！　ちゃーんと、こちらの住所、氏名、電話番号、それに保険会社の名前も伝え、確認のために、免許証までみせてます！」

「事故の届出の義務を怠っている！」

「そりゃア事故とは、考えなかったからで、そう云われるんでしたら、これからはそうします！」

「まあ、いいだろう……」

貞夫は、半日がかりで、調書をとられて、ぐったりとなって警察署を出たが、口惜しくてならなかった。

一方的に、

——お前が悪い。

と係官ばかりでなく、周囲にいる警官たちが、頭ごなしに極めつけるのだ。

気の小さい者や、或いはカンシャク持ちだったら、そんな周囲からの波状攻撃で、不利な状況を自らつくってしまうだろう……と思われた。

〈それにしても、あの婆ア……〉

貞夫は、肚が立って来た。

道交法三十五条に、ハッキリと、『車両等は、交通整理の行なわれていない交差点に入ろうとする場合において、既に他の道路から当該交差点に入っている車両等があるときは、当該車両の進行を妨げてはならない』と規定されてあるのだ。

仲之町交差点では、交通信号はあるが、交通整理は行なわれてなかった。

そして、外苑東通りは、優先道路——三車線の道である。

しかも坂道であった。

二車線もの車が、彼の先入車としての権利を認めて、停止しているのに、しめたと許りあいている三車線を突走って来る方が、非常識なのである。

夕方なのに、しかもサングラスをかけて……であった。

帰って、柿原昌二に報告すると、

「そりゃア警察の方が間違ってる。こちらも人気稼業だから、ことは荒立てたくないが、きみが絶対に間違っていないと思い、助手席に坐っていた三井君も、そう云うのだったらトコトン戦ったらいい」

と、柿原は云って呉れた——。

3

警察から呼び出されて、現場検証に立ち会ったとき、貞夫はふたたび頓馬満子と顔を見合わせた。

会うなり彼女は、

「あんな無茶な運転をして！　それでいて、自分の非を認めないと云うのは、一体どういうことなのよッ！　あんな運転をしてたら、そのうち、あんた死ぬわよッ！」

と、いきり立つのだった。

飽くまでも、自分は悪くない……と云うデモンストレーションである。

思わず、貞夫は、その見幕のはげしさに、ひるんだ。

すると相手は図に乗って、

「それ、ごらんなさい！　自分でも、自分が悪いことは、判ってるんでしょッ！　だったら、修理代を払いなさいッ！」

と、まくし立てる。

「その件については、弁護士を立てて、話し合って頂きます」

と彼が云うと、やっと彼女は温和しくなったが、この現場検証でさらけだした頓馬満子の無知ぶりは、呆れ果てる程であった。

貞夫が、

「二車線の車が停って呉れたから、次の三車線目の安全をたしかめるために、少し頭を出したとき、この人の車が飛び出して来たんです……」

と主張すると、彼女は、

「飛び出したのは、あんたじゃないの！　車が横に走れますか！」

などと云う。

そして、

「たまたま、私が乗用車だったから、よかったようなものの、オートバイだったら、撥ね飛ばして即死よッ！」

と威丈高になるのだった。

貞夫は正直に云って、

〈ヤレ、ヤレ……〉

と思った。

三車線の道路では、車の大きさや、型によって、通行する車線が区分されているのだ。

それを彼女は知らないのである。

中央寄りの第三車線から、乗用車などの高速車、ついで低速車、ダンプ、バス、バイクなどの順序となっている。

ところが、立会いの警官までが、

「そうだ、そうだ。若しバイク相手だったら人身事故で、お前は刑務所行きだぞ！」

などと云うのであった。

貞夫は、憤慨して、

「警察では、そんなバイクの交通違反を、奨励するんですか！」

と云った。

「なに、違反を奨励するだと？」

相手は、彼を睨んだ。

「第三車線を、バイクが走るのは違反です。だから走るわけがないじゃアないですか」

彼は云った。

これには、ギャフンとなったらしく、みんな黙り込んでしまったが、

「とにかく、修理代を支払って頂戴！　わるいのは、そっちなんだから！」

と、またもや重役夫人は喚き立てる。

五十四歳と云えば、女の生理もとまり、わが儘で、ヒステリックな年齢であろう。

だが、それにしても、彼女の云い草は、横暴で、一方的であった。

第一に、交通法規に関する知識——いや、道徳心がない。

交通法規に忠実であるのなら、保険には当然、入っていなければならぬ。

ところが彼女は、

——交通事故を絶対に起さないし、いつも安全運転を心掛けているから、保険にも入っていない。

と強弁するのだ。

これでは、理窟もなにも、あったものではない。

泥棒に入られたことがないからと、鍵をかけない阿呆がいるだろうか？

「云っときますけどね、あんな無謀運転をしたら、死ぬわよ」

などと、利口ぶって云う。

無謀なのは、そっちの方じゃないかと、云い返したかったが、貞夫は止めた。

こんな阿呆なヒステリー女と、口論しても始まらないと思ったからだ。

数日後——内容証明郵便が送られて来た。

あけてみると、フォルクスワーゲンの修理代・八万三千二百六十円を支払え……という頓馬満子の催促状である。

貞夫は、生まれて初めて貰った内容証明郵便と、八万なにがしの請求金額に動顚した。

そして、主人の柿原に相談した。

柿原は、

「うちのO・I・Cに、その手紙を廻して、保険会社から、頓馬さんと交渉して貰ったらいいじゃないか……」

と、こともなげに云った。

貞夫は、保険会社へ、届けに行く。

頓馬満子が、フォルクスワーゲンを修理した工場の社長は、保険会社の人とよく知り合っていると云うことだったので、貞夫は念のため修理工場へ廻ってみた。

社長は、気さくに彼に会って、

「あの婆さんには、いつも泣かされているんだよ……」

と苦笑し、修理の明細を教えて呉れたのだった。

〈やっぱり、な！〉

貞夫は思った。

……常習犯なのである。

悪質な違反者なのである。

にも拘らず、警察では、彼が加害者で、悪者のように思われた。

〈なぜだろう？〉

貞夫は、いろいろと考えてみた。

頓馬満子と、木崎貞夫とを、彼は比較してみた。

第一の相違点は、彼女が女性であると云うことであろう。

警察では、老若美醜を問わず、潜在的に女性には寛大なところがあった。

つまり、甘い。

その点、男性である彼は、不利な立場にある。

第二に、年齢の相違だ。

五十四歳と、十九歳。

この二つを比較すれば、誰だって年輩の者の方が、細心で思慮深く、無茶な運転はしない
……と考えるだろう。

十九歳の貞夫は、若いだけに、無鉄砲で、非常識だと思われがちであった。

第三に、頓馬満子は、地方に本社をもつ大会社の常務夫人である。社会的に、地位も財産もある夫がある。

その妻だから、彼女の方も立派な行動をとる人物だと解釈されるのだ。

一方貞夫の方は、主人がテレビ俳優と云う人気稼業なので、柿原昌二の芸名を口に出せなかった。

乗用車の名義は、柿原の本名で登録されており、その人間のお抱え運転手……と云うことになっている。

……これは、若年ながら、貞夫が主人のためを思って、口外しなかった生活の知恵で、決して悪いことだとは思わない。

しかし、一介のお抱え運転手……と云うことで、貞夫の方は、どこの馬の骨か判らないと云った虫ケラ扱いを受けたのだった。

第四に、頓馬満子が、自分のミスを棚に上げて、

——車をぶつけて逃げられた。

と、駆け込み訴えしたことであろう。

訴えたものが、必ずしも善玉とは限らないと思うのだが、彼女はこのために、交通事故発生の届出を行なった、従順で法に忠実な人間と見做された。

そして一方、貞夫の方は、届出の義務を怠り、逃走した悪質運転手……と見做されたのであろう。

話は、すべて逆なのであるが、五十四歳の重役夫人が、興奮して駆け込み、事故を訴えたとしたら、受付の係官だって、彼女の方が〝正しい〟と思い込むに違いない。

そして、事故を起しながら〝逃げた〟と思われ、地位も名誉もない若い貞夫は、無謀だと判断され、非を認めないことで、係官の心証を害したとも云える。

はじめから、これだけのハンディキャップを背負って、しかも、出遅れてスタートしたのだから、木崎貞夫の方はやり切れない。

すべてが、彼女に有利なのである。

警察と云うところは、とかく直ぐ黒白をつけたがるのだった。

これは悲しい習性と云えば習性だが、極言すれば、事故の翌朝、貞夫が出頭するときに既に判定は下っていた……とも考えられるのである。

木崎貞夫は、警察でも決して、

「すみません」

とは云わなかった。

悪いのは、頓馬満子なのだ。

悪いことをしていないのに、謝ることはないし、ただ事実を述べただけである。

まあ、それが心証を害したと云えば、あとはなにをか云わんや……であった。

4

貞夫は、それっきり事件のことは忘れた。

保険会社が、頓馬夫人と交渉に当って呉れることになったので、お互いに修理費を自己負担することに、話が成立したものとばかり考えていたからだ。

ところが――あとで聞くと、頓馬夫人は、保険会社からの呼び出しに全く応ぜず、話合いも出来ない儘に、そのまま時間が経過していたらしかった。

夏が来て、木崎貞夫は、主人の柿原昌二の家族を連れて、那須の別荘へいくことが多くなる。

別荘地では、車は冷蔵庫とおなじく必需品であった。

なんせ足がないと、どうにもならないのである。

肉だの、果物だのは、貯蔵が利くが、やはり新鮮な魚を食べたり、野菜を買おうとしたら、黒磯の町まで出なければならぬ。

歩いてゆくと一時間はタップリかかるのであった。

往復二時間である。

柿原夫人は、追突でムチ打ち症になって以来、運転恐怖症にかかっていた。

となると、どうしても彼が跟いてゆかねばならないのである。

幸い、主人の柿原は、週末は大阪で仕事をするので、那須で四日ぐらい過しては、週明けに帰ってくる……と云う繰り返しが、夏休みの行事となった。

そんな那須でのある日のことである。

木崎貞夫は、雨つづきで、子供たちが退屈していることから、

「じゃア兄ちゃんと、ドライヴしようか」

と、二人の子供たちを連れだした。

那須には、何軒もの大手業者が入り込み、別荘地として開拓している。

道路にしたって、デコボコの石だらけの道の別荘地もあれば、整然と両側に排水溝をつくり、アスファルトで舗装した立派な道もあった。

柿原の話だと、アメリカでは、住宅地を売り出す場合、電気、瓦斯、下水道、そして舗装道路と云う条件を整えなければ、販売まかりならぬと云う法律があるのだそうである。

その点、日本は遅れていた。

貞夫は、いろんな別荘地を走っていて、不図、ある門柱をみて、

〈あれれ？〉

と思い、車を後戻りさせた。

熔岩を積み上げてつくった、低くガッシリした門柱に、『頓馬寓』と云う標札が出ていたのである。

……珍しい姓であった。

「兄ちゃん！　どうしたの？」

子供たちが、口々に云った。

彼は、慌てて車を走らせたが、

〈まさか！〉

と思ったことである。

あの憎たらしい婆ア……頓馬満子の別荘だとは、思いたくなかった。

なにかの偶然だと、考えたかったのだ。

しかし翌日、那珂川で子供たちに水泳を教えたあと、貞夫は、その頓馬寓の標札が気になって、こっそり車で出かけてみた。

昨日は、雨戸が閉まっていたが、今日は開いている。

そして、彼の目を吸いつけたのは、あの忌わしい白のフォルクスワーゲンである。

〈あぁッ！〉

彼は、叫んだ。

ナンバーを確認した。

……間違いなかった。

貞夫と接触事故を起した、あのカブト虫である。

〈やっぱり、あの婆アの家だったか！〉

彼は、車を降りて、家の中を覗き込んでみたいような、そんな衝動に駆られた。

正直に云うと、その白のフォルクスワーゲンを、思い切り蹴り飛ばしてやりたい感じである。

彼は、サングラスをかけながら、また車を走らせたが、忘れていた過去の古傷を、ふたたび思い出さされて、大いに不愉快であったことだ……。

でも、貞夫は、その話を誰にもしないでいた。

別に、理由はない。

なんとなく、云わないでいる方がよいような気がしたのだ。

警察での係官や、取調べに関係のない警官たちの高圧的な態度。

そして、自分のミスを認めず、修理代を払え、払えとだけ、狂人のように主張する醜い五十女……。

〈なにが重役夫人だ！　なにが正義だ！〉

貞夫は、いつしか歯軋りしていた。

夏休みが終り、秋が一足飛びに、東京へ訪れていた。

木崎貞夫は、新宿区検から、呼び出し状をもらった。

指定の日時に出頭すると、

「きみは、人の車を傷つけておきながら、修理代も支払わないそうだな」

と頭から叱責されたのである。

貞夫は、

「保険会社の人が、話をつけて下すった筈ですが――」

と云った。

「いや、話は全くついてないいね」

相手は首をふり、

「頓馬夫人は、いくら電話しても、話合いに応じて呉れないと云ってるぞ？　少しは誠意をみせたらどうかね？」

と、これまた頭ごなしである。

貞夫は、その辺の事情をよく知らなかったので、黙り込んだ。

とうの昔に、話合いがついているものと考えていたからである。

その日の出頭命令は、行政処分のための事故確認が目的であった。

にも拘らず、常務夫人である頓馬満子の口車に、すっかり丸め込まれているらしくて、

「事故の直後、示談に応じておけば、こんなことにはならなかったものを……」

と彼を蔑むように云い、

「八万円ぐらい、なんとかならんのかね？」

と云うのだ。

彼は首をふって、

「それは、お門違いです。修理代を頂きたいのは、私の方です。頓馬さんは、ご自分が保険に入って居られないので、修理代をこちらに払わせようと、自分が正しいと、無理難題を云っておられるとしか思えません」

と抗議した。

するとと相手は、

「まあ、いいさ、どちらが正しいかは簡易裁判所が決めてくれる」

と冷たく告げた。

どうも警察官にしろ、司法官にしろ、なんだか車のランクを決めて、頭から待遇を変えているようである。

運転者には、いろいろある。

自家用車と、営業車。

年輩者と、青少年。

女性と、男性。

高級車と、大衆車。

外国製と、国産の車。

ハイヤーと、タクシー。

ダンプ・カー等と、乗用車。

……運転者は、そんないろんな車のハンドルを握るわけだが、おしなべて警察官も、司法官も、上位の車の運転者の方を、優遇する感じであった。

頓馬満子は、小型ながらドイツ製のカブト虫を運転していた。

彼の方は国産車である。

共に自家用車ではあるが、彼は男で子供扱いにされ、先方は尊敬して扱われている。

「どうだね？　八万円ぐらい、主人から借りられないかね？」

係官は云った。

「私の主人は、今まで誰にも云いませんでしたが、テレビ・スターの柿原昌二です。十万や、二十万の金を惜しむ人ではありません。ただ、こちらが悪くもないのに、修理代を払えだの、告訴するだのと、勝手なことを一方的に云われるので、私は正義感から受けて立っているだけです」

貞夫は答えた。

すると相手は驚いたように、

「へーえ？　あの有名な柿原昌二が、きみの雇い主なのか？　なぜ、それを早く、警察でも云わなかったんだい？　だったら、こんなに話がこじれなかったのに！」

と叫んだのだった。

態度が、途端にガラリと変っていた。

木崎貞夫は、

〈こん畜生！〉

と思った。

有名人のお抱え運転手なら話がこじれなくて、チンピラだったら話がこじれるとでも云うのだろうか。

つまり、同じ人間でも、相手を雲助としてみるか、そうでないとみるか――大きな差があるのである。

はじめから、柿原昌二の名前を出していたら、彼が無罪になったような口吻なのだ。

貞夫は、若いだけに純粋である。

潔癖で、曲ったことは大嫌いなのだ。

はじめから、頓馬満子は有罪なのである。

そして彼は無罪であった。

しかし、警官たちが、寄って集《たか》って、彼を加害者に仕立てて、書類を送検してしまった以上、彼は裁判所では、被告席に立たねばならない。

こんな矛盾があるだろうか？

——目が見えて、字の書ける人だから、お前を訴えることが出来た。

だの、

——三車線をバイクが走って来たら、人身事故になるところだった。

などと、警官たちは云った。

盲に免許証をやったり、第三車線にバイクが走ったりすることは、出来ないのである。

そんな無茶を云うような、道交法の知識のない連中に取り調べられて、下手をすると貞夫は逆に〝有罪〟の判決を下されるかも知れないのだった。

若い貞夫は、この世の中の杜撰《ずさん》さが、無性に肚立たしかった。

権力者、地位のある名士などは、法を犯しても常に正しいのだろうか？

そんな莫迦なことが、あってよいのか！

法律は、万人に等しく公平でなければならない。

にも拘らず、有閑マダムは、常務の奥さんだと云うことで、一方的に被害者の扱いである。

〈あの婆アに、復讐してやれ！〉

木崎貞夫が、そう密かな決心をしたのは、いわば当然であったろう。

5

十一月に入って間もなく、東京簡裁日比谷分室から呼び出しが来た。

彼は出頭したが、頓馬満子は、なにがなんでも八万三千二百六十円の修理代を取り立てよう、それを支払って呉れれば告訴を取り下げてやるぞ……と云うような露骨な態度で、話にもなんにもならない。

改めて呼び出しがあるまで、延期と云うことになったが、彼女は、貞夫がテレビ・スターのお抱え運転手だと知って、いささかだがひるんだ様子であった。

そうして、その夜、弁護士を通じて、

「修理代の半分をもって欲しい」

と泣きついて来た。

貞夫は、主人の柿原にまた相談した。

柿原は、

「三井君も証人台に立つ、と云っているし、弁護士にも徹底的に戦うようにと、頼んである。

費用のことは、心配するな。こちらが有名人だとわかると、ペコペコして来るような卑劣な人種には、いい機会だから、思い知らせてやるんだね。弁護士は、なんだったら、先方を逆に告訴してもいい、と云ってる。加害者のくせに、原告席に坐るなんて、とんでもない話だよ……」

と、いつになく怒った口調だった。

「よろしく、お願いします」

貞夫は、いったんは頭を下げたが、

「でも、早く片付くようにします」

と、謎のようなことを云った。

十一月二十一日は日曜日で、一日おいて二十三日も祭日で休みである。

飛び石連休というやつだ。

そして那須は、紅葉の散る寸前――一番美しい時期である。

貞夫は、柿原に那須の紅葉の美しさをそれとなく匂わせ、

「そうだな。一日だけでも、別荘へ行って寝てくるか!」

と云わせた

一種の〝賭け〟だった。

その飛び石連休に、きっと頓馬満子も白のフォルクスワーゲンで、那須の別荘に来ているに違いない……と思ったのだ。

柿原は仕事の都合で、結局は、那須行きは中止となったが、子供たちが今度は承知しない。それで運よく土曜日の夜から、家族を連れて貞夫は、那須へ車を走らせることになる。

しかし、土曜の夜は、来ていなかった。

次の日曜日も、二度ほど頓馬寓の前を通ってみたが、留守である。

彼は、失望した。

ところが月曜日の午後、念のために前へ行ってみると、その白のカブト虫が、玄関脇に入れられているではないか。

〈しめた！〉

彼は思った。

頓馬寓は、その区域の分譲地の中でも、端の方に位置している。

道をへだてて斜め前に、ポツンと山小屋風の別荘が建っているだけであった。

その上、人通りはおろか、あまり車も通らないようなところである。

その意味では、地の利を得ていた。

貞夫は、夕食のあと、

「ちょっとガソリンを補給して来ます」

と嘘をついて、外出した。

頓馬寓には、あかあかと電灯がついて、雨戸もまだ閉めていない。

彼は、雨戸を閉めている斜め前の山小屋の前に、車を駐めて、生垣を飛び越え、用心しながら庭先へと廻って行った。
庭は、芝生を植えたばかりらしく、跫音を消して呉れた。
テラスのところだけ、なぜか雨戸が閉まっている。
彼は、忍び足で近づいて、耳を寄せた。
なにか、風のような音がしている。
〈なんだろう……〉
と彼は思った。
よく判らなかったのである。
不意に、
「ああ、坊や！」
という声が聞えた。
彼は、自分のことを呼ばれたのかと思って飛び退った。
その途端、彼は運わるく、空の植木鉢を蹴とばしてしまい、大きな音を立てたものだ。
貞夫は、慌てて暗い横手に廻り込む。
雨戸が、一枚だけあいた。
そーっと息を殺していると、
「野犬か、なにかでしょう。食い物漁りに来たんですよ、きっと……」
と若い男の声がして、ガラス戸が閉じられている。

貞夫は、ふたたび用心して、テラスの方に廻った。

今度は、雨戸一枚分あいているだけに、中は丸見えである。

彼は、しばらく目を疑った。

……ソファー式のベッドがあった。

石油ストーヴが、赤く燃えている。

そして、ベッドの上では、若い男が白い太腿のあいだに顔を埋めていた。

女の顔はみえないが、躰の下になって、男の一物の下敷きになっているらしい。

それがシックス・ナインという前戯だ、ということ位は、貞夫も知っている。

「ああ！　坊や！　もう我慢できないわ！」

女は叫んだ。

その声は、あの憎たらしい頓馬満子の声音とは打って変って、若やいで弾んだ声音である。

木崎貞夫は、

〈こん畜生！　許せない！〉

と思った。

彼女は、亭主ではなく、若い男を那須の別荘に引きずり込んで、乳繰り合っているのである。

とんでもない常務夫人ではないか。

彼は、その淫猥な二人の交接図を眺めて、

〈これで、すっきりした！〉

と思った。

ゆっくり彼は、玄関の方に戻ると、音を立てないように、タイヤのホイルキャップをはずしにかかった。

フォルクスワーゲンは後輪駆動である。

貞夫は、前輪のホイルキャップをはずすと、用意して来たワーゲン用の金具を使って、ボルトを弛めはじめた。

作業は、数分間で終った。

ホイルキャップを嵌め、彼は生垣を飛び越えると、山小屋へと走った。

……誰も、目撃者はなかった。

二十三日の祭日は雨になった。

子供たちは、つまらないので、早く帰ろうと云いだした。

貞夫は、黙々としてハンドルを握って、東京へと目指す。

雨の中を川越街道まで走って来たときである。

合羽を着た警官が、道の中央に立って、交通整理をしていた。

そして、百米ばかりゆくと、右手の道路脇に、ぐしゃぐしゃになった白のフォルクスワーゲンが、片寄せられ、ぶつけられたらしいダンプ・カーが、駐車している。

怪我人は病院に運ばれたらしく、姿は見えなかった。

「雨でスリップしたんですね。そして対向車にぶつかったんですよ、きっと――」

木崎貞夫は、しめやかな声で告げて、

「あの工合じゃあ、即死ですね」

と不意に弾んだ声音になっていた。

甘美な誘拐

1

——世田谷区太子堂に住む会社重役・飯塚松太郎の妻・昌江が、半泣きの表情で、近くの交番に駆け込んで来たのは、昭和四十二年四月半ばのことだった。正確には、四月十日の夕刻六時ごろである。

「幼稚園に行っている娘が、誰かに誘拐されたらしいんです！」

飯塚昌江は云った。

誘拐と聞けば、ことは穏やかではない。

交番の巡査は、ただちに所轄の本署と連絡をとり、パトカーが昌江を迎えに来て、彼女は車の人となった。

署では数人の刑事が待機していて、その憐れな母親の到着を待ち受けていたものだ。

「誘拐された、という娘さんは？」

「私の長女の由香里です」

「お歳は？」

「数え年で五つです」

さっそく型通りの質問が、飯塚昌江に浴びせかけられ、捜査願いが作成された。

それによると、長女の由香里は、近くの幼稚園に通っているが、その日は、親しくしている渡部竹子という、おなじ幼稚園の園児の家で、誕生日のパーティがあることになっていた。

これは二月の由香里の誕生祝いに、渡部竹子を迎えた、そのお返しである。

だから、午後四時半に飯塚昌江は、車を運転して、長女を迎えに渡部家に行った。

ところが、渡部家では、

「あら、私が幼稚園に参りましたら、由香里ちゃんは先にお帰りになられたとかで、いらっしゃいませんでしたよ？」

と、不審そうに竹子の母親が応対したのだった。

飯塚昌江はビックリした。

その儘、幼稚園に駆けつけると、園長は首を傾げて、

「おや、ご病気じゃなかったのですか？」

と云った。

聞いてみると、午前十一時ごろ、飯塚家のお手伝いさんと自称する女性から幼稚園に電話

があり、

「奥さんが入院されますので、由香里ちゃんを今から迎えにやりますから……」

ということだった。

待っていると、飯塚家の新しい女中だという二十七、八の女性が、由香里を迎えに姿を現わした。

「さあ、由香里ちゃん、いらっしゃい」

と、女性は馴れ馴れしく云い、また飯塚由香里の方も、ちょっと含羞んだが素直に女の手に引かれて、幼稚園を出て行った……という園長の報告である。

飯塚昌江は愕然となった。

なるほど風邪気味で、午前中は臥っていたが、午後は美容院へ行き、娘を迎えに出掛けている。入院なんて、考えられないデマであった。

女中は二人いるが、新しい方だって、来てからもう一年七カ月目になる。だから由香里が、女中に含羞むなんて、ちょっと考えられないことであった。

飯塚昌江は、蒼くなって、わが家に飛んで帰った。そして女中たちに聞き糾してみたが二人とも、そんな怪電話を幼稚園にかけた覚えはないという。

夫の松太郎は、折悪しく関西方面に出張中だった。

あちらこちらに電話を入れて、やっと京都にいた夫をキャッチして、

「どうしたものか？」

と相談すると、松太郎は断乎として、

「それは誘拐かも知れん。絶対に警察に届けるな。届けたが最後、由香里の命の安全は、保証できなくなるぞ」

と云ったのだそうだ。また夫は、

「誘拐犯だったら、身代金の金額や、金の受け渡しの場所を、電話か手紙で云ってくるだろう。それまで、待つんだ。私も、すぐ東京へ帰るから……」

とも云った。

だが、犯人からの連絡もなく、不安になって実家の父に相談すると、

「バカ者！　すぐ警察に届けなさい！」

と一喝された。それで気が変り、飯塚昌江は近くの交番に駆け込んだ……という訳である。

刑事たちは、さっそく幼稚園と、渡部家などに極秘裡に飛ぶ一方、警視庁に報告して、公開捜査にするか、否かの判断を仰いだ。

このとき、飯塚家の女中などから、事情聴取するために、派遣されたのが、石川辰次という若い刑事であった。

彼は三十一歳、やっと巡査部長になった許りで、まだ独身であった。

2

飯塚家の女中は二名いる。

一人は、勤めて四年あまりになる高倉ハツという女性で、今年五十二歳になる。千葉県の出身であった。

もう一人は、一年七カ月になる秦野秋子という、長野生れの二十四歳の女性である。

石川刑事は、先ず高倉ハツの方から質問して行った。

高倉ハツは古参だけに、飯塚家の内情には委しかったが、誘拐犯人の心当りについては全くない、と云った。

幼稚園の送り迎えは、殆んど母親の昌江が車でしており、ときたま秦野秋子が迎えに行く程度だという。

また、園長のいう容疑者の人相にも、全く記憶がないそうであった。

石川刑事は失望した。

だが二人目の秦野秋子の方には、ちょっとした収穫があった。

その収穫というのは、その日の午前十時ごろ、女の声の電話で、

「もう、由香里ちゃんは、幼稚園に行かれまして？」

と問い合わせがあったと云うものだった。

秋子が、

「はい、出かけましたが」

と答えると、電話の主は、

「ああ。じゃあ、それでいいのよ」

と云って電話を切ったという。

秋子は、飯塚由香里が今日、誕生日のパーティに招待されていることを知っていたから、その電話の主は、渡部竹子の母親だと解釈して、さほど気に留めなかったのだった。

〈ふーむ。こりゃあ、計画的な誘拐だぞ。となると、金銭目当てか、怨恨か……〉

石川辰次は首を傾げた。

飯塚松太郎は、日本橋にある繊維会社の常務をしている。営業担当なので、夜など遅いらしく、女遊びも派手だが、人に恨まれるような人柄ではないと云う。

妻の昌江の実家は、神田の洋品店で、仕事上での取引きから、昌江の父が松太郎に惚れ込み、縁談をとりまとめた……と云うことだった。

石川刑事が、二人の女中から聞き込んだ限りでは、夫の方は道楽はするが、夫婦仲はしごく円満で、月に一度は必らず夫婦だけで、食事に出かけるほどの睦まじさである。

〈夫婦円満、仕事順調……ということになると、これは二人を妬む者か、仕事か、女関係で、飯塚松太郎を怨んでいる者の仕業じゃあないだろうか？〉

刑事は、ふッとそう思った。なぜだかはわからない。

しかし、警視庁の指令で、犯人と覚しき人物から連絡があるまで、秘密捜査に踏み切ることとなり、緊急会議がもたれた。

そして、会議の結果では、怨恨ではなく、金銭目当ての犯行か、悪戯ではないか……と云うことになった。

ところが、飯塚家の電話口には、自動録音装置がとりつけられ、刑事たちも待機していると云うのに、一向に犯人からの連絡はなかった。

父親の飯塚松太郎が、関西の出張から帰って来たのは、午後十時ごろだった。

新幹線の列車の中から、いちど松太郎は自宅に電話を入れている。

その時、妻の昌江が、

「いま、刑事さんに来て頂いてるの」

と、おろおろ声で報告すると、松太郎は大声で、

「莫迦ッ。矢っ張り届けたのか！　あれだけ止めろ、と云ってあったのに！」

と怒鳴りつけ、その儘、電話を切ってしまっている。

父親としては、娘の生命の方が、大切だったのであろう。その心理は、よくわかる。

だが、誘拐でない場合ならよいが、誘拐のケースだと、吉展ちゃん事件をみても判るように、幼児の場合には殺害されるという悲しい事態に陥入ることが多い。

だから警察当局としては、万一の事態を慮かって、矢張り早く届け出て貰った方が、いろいろと捜査には便利なのである。

金さえ出せば生命の保証があるか、というと必らずしも、そうでないのが、この種の犯罪の特徴なのだった。

だから、犯人を逮捕する手懸りを、より速く、より多く摑みたいのが、刑事たちの偽らぬ気持なのだった。

親としては、そっと秘密にして、犯人に金を渡し子供の身柄を引き取りたいだろう。だが、吉展ちゃん事件のように、金は渡したがすでに冷たい骸《むくろ》になっていたあと……ということが珍しくないのだ。

石川刑事は、帰宅した父親の松太郎と、応接室で向かいあったとき、そのような弁解じみた説明をくどくどとしていた。

3

「しかし……まだ誘拐とは、決まった訳じゃあない。ひところ、よくあったように、子供好きの変質者が、由香里を連れて行ったのかも知れない」

飯塚松太郎は云った。

「わざわざ娘さんが、幼稚園に出かけたのを確かめ、幼稚園にニセ電話をかけてから、変質者が由香里ちゃんを連れ出した……と考えられますか？」

石川辰次は反駁した。

「だが……まだ脅迫の電話が、かかって来てないじゃあ、ありませんか」

「いや、犯人が考えている……ということも考えられます。つまり、警察当局へ届けたかどうかを慥かめたり……」

「だから、私は反対したんだ。犯人は、もし私の家の中に、刑事が張り込んでいると知ったら、由香里を殺すでしょう」

「かも知れません。だからと云って、奥さんが届けられた以上、私たちも……」

「それが困るんです。とにかく、警察は手を引いて下さい。由香里の命に、かかわりますから。私は娘のためなら、金を出し惜しみしない積りです」

「ですが、みすみす金を欺し取られるの、娘さんは永遠に還って来ないの……ということもあり得るわけでしてね」

「構いません。娘は、まだ生きてると思います。とに角、手を引いて下さい。本当に、お願いします」

なんと説得しても、飯塚松太郎は、警察当局の介入を断乎として拒むのだった。

警視庁から派遣されて来た鍵矢係長も、しまいには怒り出して、

「娘を殺す気か。帰れと云ったら帰れ！」

と喚き立てる松太郎に対して、

「飯塚さん。我々は国民の税金で仕事をしてるんだ。貴方が嫌だというのなら、我々としても此処を引き揚げた方が、税金を無駄使いしないし、家に帰って安らかに眠られるんですぞ。だが、それでは世間が許しますまい。また警察官としての、我々の良識が許さないんだ。親として、娘さんの生命安否を気遣う心は判るが、私達とて同じ心境です。由香里ちゃんが無事に帰って来るように、我々も努力します。協力します。それをまるで、我々が犯人の一味のように、帰れ、帰れとはなにごとですか。なるほど、事態はまだ〝誘拐事件〟と確定した訳じゃあない。が、私達の経験からして、営利誘拐ではないかと思いますね。だから、犯人

が何らかの連絡をとってくるまで、電話の番をさせて下さい、と云ってるんです。なにも新聞に発表する訳や、市民の協力を求めようという訳じゃないんです。その辺のところを理解して下さい」

と、語気するどく詰め寄った。

これには飯塚松太郎も、なるほどと思い直させられたらしく、案外冷静に、

「わかりました。失言お許し下さい」

と詫びる一幕などあって、石川刑事を苦笑させた。

松太郎は、それ以降は逆わずに、鍵矢係長の質問に素直に答え、家庭と会社の電話に、それぞれ盗聴録音装置をとり付けることを承諾したのだった。

松太郎も、娘が誘拐される原因については全く心当りがないと云い、

「人見知りする由香里が、黙ってノコノコ跡《つ》いて行ったところをみると、昔わが家で働いていた女中か、あるいは親戚の者ぐらいしか考えられませんが……」

と感想を述べた。

「では最近、辞めた女中さんで、お宅に恨みを持つとか、金に困っている者は？」

「さあ……それは家内でないと……」

松太郎は曖昧に答えた。

「奥さん。その辺は如何ですか」

石川辰次は云った。刑事として、いちばん聞きたい点は、そこだったのだ。

「さあ。この二年ぐらいの間に、辞めた女中は六人も居りますけれど」

さっそく六人の女中の氏名、本籍などが、所轄署に報告された。

ついで親戚筋の女性、飯塚家に出入りする若い女、隣近所の人……という工合に、範囲が拡げられてゆく。

数え年五歳、人見知りする性格だという飯塚由香里が、ノコノコ手を引いて行かれた……という事実から推して、誘拐者は、由香里と面識のある者と推定されたからだった。

一方、幼稚園から連れ出された由香里と、連れだした推定年齢二十七、八の若い女性との、足取り捜査が極秘裡に進められた。

園長と保母との証言によると、その女性は白いガーゼのマスクをかけていた。背は中肉中背で、眉が三日月型で濃く、二重瞼であった。

声には訛りはなく、水色のスカートに、白とピンクの毛糸で編んだセーターを着ていたという。そして白のソックスに、サンダル履き——という服装だった。

足早やに、手を引いて連れ去って行く後姿を見送りながら、若い保母の方は、

「またチョコレート買ってあげますね」

「うん……」

という、二人の会話を聞いたという。

もしその会話が本当ならば、由香里はその誘拐者に、過去にチョコレートを買って貰った経験があるわけだから、ぐっと捜査の範囲が狭まってくることになる。しかし、その点を追

及されると、若い保母は自信がないと云い、

「空耳だったかも知れません」

と云いだしたのだった。

4

四月十日の夜は、なんの連絡もなく、翌十一日は刑事が二十四時間勤務にあたったが、かかってくる電話は、なんの変哲もないものばかりであった。

むろん松太郎の勤め先である日本橋の繊維会社にも、刑事が詰めかけた。しかし、怪電話らしいものは一つもなかった。

こんな調子で、二日たち、三日たつうちに、ようやく捜査陣にも、焦りの色が滲みはじめだした。

秘密捜査会議では、

「やはり変質者の犯行ではないのか」

という説や、

「犯人が警察の動きを察知して、すでに飯塚由香里を処分したのではないか」

などという説が飛び出す始末。


これは焦りが出た証拠であった。

四日たち、五日たった。

母親の昌江は半狂乱で、この頃になると、ようやく隣近所の口の端にも、誘拐されたらしい……と噂が飛びはじめる。

警視庁でも、マスコミに素ッ破抜かれることを懼《おそ》れて、異例の記者会見を行ない、

「犯人から連絡あり次第、必らず発表するから、絶対にそれまでは取材を禁止して欲しい……」

と申し入れたのだった。

記者たちは、

「また吉展ちゃん事件の、二の舞を演じるんじゃないですか」

と、警察陣の無能ぶりを、盛んに攻撃したというが、そんな記者会見の話を聞いて、石川辰次のハラワタは煮えくりかえった。

とにかく、犯人からの連絡がないのだからどうにもならないのだ。

こうなっては、変質者の犯行であって欲しい……と願うばかりである。

ところが六日目の午前中、飯塚松太郎が、銀行から五百万の現金を引き出した……という情報が入った。

これは明らかに、犯人から何らかの連絡があったと見てよい。

だが、会社に詰めている刑事たちも、飯塚家に張り込んでいる刑事たちも、そんな犯人からの連絡電話は聞いていていない。

本人の飯塚松太郎は、

「犯人からの連絡はない。金を引き出したのは事実だが、これは夜中の取引きに備えるためで、犯人の要求額ではない」

と頑強に云い張るのだった。

飯塚家には車が二台あった。一台はベンツで、松太郎が自分でハンドルを握っている。もう一台はセドリックで、これは母親の昌江が使っていた。

だから、朝家を出て会社へ行くまでの間、飯塚松太郎は全く一人でいるわけで、犯人が連絡しようとすれば、この太子堂と日本橋とを結ぶ線上を利用できる訳だった。

また、松太郎はこの六日間のうち、二晩だけ宴会に出席していた。

とくに五日目の晩は、築地の料亭から、赤坂のナイトクラブへ行き、夜十時ごろ浮かぬ顔つきで帰宅しているのだ。

松太郎は女道楽だけに、酒は飲まない。

だから利口な犯人は、たとえば、松太郎のスケジュールを調べていて、ナイトクラブあたりに電話を入れた……とも考えられるのである。

松太郎が五百万円の預金をおろした――という事実を握った捜査陣は、ただちに緊急会議をひらいた。これは当然の措置である。

議論は、

「いつ、犯人から、どんな方法で、連絡がとられたのか」

という点に集中した。

むろん、犯人から連絡があったということを前提として、これから先どうするか――という方針についても、熱心に論議されはしたが……。

石川刑事は、こうなった以上、飯塚松太郎に尾行をつけるよりない、と思った。

松太郎の性格から推して、行き帰りの車の中に、刑事が身を潜ませて欲しいと頼み込んでも、拒絶するであろうことは、目に見えている。

しかし、そうかと云って、車を追いかけるのに、徒歩では不可能なのだ。車のあとを追跡するには、やはり車よりないが、いつも同じ車が影の如く寄り添っていたら、本人だって気づくし、また犯人だって敏感に嗅ぎ取るだろう。

従って警察としては、数台の車を配置し、お互いに無線連絡をとるよりなかった。

その緊急会議のさなか、飯塚松太郎がベンツを駆って、高速道路に入った……という情報が入った。

「それッ！」と許り、捜査陣は色めきたつ。

わずかに一台の尾行車が、松太郎の車を追跡しているという無線連絡があったが、これでは心細い限りであった。

〈一体、どこへ行くのか？〉

石川辰次は気が気でなかった。こうなると尾行車の無線連絡だけが頼みの綱である。

「あ、ベンツは羽田空港へ入ります。どうしますか？」

無線の声は、思いなしか、弾んでいるようだった。ただちに、羽田空港警察に連絡がとられる。

飯塚松太郎は、有料駐車場に車を駐め、息せき切って国際空港へと走って行った。

真紅の絨毯を敷いた階段を、三段飛びに駆け昇る。

松太郎は、ロビーの中をきょろきょろ眺めたり、特別待合室を覗いたり、バーのある食堂へ入って行ったりした。

ときどき、腕時計をみては、首を傾げる。ポケットから手帳を出しては、なにやら口でぶつぶつ呟く。

なにかを探していることは、誰の目にも明らかだった。

五分、十分……。

とうとう耐りかねて、一人の刑事が近づいた。

「羽田空港警察の者です。飯塚さんですね？　なにか、お探しですか？」

そう小声で聞くと、松太郎は、

「うるさい！」

と刑事の躰を突き飛ばし、とつぜん、

「あッ、そうだッ！」

と叫ぶと、

「ここにホテルがありますか」

と喰いつきそうに訊いたと云う。

「あります。この三階と、もう一つ別の位置にTホテルが……」

突き飛ばされた刑事が教えると、松太郎は三階へ駆け上り、フロントでなにかを訊き、指された方向に走って行った。

さり気なく追った刑事が、フロントで問い糺すと、松太郎は部屋の番号を云い、どこだと訊いたのだそうであった。

「それッ！」

と許りに、その番号の部屋へ行くと、飯塚松太郎が一人の子供を抱きしめて、

「よかった、よかった！」

と泣いているところであった――。

飯塚由香里が、生きて戻って来たのであることは、云うまでもない。

ところで、このあと、もう一つの異変が起きた――。

それは有料駐車場にパークさせた筈の、松太郎のベンツが姿を消していたことである。その車は、間もなく、――と云っても、その日の夕方遅くだが、銀座の地下駐車場のなかから発見されたのだった。

5

飯塚松太郎は、事件が一段落したあと、次のように証言した。

「犯人から連絡があったのは、昨晩、ナイトクラブへ行った時です。時間は、九時前後だっ

たと記憶してます。男の声で、〈娘は無事にいる。五百万の金を用意できるか〉と、のっけに云われました。〈娘はどこだ？〉と訊きますと〈心配するな。金を用意したら、娘は無事に帰す〉との返事でした。私は、必らず五百万円は明日の午前中、銀行から下ろしてくると約束しました。男は、〈銀行はどこだ？　何時に行く？〉と申します。私は、三星銀行日本橋支店に、午前十時かっきりに行く、と云いました。男は、〈よし。絶対に警察にしゃべるなよ。朝、車を尾行されないように注意しろ〉と云い、そのまま電話は切れました。

私は悩みました。家に帰って妻に相談しました。そして二人の結論は、たとえ欺されるとしても、五百万円用意して、由香里の命の無事の方に賭けてみよう、ということになりました。私は翌朝、会社へ出勤したあと、トイレに行くようなふりをして会社を出、タクシーで三星銀行支店へ行ったのです。銀行の支店長に会い、応接室で預金を払い出して貰っている時に、電話がありました。例の男の声でした。男は、〈金は用意したか〉と先ず聞きました。私が〈用意した〉と答えますと、〈では午後二時に、ベンツに乗って羽田空港へ来い。車は有料駐車場に入れて、キーは入れたままにしておけ〉と申します。私は〈金は？〉と聞きました。すると、〈金は新聞紙にくるんで、助手席に置け〉と命令されたのです。〈それで由香里は？〉と訊きますと、〈そのあと国際空港ロビーに行け。胸に目印の朱いハンケチを忘れるな〉と男は云ったのです。

午後二時に、私は胸に、赤インクで染めたハンケチを入れて、金は新聞紙でくるみ、助手席に置き、羽田空港に向かったわけです。云われた通り、有料駐車場にパークさせ、鍵はその儘に、私は国際空港のロビーへ行きました。でも、由香里の姿は見当りません。うろうろしておりましたら、たしかバーの方を覗いた時と思いますが、黒メガネをかけた人物が、〈飯塚だね。二七号室へ行け〉といって、すたすたと脇を抜けて行ったのです。二七号室というからには、特別な待合室かと思い、さっそく行ってみましたが、由香里の姿はありません。私は、手帳に二七号と書きつけて、考え込んだのです。

私が、うろうろしておりますと、また一人の男が近づいて来ました。その男の人は、羽田空港警察の人でした。その人と、やりとりしているとき、ぱッとホテルじゃないか、ということが頭に閃めいたのです。それで空港ホテルの二七号室へ駆け込みますと、由香里がベッドですやすやと睡っていたのです。私が申し上げるのは、以上のことだけです」

……この飯塚松太郎の証言によって、捜査陣は、犯人の用意周到さに目を瞠らされた。

松太郎は、娘が無事に帰ったのだから、あまりことを荒立てないで呉れ、などと云ったが、いとけない娘が六日間も誘拐され、五百万円の身代金を奪われたのだから、その儘に済ます訳にはゆかない。

石川刑事は、松太郎の証言から、この犯罪を計画したのは、松太郎の勤める会社の内部の人間ではないか、と思った。

なぜなら、松太郎が赤坂のナイトクラブへ行っている時間を、正確に見定めて電話を入れているからだった。

なにかのことで、会社の金を費い込んだ人物が、その穴埋めに飯塚常務の娘を誘拐した……と考えられないこともない。

内部の人間だから、松太郎の動きも、刑事の動きも、手にとるように判るのである。

刑事たちは、ナイトクラブ、銀行などに飛び、松太郎の証言の裏付けをとった。そしてそれは、証言通りであることが判った。

ただ紛糾したのは、松太郎が、〈二七号室へ行け〉と教えられたという犯人のことだった。

松太郎が、きょろきょろしはじめた頃、空港ロビーには、すでに三人の刑事が駆けつけていたのだ。二人の刑事は、

「黒メガネの外人男はみたが、日本人の男は見なかった」

と云い、一人は、

「そういえば、レストランから黒メガネの男が出て来て、国内線への廊下の方へと歩いて行ったようだ」

と云ったのである。

これによっても、人間の記憶というものが実に不正確なことがわかるが、問題は、その松太郎の云う黒メガネの男と、ベンツを運転して逃げた人物とが、同一人物か、否か、ということだった。

有料駐車場の係員は、

「ベンツは最近ふえて、一日に何台も出入りするので記憶は曖昧だが、飯塚氏が血相かえて入って来たことは記憶している。あとのことは、料金所で聞いてくれ」

と云った。

ところが料金所の係員は、かなりの年齢の人物なので、出入りする車の種類も、ドライバーの顔も覚えていないのであった。

……こうなると、頼みの綱は、数え五歳の由香里本人の記憶である。

本人は、

「お姉ちゃんと飛行機に乗ったの」

とか、

「大きなお風呂に入ったの」

と云うだけで、これまた誠に心許ない。

だが、そんな幼ない由香里を相手に、石川刑事は毎日遊び相手になってやりながら、なにか手懸りを引き出そうとしたのだった。

飯塚松太郎は、そんな石川刑事に、

「仕事熱心なのは判りますが、こんどの事件のことは、本人の頭から早く忘れさせたいと思いますので、もう来ないで頂きたい」

と怒ったように云った。

仕方なく石川刑事は、幼稚園へ訪ねるようになった。しかし、これも直ぐ飯塚家に知れて、幼い由香里の姿は、幼稚園にも見えなくなってしまったのだ……。

空港ホテルのフロント・マンは、

「当日、午前十時半ごろ、〈予約した飯塚ですが〉と云って、黒メガネの女性が子供さんを連れて現われました。子供さんは、よく睡っていたようです」

と証言し、部屋つきのメイドは、

「髪の毛の長い、背の高い方でした。ハイヒールの故為かも知れません。部屋にお昼ごろカレーライスを運びましたが、子供さんはよく睡っておられたようです。女の方は、マスクをして週刊誌を読んでおられました。荷物は、小型のスーツ・ケースが一つでした」

と証言した。

背が高いという点と、髪の毛が長いという点は、由香里を幼稚園に迎えに来た女性の特徴とは異なっているが、踵の高い靴をはいたり、ヘア・ピースを使えば、目を誤魔化されるのではないか……とも思われる。

ホテルの人間の証言を綜合すると、件《くだん》の女性は、午前十時半に由香里を抱いて現われ、午後一時ごろまでは、たしかにいた。しかしいつ消えたのかは不明確だった。

ただ掃除の小母さんが、午後二時ごろ、サンダルを履いた女性が、小型スーツ・ケースを持って、廊下を歩いているのを目撃している。

石川刑事の想像では、共犯者と思われるこの女性は、目立つ派手な恰好をしてホテルに現われ、時間を見図って着換え、ホテルから立ち去ったものと考えられた。

飯塚由香里の断片的な言葉から空想してみると、女性は由香里を連れ出した後、羽田から北海道へ飛んだらしい。

そして、主犯からの連絡を待ち、その日の朝のジェット機で、羽田へ辿り着いたように思われる。

なぜなら由香里は、

「お姉ちゃんと雪投げしたの」

とか、

「お姉ちゃんと歩きながら、栗食べたわ」

と云ったからである。

北海道には、まだ雪は残っているし、焼栗は札幌の名物だからであった。

石川刑事は、上司に向かって、

「無邪気な子供の言葉を、私は信頼したいと思います。北海道へやらせて下さい」

と頭を下げた。

彼としては、巡査部長になってから最初の大きな事件だけに、迷宮入りにはさせたくなかったのである。

6

……一カ月ほど経った。

石川刑事の手許には、女の足取りだけは、明確な資料として集められていた。

四月十日の午後一時二十分のジェット機で羽田を出発。二時三十分、千歳空港着。タクシーにて定山渓温泉へ。

四月十三日まで、定山渓Gホテルに宿泊。佐藤英子（三〇）、長女・信子（五）という偽名を使っている。

十四日は、札幌市内のGホテルに宿泊し、翌十五日の第一便で羽田へ向けて出発。

——大体、以上のような足取りである。

定山渓のGホテルの従業員たちの証言によると、二人は全くの母子のようで、子供もよくなついていたという。だが、食事も殆んど部屋で摂り、散歩に出かけるぐらいで、外に電話することもなかった……。

顔のモンタージュ写真が、ホテルの従業員や、幼稚園の保母の協力によって完成した。むろん、新聞に発表した。

石川刑事としては、あまり効果を期待していなかったのだが、図らずも渋谷区渋谷四丁目のMコーポラスの住人から、一通の投書が舞い込んだのである。

『私は銀座で働くホステスですが、誘拐犯のモンタージュ写真をみて、吃驚しました。私が、もと働いていたクラブ〈G〉のホステスの美穂さんにそっくりです。彼女はたしか日本橋の、ある会社重役の二号さんになって辞めた、と聞いておりますが、念のために』

差し出し人の名前は、畔倉《あぜくら》千代子という名前だった。

さっそく彼女のコーポラスを訪ねてみるとクラブ〈G〉時代に、海水浴へ行き一緒に撮った写真が出て来た。

モンタージュと較べると、なるほど、よく似ている。

石川刑事は、その写真を借りて、幼稚園へ素ッ飛んで行った。

とつぜんだが、園長に来意を告げると、

「由香里ちゃんのパパから叱られますから、五分間だけにして下さい」

と飯塚由香里を連れて来てくれた。

写真を示すと、由香里は言下に、

「あ、チョコレートのお姉ちゃんだ……」

と云った。

「チョコレートのお姉ちゃん？　飛行機に乗ったり、雪投げしたお姉ちゃんかい？」

「うん。パパと遊びに行ったら、いつもチョコレート呉れるの。でも小父ちゃん、ママに云わないでね……」

由香里は、無邪気にそう云って、困った顔つきになったのだった。

「パパと遊びに――」

石川辰次は愕然となった。

そういえば、ホステスの畔倉千代子は、この写真の女性が、日本橋のある会社重役の二号になった……と云ったのだ。

すると、そのパトロンとは、飯塚松太郎ではないのだろうか？

彼は、震える手で、由香里の頭をなでた。

「いいかい。お利口だから、パパにもママにも、小父ちゃんが来たことを、黙っているんだよ？　そしたら、チョコレートを買って来て上げるからね……」

そういうと、少女は頷いて、

「うん、きっとだよ」

と答えたのである。

石川刑事が、誘拐犯である葉室みず江を探し出すには、さほど時間を必要としなかった。

警察手帳を示して、

「ご同行願います……」

と云うと、彼女は泣き出して、

「折角、お店が出来たのにイ……」

と嗚咽したものだ。

――一時間後。

警察署の取調べ室では、二人の男女が別々に訊問を受けていた。

一人は、葉室みず江である。もう一人は、被害者の父親の飯塚松太郎だった。

彼は、みず江のパトロンであったのだ。

彼女を囲ったのは二年前のことだった。

ところが、みず江が二号生活が単調なのに倦きて、お店をはじめたい……と云いだしたのである。

三百万円の隠し預金はあるが、いまどき銀座で、三百万円では店が出来ない。

「あと五百万円は欲しいわ」

と彼女は云った。根が読書家で、推理小説のファンであるところから、葉室みず江は松太郎に提案した。

「ねえ、由香里ちゃんを私が誘拐するのよ。そうしたら、奥さんだって、五百万円の金ぐらい出すんじゃないかしら？」

飯塚松太郎は、世の亭主とおなじく、財布はがっちりと、妻の昌江に握られてしまっている憐れな亭主だったのである。

妻の昌江は、虫歯が出来るからと云って、チョコレートを病的なぐらいに嫌悪し、娘にも決して喰べさせない。

松太郎は日曜の午後など、

「由香里とドライブに行ってくる」

と云い、二号のマンションに訪れることがあった。そして娘には、

「ママに云ったら、もう、お姉ちゃんからチョコレートを貰えなくなるんだよ」

と、子供のチョコレート好きを逆に利用して、口留めしたのであった。

こんな工合だから、由香里がノコノコと葉室みず江に連れ出され、北海道へ行っても淋しがらなかった道理なのである。

誘拐は、成功した。

松太郎としては、妻の昌江に、絶対に警察に云うなと命令し、恰かも誘拐犯から連絡があったかのように芝居して、五百万円をせびり取る積りだったのだ……。

ところが舅の入れ知恵で、警察に届けたことから、話はややこしくなった。

「実は、二号のした悪戯で――」

と、あっさり自白すればよかったのだが、自白すると葉室みず江を囲っていることが、妻の昌江にばれてしまう。痛し痒しで思案した挙句、松太郎は一人芝居する肚を決めたのだった。

彼は、自分の腹心の部下である経理部長にすべてを打ち明け、手筈通りナイトクラブと銀行とに、時間を決めて電話をかけさせたのである。

定山渓のGホテルにいる葉室みず江には、航空便で、こんな工合にやれ……と細かい指示を与えた。

葉室みず江は、ホテルで服を着換え、松太郎のベンツを運転して帰り、西銀座からタクシーで帰ったのだった。

……一切が判明したあと、石川刑事は、なんとなく世の無常を覚えた。

妻に隠れて、二号を囲った男が、女に店を持たせるための口実に、仕組んだ誘拐事件。まさか誰も、娘の父親が、誘拐の主犯だとは考えないであろう。

まして家庭で禁じられたチョコレートを餌に、五つの娘がその芝居の主役を演じていようとは、空想だにすまい。

〈財布をワイフに握られた、恐妻亭主の悲劇——いや喜劇なのだろうか？〉
事件の調書を読み返しながら、石川刑事はそんなことを考えていた。

犯罪日誌

1

――某月某日。

今日から日記をつけることにした。

O・Lから酒場のホステスへ、百八十度の転換をした記念である。

当分、郷里の母へは、会社を辞めたことは内緒にしておく積り。

そんなことを知ったら母は、上京して来て私の首に綱をつけてでも、引っ張って帰ろうとするだろうから。

でも母は、私が撫養《むや》係長に肉体を捧げ、挙句の果ては堕胎して捨てられた……と知ったら、なんと云うだろうか？

考えてみれば、妻子ある男性に夢中になった私が、莫迦だったのだ。

でも彼は、酔った私を旅館に連れ込んだとき、「結婚する」と約束した。

「妻とは性格があわない。きっと離婚するから、待っていて呉れ」

とも云った。

私は、それを信じた。

二人のために、アパートを移り、ボーナスのたびに、彼の丹前やら、パジャマやら、クッションを買った。

もしかしたら私は、彼の巧みな性のテクニックに溺れていたのだろうか？

だって、生れて始めて、知った男性が撫養研一だったのだから仕方がない。

でも、もういい。

すべては、忘れよう。

二年半の彼との生活……。

考えてみると、楽しかったようでもあり、ちょっぴり苦い体験だったようでもある。

終りの一年間は、猜疑と、嫉妬と、不信との明け暮れだったのに、キッパリ清算してみると、未練たらしく彼に縋りついていた自分が、なんとなく阿呆らしく感じられてくるから不思議だ。

勤め先を、西銀座の会員制クラブに決めたのは、並木通りを歩いていて、ある男から声をかけられたからである。

彼は長谷川と云って、そのクラブ〝宝石〟の支配人だったのだ。

日給三千円、午後六時から十一時半までの勤務、という条件だった。

二十五日働いて、七万五千円である。

新宿のスタンド酒場は、彼に連れられて、何度となく出入りしているから、雰囲気はわかっている積りであった。

支配人に連れられて、そのお店というのを覗いてみたのが一昨日の午後四時ごろ。

カウンターはなく、大理石らしいテーブルが、十二ばかりあった。

天井は淡いグリーン。

壁は真紅のモヘアを貼ってある。

ジュータンは濃い紫。

まるで狂人のような配色だと苦笑したら、

「天井は翡翠、壁はルビー、床はアメジストの色です。テーブルはダイヤ、オパール、真珠の色になってます……」

と支配人は自慢し、

「この店の経営者は、四人の宝石商で、マダムは雇われですから働き易いし、四人の旦那に気に入られたら、すぐ真珠のネックレス位、貰えますよ……」

と云った。

この言葉が、私を動かしたのだ。

私は即座に勤めることを決めた。

長谷川支配人は、私の服装をじろじろと点検して、

「派手な服装の子が多いから、きみは地味なO・Lスタイルで行くかな。当分、野暮ったい恰好をしてね……」

と云い、それから、

「きみ、ハイヒール持ってる?」

と訊いた。

「中ヒールなら、ありますけど」

と答えると、

「だめ、だめ。店の中では、踵の細い、高さ三寸以上の靴を履くのが規則なんだ。その方が、脚がすらりとみえるし、セクシーだからね。すぐ買って、練習に歩いておき給え。それから安っぽい宝石や、アクセサリーなら、身につけない方がいい。わかったね」

と云った。

私は、〝宝石〟に寄った帰り、並木通りの近くにある靴屋に寄り、黒のハイヒールを買って、アパートに帰った。

撫養研一の下着、浴衣、丹前などは、全部ひとまとめにして小包にした。アパートを移るとき、彼の奥さん宛に、郵送してやることに決めたのだ。

辞表を書き、会社に提出して、退職金を貰った。

四年間働いて、身も心も傷ついて、その報酬がたった五万一千円なり。

情けなかった。

でも今日からは一カ月で、七万五千円貰えるのだ。

頑張ろう。

セットに行って、少し濃い目の化粧。

新しいハイヒールを履いて、畳の上を歩いて練習をしてみる。

どうも足許が覚束ないが、そのうち馴れるだろう。

少し早目に家を出る。

2

——某月某日。

この四日間、日記をつける心の余裕もないほど、緊張の連続だった。

日曜日というものが、こんなに心安まるものだとは、O・L時代には、考えてもみなかったことだ。

もっとも日曜日は、朝から彼が来て呉れるか、どうか許り考えていたのだから、心の安らぎはない。

正直に云って、気疲れする仕事だ。

三千円呉れる筈である。

はじめの日、何人かのホステスに支配人から、引き合わされた。

店では、〝照美〟と名乗ることになる。

「照美ちゃん、五卓!」

と支配人から云われて、キョトンとしていたら、

「おい、呼んでるよッ、早く行かないかい」

と、どやされてしまった。

水江という名の姐御肌の小母はんだ。

だって、照美という名に実感がないし、五卓がどのテーブルか判らないのだから、仕方がない。

新入りなんだから、親切に教えて呉れればよいのに……。

ちょうど客がテーブルに案内されて来たので、見当をつけて小走りに駆けたら、ハイヒールに馴れないため、ひっくり返ってしまった。

そのひっくり返り方が派手で、細い脚が魅力的だと、客は笑い、さっそく〝バンビ〟という渾名をつけられてしまった。

歩き方が、生れたばかりの、仔鹿に似ていると云うことらしい。

最初のテーブルの客は、堀川と名乗る人物だが、職業は判らなかった。

相手が話しかけるのに、おずおず答えるのが精一杯で、すぐ赤面してしまう。

ボーイに灰皿と云われて、グラスをひっくり返したり、次のテーブルでは客からスカートをめくられて半泣きになったり、初日だけでいろいろなことがあった。

二日目は少し落着いて、先輩ホステスの顔や名前を覚えたり、ホステス同士の会話の仲間入りが出来るようになる。

クラブ〝宝石〟のホステスは、マダムを入れて二十五名。

マダムは、銀座のさるバーで、ナンバー・ワンだった女性で、その腕を見込まれて、引き抜かれたのだそうだ。

四人の出資者は、日本橋、上野、新橋、神田に会社をもつ貴金属宝石商で、よく顔を合わせて飲み歩いたり、マージャンをするうちに、店を持とうと云うことになって、お互いに千五百万円ずつ出資し、経営のすべてを長谷川支配人に一任したのが始まり。

竹屋、滝、手柴、桝山という四人の出資者は、それぞれ癖があり、愉快なグループだと云う。

その一人の滝さんには、二日目の夜、拝顔の機会があった。

「ほう、新入りかい。素人っぽくて、なかなかいいじゃないか」

と彼は云い、

「半年、辛抱してごらん。そしたら、夜の世界がわかるから……」

と忠告して呉れた。

滝さんはケチで、ホステスにも滅多に飲ませないんだそうだ。

——経営者として、店の利益を減らしたくないからな。

というのが口癖だときいた。

ところが三日目の夕方、私は魔がさしたと云うのか、退職金の入った封筒を、なにげなくハンドバッグに入れて店へ行った。

——いらっしゃいませ。

——お飲み物は?

——ボーイさん、灰皿を……。

——ありがとう存じました。

ぐらいの四つの言葉なら、平気ですらすら云えるようになったのが嬉しく、また水江さんから、

「はじめの頃は、少しアルコールを入れた方が、度胸がついていいんだよ……」

と奨められて、ハイボールをご馳走になってから、少し浮き浮きしていたのも、いけなかったのかも知れない。

「タクシー代は出すから、少し遅くまで店にいて呉れ」

とチーフから云われ、十二時すぎに客が帰ったので、更衣室へ行った。

ホステスの更衣室は、トイレの反対側にある。

三十ぐらい棚が仕分けてあり、私のボックスは右の一番下に決められていた。

ところで、入れておいたハンドバッグが、一つ上の棚に移動している。

その時、

〈変だな……〉

と思えばよかったのだが、蓋をあけてみて封筒があるので、安心して、タクシーの行列に並んだ。

やっとタクシーに乗り、アパートへ着いたときだった。

封筒の中に、たしか千円札があった筈だと思って、金を引き出そうとしたら、なんと空ッポではないか！

私は、蒼くなってしまった。

小銭入れて攫えて、やっとタクシー代を支払ったが、降りるのも忘れて、しばらく呆然としていた。

〈盗まれたのだ！〉

私は直感した。

五万一千円の退職金に、足が生えてノコノコ移動するわけがないし、誰かが私のバッグに触れたことは、右下隅の棚から一つ上段に移っていることでも、一目瞭然である。

翌日、出勤すると同時に、私は長谷川さんに抗議した。

すると長谷川さんは、

「現金だけ、抜き取られたのかい？」

と眉根を寄せ、

「ここだけの話だが、先月もあったんだ」

と云った。そして彼は、

「財布を、バーテンに預けるように」

と指示しただけである。

私は逆上して、

「盗まれた五万一千円はどうなるんです！」

と云った。

支配人は、

「返っては来ないさ。更衣室に入るのは、ホステスだけだから、犯人はきみの同僚の中にいる。警察へ届けるかね？」

と、ひどく冷たい。

「警察に届けます」

と、むきになったら、

「届けても、金は返って来ない。それに、みんなから怨まれて、意地悪されるだけ、損じゃないか……」

と云い、

「五万円ぽっちの金なら、きみさえ目を瞑る気があれば、一晩でものにできるんだよ。それが銀座というところだ……」

と長谷川さんは、人ごとだと思って、そんな云い方をする。

――目を瞑る。

つまり、金持の客とホテルへ行くことである。

支配人は、

「堀川さんが、きみなら一晩、十万円だしてもいい、と云ったぜ……」

と含み笑い、

「盗まれたら、他の形で奪り返すのさ！」

と、私にささやくのだ。

私は、ユーウツになった。

金を盗まれる。

その金は、私の四年間の凡てだったのだ。

犯人は、私をのぞいた二十四人の中に、必ずいる。

にも拘らず、警察に届けても、無駄だと云う世界。

土曜日で、客の少なかった所為《せい》もあるが、私は浮かぬ顔つきで夜を過した。

共同経営者のメンバーである手柴、桝山の二人と会えた。

二人とも肥大漢で、手柴さんの方は冗談ばかり云って人を笑わせ、しかもズーズー弁で面白い。

桝山さんは、一見、謹厳実直タイプ。

しかし、初対面の私に、いきなり、

「今夜、三万円でつきあわない？」

と云い出したから駭《おどろ》いた。

……ともあれ、この四日間は、汚れ物を洗濯する元気もない位で、とくに退職金を盗まれたショックは大きい。

昼すぎ、支配人から命令されていたので、マダムに電話した。

「すぐ、いらっしゃい」

と云うので、仕度して出かけた。

高樹町《たかぎ》ちかくの一軒家。

小さな庭があり、〝諸国多佳子〟と標札が出ていた。

彼女は三十一歳で、独り暮し。

炊事、洗濯は、通いの家政婦に任せてあると云う。

「茶の間で、いいわね」

と彼女は云い、紅茶にコニャックを淹れて奨めて呉れた。

「お金を、盗まれたんですってね」

とマダムは苦笑し、

「二十四人もホステスがいると、中には手癖のわるい女がいるものよ。特に、メンスの前後になると、見境もなく人の財布を盗む子もいるわ……」

と私に教えた。

彼女は、大金をバッグに入れておいた私も手落ちがあり、自分もマダムとして監督不行届きで手落ちがあったと云い、だから個人的に五万一千円の半額だけ立替えよう、と云った。

二万五千五百円を勘定して私に手渡し、

「本来なら、給料から返して貰わねばならないんだけど、今夜、泊って、私の話し相手になって下さるのなら、プレゼントするわ。どう？　どっちがいい？」

と妖しく微笑したのだ。

むろん私は、後者を撰んだ。

六本木でビーフステーキをご馳走になり、マダムの家に戻って一緒に風呂に入った。

彼女は、いろいろと自分の苦労話やら、ホステスの交際術やら、悪質な客の見分け方などを話して呉れた。

とても参考になったのは事実だ。

入浴後、泊って行けと、酒を奨められる。

「一度、自分がどれだけ飲めるのか、限界を知っておいた方がいいのよ？　もし、ハイボール六杯で酔っぱらったら、お店では五杯で控えるとか出来るでしょ？」

そう云われて、なるほどなと、限界を知ろうとしたのが、いけなかったらしい。

真夜中――。

気づくと私は全裸にさせられて、マダムから唇を吸われていた。

そして彼にしか、触られたことのない、恥ずかしいところをマッサージされている。

私は、藻掻いた。

マダムは、私が抗《あらが》えば抗うほど、強く唇を吸って抱きしめ、左手で乳首を、右手で恥ずかしいところを攻めてくる。

唇と、乳房と、あそこと——。

女が最も敏感なところだ。

あとで、三ところ攻めと云うのだと、彼女から教わったが、私は生れてはじめて、恍惚となった。

研一の愛撫は、たしかに粘っこくて、処女だった私に、数カ月たらずで、女の欣びというものを教えて呉れたが、マダム多佳子のそれに較べると、やはり無駄があった。

おなじ敏感な部分を触れるにしても、指の腹が乾いている感じで、ときどき強かったり物足りなく、私の方から、

「ね、唾つけて……」

と哀願したことが、何度かあった。

ところがマダムの指にかかると、寝入っていた筈なのに、私の内股は、顔から火が出そうなほど濡れていて、その部分は火のように熱く、豆のように硬く、そして、それが繋がる部分が、まるで研一の物を小型化したように、柱のようになって痙攣しているのだ。

こんなことは、いままでないことだった。

豆粒のようなしこりが、ピクピクと動くだなんて、信じられない！

マダムは、

「もう、駄目でしょ？　でも、女は何度だって、オーケイなのよ……。一晩中だって、可能なの。だから遠慮しないで……。我慢しないでいいの、ね……」

と、ささやく。

私は、堰切った洪水とおなじで、マダムに抱きついた。

「ママ！　だめ！」

と叫んだあと、私はいったい、何回その恍惚境を味わったろうか？

酒で酔っていたことが、私を大胆にしていたのも本当だ。

私たちは、お互いをま探り合い、お互いに顔を埋め、最後はマダムの希望で器具（あとで〝千鳥〟という名だと教わった）を使い、何度も何度ものけぞりあった。

私は、生れて始めて、泣いた。

快感の極致に、また泪があることを、私は教えられたのである。

明け方ちかく、くたくたになって眠り、正午ごろ目覚めて、また軽く愛撫しあう。

酒の酔いを借りない所為か、ひどく面映ゆかった。

マダムは、微笑して、

「レスビアンの味に較べたら、男と女って、他愛ない味でしょ？」

と云い、

「男に穴貸して、慊《あきた》りなくなったら、また訪ねてらっしゃい。いいわね？」

と意味あり気な目の色をした。

3

——某月某日。

私も、やっとホステスらしくなった。

支配人の指示で、髪形や服装を変えた所為もあるだろうが、今夜も、

「ふーん、銀座の水は恐ろしいねエ。三カ月で、別人みたいに垢抜けるじゃないか！」

と、お客に云われた。

たしかに、三カ月のあいだに、私は成長したと思う。

パンティ、スリップ、ブラジャーなどの下着類だって、O・L時代の白一色から、水色や桃色に一変した。

入店の頃は、黒のハイヒールが一足しかなかったが、今では靴箱に、色とりどりのが十足あまり並んでいる。

洋服にあわせて、靴を撰ぶのは、今では私の愉しみの一つになった。

アパートだって、不便な木造アパートから四谷の鉄筋アパートに移った。

敷金二十四万円、家賃六万円……なんて数字は、四カ月前のO・Lだった私には、高嶺の花であった。

だが、私は〝目を瞑る〟ことを覚えたお陰で、敷金や手数料を支払っても、まだ十数万の貯金があったのだ。

水江さんの言によれば、いろんな男とセックスを愉しみ、それでお金になるのだから、こんな素晴らしい収入はないと云う。

私も、本当だと思う。

一番はじめに目を瞑ったのは、一晩十万円で——と口説いていた堀川さんだった。

「どういう風の吹き廻しだね……」

と云うから、

「母が子宮癌で、手術代が要るんです」

と嘘を吐いたら、本気にして、すぐ翌日の約束となった。

午後二時に、銀座のホテルのロビーで待ち合せ。

部屋がとってあり、堀川さんは、部屋の番号だけ私に囁いて、一足先にエレベーターへ乗った。

なかなか巧妙な方法である。

バスに入り、全裸でベッドで抱きあう。

五十六という年齢の所為か、なかなかエレクトしない。

彼に教わった尺八をしてやると、堀川さんは忽ち私にのしかかって来て、十秒ぐらいで終了した。

〈一秒、一万円だわ！〉

私は、お金を受取りながら、自分でも信じられない気持だった。

ホテルを出て、ハンドバッグを買って貰い、天麩羅をご馳走になって、店に同伴出勤。

長谷川さんはニヤリとして、

「今夜から、堀川さんは、きみの客ということにするからね……」

と云った。

私の客――ということは、堀川さんの勘定は、私が責任もって店に支払う代りに、サービス料を適当につけ込んでよろしい、ということ。

十秒間で十万円貰い、ハンドバッグを買って貰った上に更に勝手にサービス料がつけ込める。

なんという違いだろう！

私は、目を瞑る楽しさを知った。

次は、店の四人のオーナーの一人である竹屋さんであった。

年齢は五十一の働き盛り。

むっつりした顔で、冗談を云うタイプだ。

「どうだい、片手で？」

と誘われ、店が終ってからホテルへ直行。

風呂にも入らず、そのものズバリで、もそもそ動いていると思ったら、すぐに動きが止った。

「どうしました？」

と訊くと、

「うん、終ったよ」

と、のそのそ起き上ったから愕いた。

時間にしたって、一分たらずだろう。

……それで五万円！

私は、この二人の男性にヒントを得た。

年恰好は、五十歳以上を狙う。

なぜなら金持だし、あの方は弱いから、エレクトすると、すぐ落城してしまうからだ。

なかには老人の癖に、なかなかエレクトせず、手を焼く男もいたが、その比率は一割ぐらいであり、大体において、私の狙いは成功していたのである。

五十過ぎの紳士は、決して店の中で、私と情事をもったことは口外しないし、また態度にもみせない。

その上、金離れはよいし、私と関係があったことを、長谷川さんに耳打ちしておけば、大きな支障のない代り、私の客になるわけだった。

だから私は、二重の収入を得ることになったのだ……。

——ところで。

今夜、ペンを執ったのは、他でもない。

あの憎い犯人が、見つかったからだ。

三カ月前——入店三日目の私のハンドバッグから、退職金五万一千円を盗み取った犯人が、である。

私は、マダムが、店の女の子が、メンスの前後になると、見境なく物を盗む……といっていたことを思いだし、支配人から前の月に盗難があった日時を聞きだし、私が盗まれた日までを勘定して、もしや犯人は二十九日型のメンスの女性ではないかと考えた。

それで、私が盗難にあってから、二十九日目ごろ、気をつけて同僚たちを観察していると、ちょうど生理にあたっている者が、六名いた。

その六人に、私は目星をつけたのだ。

そしてまた二十九日目に、その六人を観察していると、由美子、夏子、光江の三人が、頻繁にトイレに通っている。

犯人は、この三人の中にいる！

私は、店が始まる前に、わざと財布を出し入れして注意を引き、ハンドバッグに納めて更衣室の棚においた。

むろん現金は抜き取って、帯のあいだに入れ、バッグの留め金の近くの黒革に、そっと靴墨を塗っておいたのだ。

更衣室には、開店後も、ホステスは自由に出入りできる。

私は、店の途中で更衣室に立つ三人の、指先にそれとなく目を光らせた。

そして、とうとう光江の左指に、靴墨がくろぐろと付着しているのを発見したのだ。

私はわざと、

「あら、光江さん。指が真ッ黒よ。マスカラの瓶でも握ったの？」

と大声で注意してやり、彼女がハッと指をみて、慌ててトイレに駆け込むのを見定めてから、私は〝復讐〟した。

更衣室に入って、光江のバッグから、現金だけを抜き取ったのである。

あとで調べると、三万円ちょっぴりしかなかったが、マダムから二万五千五百円を受取っているから、損害はない。

光江は、帰りがけになって、

「財布の中味がない……」

と騒ぎ立てはじめた。

私は、マダムに云ってやった。

「あたしの財布の中味もないいんです」

と——。

そして私は、盗難よけに、留め金の縁に靴墨を塗っていたのだと云い、

「今夜、指を黒く汚していた人は、どなたかしら？」

と爆弾を投げてやったのだ。

光江は、こそこそと無言で、帰って行ってしまった。

ざまア見ろ、である。

おそらく光江は、自分が抜き取りの犯人であることを、自白したようなものだから、明日から店にはやって来れまい。

だが——更衣室で、光江の財布の中味を、抜き取った時の、あのスリルはどうだろう。

わくわく、でもない。

ぶるぶる、でもない。

バッグの留め金をはずし、財布を素早く探しだし、現金だけをすーッと抜きとり、元通りにしておく。

時間にして十秒、いや六、七秒の作業である。

しかし、なんとその時間の、長いように感じられたことか！

そして、その紙幣をブラジャーの間に納い込んだときの、背筋をぞくぞくッと顫わせた、あの快感よ！

おそらく女白浪の光江は、メンスのたびにその〝快感〟の誘惑に辛抱し切れなくなって犯行をつづけていたのだろう。

私には、わかるような気がする。

客とホテルへ行き、肉体を相手に委ねるという行為には、やはり献身的な、なにかがある。

だが、人の財布から、現金だけを抜きとるという行為には、いわゆる労働という負担感はない。

だから光江は、その快感を追い詰めてしまったのである。

バカな女だが、同情の余地はあるようだ。

この三カ月の収入、左の如し。

〈給料〉

　本給　　　　　　二〇二、五〇〇円。

サービス料　　　　一七五、〇〇〇円。

〈別収入〉

　SEX　　　　　　七五〇、〇〇〇円。

　その他　　　　　二〇〇、〇〇〇円。

合計　　　　　一、三二七、五〇〇円。

……その他の別収入とは、ハンドバッグや靴、洋服などを買って貰った、いわば品物の概算である。

たった三カ月で、百三十万円！

O・L時代の二年半の給料分が、わずか三カ月で稼げたのだ……。

われながら、驚きである。

アパートを越す時、撫養研一の奥さん宛に彼の荷物を、偽名で郵送してやった。

あとで聞いたら、彼は夫婦喧嘩して、三日ぐらい会社を休んだ由。

そして出勤して来たとき、顔に絆創膏を三つも貼りつけていたと云う。

いい気味だ。

——自戒。
①毎日、週刊誌と新聞を読んで、話題豊富なホステスとなること。
②行きは地下鉄に乗り、決して店に遅れないこと。
③商売のための金は惜しまず、他の支出を極力おさえて貯金すること。
④ＳＥＸは一回三万円以下の安売りはせず、病気に罹らぬように努めること。
⑤他の同僚は、すべて敵と思い、決して隙をみせぬこと。

4

——某月某日。

人のことは、笑えない。

メンスが店の出勤の途中ではじまり、苛々していたこともあるが、更衣室に入り、常日頃、あたしに何かにつけて意地悪をしている佐紀子の、自慢の鰐皮のハンドバッグをみた瞬間、

〈悪戯《いたずら》してやれ……〉

という気持に駆られてしまったのだ。

気づいた時には、私は、佐紀子の財布の中味を、抜いてしまっていた。

アンネをもって、トイレに入り、勘定してみると、なんと十五枚もある。

私は、集金の帰りか、なにか、なのだろうと思った。

嵩ばりすぎるし、危険だと思った（なんと私の勘のいいこと！）ので、アンネのビニール

の袋に包み、トイレの隅の生理綿を始末する、汚物入れの底に隠しておいた。

それっきり客席で陽気に酒を飲み、私は忘れていたのだが、早退けのホステスが帰ろうとすると、支配人の長谷川さんが、

「みんな、残って呉れ」

と怖い顔をしたと云う。

私は、ハッとなった。

案の定、みんなの私物調べが始まった。

佐紀子が、出勤して来た七時頃から、更衣室へ出入りした者は、特にマークされたが、

「アンネだったら、出入りするのが、当然じゃないの」

と私は文句を云った。

和服の者は、マダムから帯のあいだ、洋服の者はブラジャー、コルセットの点検をうける。

ボーイが椅子の背とシートとの間を探ってみたり、暗い床の上など調べてみたが、一向に出て来ない。

私は、

「ほんとに、十五万円も持ってたのかしら。人騒がせね」

と、わざと小声で呟く。

すると姐御肌の水江さんが、

「そうだ、そうだ。人をさんざん調べさせておいて、この結末はどうつけて呉れるのさ」

と云い、一方の旗頭である雪子さんも、

「なくなった、と主張するんなら、店に入ったとき、十五万円あったという、証明をみせてよ！」

と凄みだした。

佐紀子は、半泣きになる。

支配人が、

「それもそうだ。今日は、集金には、行ってない筈だし、きみは貯金がないからって、先月、バンスを渡した筈だったね……」

と佐紀子に云った。

吊し上げである。

とうとう佐紀子は泣きだして、

「ある人から、貰いました……」

と、蚊の啼くような声になる。

「ある人って、誰さ！」

「職業、氏名を云いな！　あとで、たしかめてみるからね！」

「いますぐ、自宅にかけて、みようじゃないか！　念のために、ね」

彼女、集中攻撃をうけ、とうとう白状に及んだが、なんとその男の名は、滝さん。

マダム多佳子と肉体関係がある、ホステスとしては触れられない人物であった。

さあ、マダムは激怒する。

「ちょっと顔を貸して頂戴！」

とママが、ヒステリックに叫び、佐紀子が泣いて、「堪忍して下さい……」と床に突伏したのが印象的だった。

長谷川さんからタクシー代を貰い、帰り仕度してトイレに入り、問題の十五万円は無事に回収したが、白刃の上を渡るようなスリルがあった。

でも、もう止めよう。

佐紀子は、ママの旦那を奪ったんだから、十五万円を喪《うしな》った上、馘になるだろう。

5

――某月某日。

かねがねそう思っていたが、吉徳という客は、全く鼻持ちならない男だ。

手柴さんの同じ仲間の宝石屋さんだという紹介であったが、竹屋さんに聞いてみると、仲間といっても地金商で、宝石とは程遠いということである。

前から、

「一度、浮気しよう。浮気しようよ」

と誘われていたが、年齢は四十そこそこ、鼻が大きく、唇が厚いので、効率がわるいと敬遠していたのだ。

今夜、珍しくやって来て、

「おい、今夜つきあえよ。今夜は、たっぷりある……」

と云うから、

「そう。では、気前よく半分も呉れる？」

と訊いた。

「たっぷり、あるんだから、けちけちせずに全部呉れてやる！」

吉徳は、そう云った。

それで気持が動いて、私は、店のはねたあと、寿司屋をつきあい、ホテルへ行った。

すると、ホテル代を私に払わせるのだ。

「立て替えとけ」

と云う。

仕方なく支払うと、

「おい、早く裸になれ、時間が、勿体ないじゃないか」

と、せかし立てる。

情緒も、へったくれも、ありやしない。

「お金を頂戴よ」

と云ってやると、

「品物を買ってからだ」

とベッドから怒鳴り返す。

〈こん畜生め……〉

と、仏頂面でベッドに入る。

するとと、太い指でごしごしやって、

「おい、スープを出せよ、不感症!」

とか、

「俺のも、触ったらどうだ、怠け者め!」

などと云う。

よっぽど、ベッドから飛び出してやろう、と思ったが、こうなった以上は、約束の物は貰わなければ……と辛抱した。

そのうち、乗りかかって来たが、その太いこと、太いこと、頭の芯がズキン、ズキンした位である。

そして時間の長いこと、長いこと。

私は途中で、なんど、止めて呉れ、と叫びたかったか知れぬ。

一時間ぐらい、「ああしろ」「こうしろ」と体位を変えさせられ、私がくたくたになったところで、やっと終了したけれど、私の体がバカになったみたいで、とても快感どころではない。

ぐったりなっている私に、吉徳の奴、

「たっぷり、出してやったからな！」

と嬉しそうに云う。

「さ、約束の物、頂戴」

と切り口上になると、彼、ニヤニヤして、

「だから今、やったじゃないか。たっぷり貯まっている奴をよウ！」

と云う。

私は、顔色を変えた。

吉徳は、私を罠にかけたのだ。

「金は？」

と云うと、

「一文もねえよ。人にホテル代を払って貰う位の男に、金があるわけないじゃないか。そうだろう？　大体、男にサービスさせておいて、金を貰おうなんて云う、汚ない料簡じゃあホステスとして落第だぜ……」

と嘲嗤い、裸で浴室へ消えてしまった。

〈畜生！　はかられたか！〉

私は怒りのため、体が顫えた。

しかし、大の男が無一文だなんてことは、先ずあり得ない。

相手が、湯に入ったのを幸い、私は吉徳の洋服のポケットを探った。

名刺入れの中に、金額の記入してない、吉徳名義の小切手があった。

ズボンを探る。

男のズボンの内側に、隠しポケットがあることを、知っている人は少ないが、私は知っていた。

かなり厚かった。

二つ折りにした一万円札。

真新しい。

三十万円はある、と思った。

私は洋服を元通りにしておいて、ホテルの浴衣を着てトイレに入り、小切手を中にして一万円札を丸く筒のように固く巻き込んだ。

そして、私の体のある部分に、挿入したのである。

私は、浴室から出た彼と入れ代りに、浴室へ入った。

湯をかぶり、栓を抜いて、浴槽に突立ったまま、タオルで上半身を拭いていると、ワイシャツだけ着た吉徳が蒼い顔で、浴室の戸をガラリとあけた。

「おい……」

吉徳は、しゃがれ声で云った。

「あんたなんかに、おい呼ばわりされる、理由はないわ」

私は怒鳴り返した。

「金を……どこにやった？」

　相手は云った。

「お金？」

「そうだ……」

「なに云ってんのよ！」

「なにイ？」

「先刻、一文なしと云ったじゃないの！」

「莫迦！　あれは冗談だ！」

「じゃあ、なにかい。金はあったけど、タダ乗りしたってえのかい！」

　私は、わざと伝法な口調をきく。

「たしか、ズボンのポケットに……」

「ほう。金があるんだね？　じゃあ、貰おうじゃないか！」

「そ、それが、なくなってる！」

「なに云ってるの。先刻は無一文で、こんどは金がなくなったって、因縁つけて、人から車賃を貰おうって云うのかい！」

　……われながら、驚くようなタンカの切り方であった。

　ホステス稼業も六カ月経つと、仲間の悪い言葉が、いつしか身についてしまっている。

「おい、出してくれ……」

「ふン。なに云ってんのさ！」

「五万円やる……」

「全部、呉れるって云っときながら、無一文だと云った癖に。一体、どっちが本当なんだ！」

「だから、冗談だと……」

「無一文の筈なのに、金がなくなるわけないだろ？　人を疑って、持ち物を探すというんだったら、ホテルの人を呼んで貰うよ！」

吉徳は、浴室から荒々しく引き返した。

フロントに電話をする音が聞えた。

——五分後。

私は、ホテルの人が来るころ、わざと浴室から出た。タオルを使いながら……。

彼の一万円札と小切手は、私の下腹部に納まっている。

しかし人間というものは、紙と水とは、紙の方が水に溶けるから、湯に入る時には、紙幣は身につけないと考えている。

私は浴衣をまとい、

「この人、先刻は無一文だから、金は払えないって云っときながら、人が湯に入ってたら、金がなくなった、返せなんて、因縁をつけるんですよ……」

とホテルの人に告げ、

「私の持ち物を全部、立会いで調べて頂戴。その代り、出て来なかったら、約束を破ったんですから、ここからお家に電話して、奥さんに金を届けて貰いますからね。あんた……証人になって頂戴！」

と開き直った。

吉徳は自信あり気に、私のハンドバッグの中を調べたが、出てくる訳がない。スーツを調べ、ブラジャーやコルセットの間まで調べて、パンティを裏返そうとしたから、

「変態ッ！　なにするのよッ！」

と大喝して、私はパンティをひったくり、浴衣のまま、後ろむきになって、その下着を穿いた。

これで、一安心である。

吉徳は、未練たらしく、枕の下、乱れ箱の下から、鏡台、はてはテレビの裏蓋まであけて調べている。

つくづく下劣な男であった。

結局、どこにもない、という結論になる。

私は、

「それみなさいよ！　はじめから無一文の癖して！　なにが、金が無くなったよッ！　なにが盗んだだよッ！」

と喚《わめ》きちらし、奥さんに電話しろ、といきまいた。

ホテルの人が仲裁に入り、吉徳は私に土下座して詫びを云って、不服げに帰って行ったが、いい気味だと私は思った。

四谷のアパートに帰り、さっそく取り出してみたら、なんと四十枚もある。

一枚は湿っぽいが、使えないことはない。

小切手が紛失していることに気づいたら、どんな顔するだろうと思いつつ、小切手だけは気前よく燃やしてしまった。

……でも、あの男が悪いのだ。

人にホテル代を払わせた上、タダ乗りしようというのが肚立たしい。

それにしても、〝たっぷりある〟とは、口惜しいが、私のようなホステスの、ひっかかりそうな表現である。

金、金、金と思っているから、お金がたっぷりと考えてしまう。

しかし吉徳は、〝精液がたっぷり〟の積りだったのである。

むろん、人を引っかけるための言葉。

まあ、四十万円なら、肚は立ったが、別収入としては悪くない。

それも、いくら真新しいとはいえ、四十枚の一万円札を筒状に丸めて、よく納まったものだと苦笑した。

あいつの、大きな道具が、トンネルを拡げて呉れた直後だからだろうか。

6

——某月某日。

偶然かも知れないが、O・Lだった頃の専務が、同窓会の帰りとかで、堀川さんとクラブ〝宝石〟に姿をみせた。

私の顔など、憶えてないと思うが、席につくには矢張り抵抗がある。

しかし思い切って、

「専務さん、暫くでございます」

と云うと、連れの堀川さんが、

「きみ、緒方君は社長だよ……」

と云い、納得顔で、

「そうか、そうか。きみは、緒方の会社でO・Lしていたのか」

と助け舟をだして呉れた。

緒方専務——じゃない、社長は、驚いたような顔して、

「きみ、安い給料が不満で、辞めたのか」

という。

私は首をふって、思わせぶりに、

「こんな場所では、云えませんわ……」

と云ってやった。

ホステスも、満一年になれば、自然といろんなテクニックを覚えるものだ。

緒方社長はマジメ人間だから、

「家庭の事情かね……」

などと聞く。

私は、耳に口を寄せて、

「会社に関係のあることなんですけど、店ではちょっと……」

とささやいた。

すると、真顔でうなずいて、

「今夜、私の家に来ないかね？」

と云う。

「十一時半まで、居て下さいます？」

と微笑すると、やはり会社のこと、というセリフが気になるとみえ、

「うん、いよう。でも正直に、喋って呉れるね？」

と小声になったから、苦笑する。

カンバンになって、緒方社長の車に乗り込む。堀川さんは、気を利かして、先に帰ってくれた。

緒方社長は、会社の創立者である会長の、長女を嫁に貰っている。

だから奥さんに、頭が上らないという噂であった。

そんな家庭に、深夜、ホステスの私が一緒に帰って来たら、一波乱あるに決ってる。

それで、私のアパートに連れて来たのだ。

車に待っていて貰い、コーヒーが欲しいと云うので、湯を沸かした。

物珍しいのか、緒方社長は、

「案外、きちんと片付いているんだな」

とか、

「家賃は、いくらだね……」

などと、照れ臭そうに呟く。

コーヒーが沸くと、彼はせっかちそうに、腕時計をながめ、

「きみ！　会社を辞めた理由を、云って呉れないかね……」

と苛立つ。

私は静かに、

「あたし、四年の在職中、ずーッと文書課に配属されておりました……」

と、呟いてみせる。

「なるほど、それで？」

と緒方社長は催促した。

「あたし……上司にあたる方と、むりやり体の関係をつけられ、それを餌に、ときどき、と

きどき……」

　私は、口ごもった。

「ときどき、なんだね？」

　緒方社長は身を乗りだしてくる。

「ときどき、別の会社の人に、お使いを頼まれてたんです……」

「別の会社というと、うちの子会社？」

「いいえ、ライバル会社です」

　緒方社長の顔から、血の気が退いた。

「きみッ、それは、本当かッ」

「……」

「その上司ちゅうのは、誰だ？」

「それだけは、云えません」

「云えない？」

「はい。愛してましたし、あたしが、彼の犠牲になって、ことは丸く落着したんですから」

「うーむ……」

「どうか、その人を責めないで下さい。きっと、魔がさしたんですわ……」

「うーむ！」

「でも気をつけないと、女というものは、一度、体を奪われると弱い動物ですから、相手の云いなりになりますわ……」

「うーむ！」

「まして、恋は盲目でしょ？　それが会社にとって、プラスになるか、マイナスになるかも考えずに……」

「ふーむ。そんなことが、あったのか」

「所詮は、あたしが莫迦だったんです……」

私は、泪を泛べてみせ、

「これで、会社を辞めた理由は、おわかりでしょ。さあ、どうか、お帰りになって！」

と云った。

緒方社長は、口をもぐもぐさせて、

「きみ……その男は憎くないのか？　その男の名を云って呉れたまえ！」

と云ったが、私は淋しそうに首をふり、

「もう、忘れて下さい。済んだことですわ」

と、出口を右手で示したのである。

社長の車が立ち去ったあと、私は赤い舌をペロリと出していた。

撫養研一の命令で、ライバル会社に書類を届けに行ったのは事実だが、それは勤めていた会社が、その年、業界の幹事会社をしていたので、官公庁からの通達文書を届けに行ったに過ぎない。

しかし私の言葉の魔術で、緒方社長は、文書課から、自分の会社の大切な秘密書類が、ライバル会社へ流れていた……と錯覚したようである。

〈これで、復讐ができたわ！〉

私は、嬉しかった。

撫養の妻を駭かせた位では、私の肚の虫が納まらないのである。

7

――某月某日。

長谷川支配人が、上野公園で拾って来た十九歳の子が、入店して来た。

美人だが、言葉遣いは乱暴である。

それで長谷川さんは、

「きみの専用ヘルプにするから、仕込んでやってくれよ……」

と云う。

大柄の色白の秋田美人。

一晩泊めて、いろいろ聞いてみると、私と同様に、勤めていた農協の職員と、肉体関係をもったが、捨てられ、失恋のあまり家出したのだと云う。

私は、この一年あまりに、四百万円を越えた銀行の通帳をみせ、

「あんたも、私と同じ境遇よ。私は、金を儲けて、男に復讐する気なの……」

と云い、

「あんたが、私の命令通り、半年間云うことをきくんだったら、あんたを一人前のホステスにして、貯金も、じゃんじゃん出来るようにしてあげるわ……」

と、けしかけた。

彼女――大館草乃という名だが、真剣な顔をして、

「よろスく、お願エすます……」

と云った。

……前から考えていた計画を、いよいよ実行する時が来たようだ。

私は、張り切った。

先ず、彼女に対する投資から始めよう。

私は、そう決心すると、

「では、今日から私と一緒に暮そうよ……」

と、猫撫で声で云った。

相手は、

「ええンすか、こんな立派な家に……」

と、目を丸くしている。

「心配しない、心配しない」

私は、朝御飯を食べさせ、先ずデパートへ連れて行ってやる。

そして下着類からネグリジェにいたるまで、買い揃えてやった。

「おらア、一生に一度でええから、ネグリジェを着て、ベッドに寝たいと思ったス」

彼女は告白した。

デパートの大食堂で、好きな物を注文しろと云うと、

「だば……ラーメンと、カツライス」

と云う。

参ってしまったが、なにごとも我慢だ。

ハイヒールとアクセサリーは専門店に廻って、最後は仕立の早い洋裁店へ、三着ばかり、注文してやる。

ついで、美容院へ行く。

若い人らしい髪形にして、美容師から彼女むきの化粧法を教えて貰う。

見違えるような、顔になった。

「今夜は、私の着物を貸すわ」

私は、自分の化粧をしながら、私が地味なO・Lムードで人気をとったように、彼女は無口で純情というポーズをとらせた方が、賢明だと考え、

「お客の顔みたら、ニッコリ笑うの。そして何を聞かれても、ええ、いいえ、と返事するか都合の悪い時は、首を傾げて恥ずかしそうに笑う稽古をしてごらんなさい……」

と練習を命じた。

「絶対に、しゃべらないこと。いいわね」

私は、くどく念を押した。

初日は、私の傍から離さず、客の反応をみた。

好評だった。

それだけ銀座に、純情なホステスが、いなくなったということであろうか。

支配人は、私が、アパートに引取って面倒みる……と云うと、

「本籍地に照会したが、本人の云うことに間違いないらしいよ。だから安心して、教育して呉れよな……」

と答えた。

これで、一安心である。

夜——いつか多佳子ママにやられたような女同士の快楽を教える。

秋田の方では、女性のあそこを、ダッペと云うのだそうだ。

彼女、アクメになると、

「ダッペが、たまらねス」

と乱発するには、閉口した。

しかし、まあまあの首尾。

教育は、これからである。

8

——某月某日。

会社重役の室伏さんと、ホテルで昼食。

室伏さん、全然の乗り気である。

大館草乃——源氏名を草絵ちゃんという彼女を、つまり私の磨き上げた芸術品を、どうか世話して呉れと云うのだ。

私は勿体ぶって、

「そりゃあ、本人次第ですけど、なにしろ、素人の娘さんですからねえ。親御さんに頼まれて、私が預かってる娘さんですし……」

と云う。

「だから、金なら出すよ……」

と室伏さん。

「いえ、お金のことなら、草絵ちゃんのために、一千万円積むという三国人の方もあるんですよ……。問題はお金ではなくて、たとえば、彼女に対して、誠意をみせて頂きたいの」

私は云ってやった。

「誠意……と云うと？」

室伏さんは、目をパチクリしている。

「つまり……なんて云ったらよいのかしら」

私は、外国煙草を咥えて、

「一時の慰み物に、するんじゃないと云う誠意ですよ……」

「なるほど、そういうことか」

「殿方は、ああいった草絵ちゃんみたいな、素人娘だと、お金に物を云わせて、獣欲を遂げたあとは、みんなポイでしょ？」

「うーん、そうかな……」

「そうですよ。それでは草絵ちゃんが、可哀想だわ……」

室伏さんは、しばらく考え込んでいたが、

「そのう、具体的な誠意のみせ方と云うのは何だね？」

と口をひらく。

〈やって来たぞ！〉

私は微笑した。

「たとえばね……月々の生活費は、クラブから出ますし、私だって面倒みますけど、室伏さんが、それを支払って下さるというのは、なにか二号さんになったみたいで、草絵ちゃんも若いだけに抵抗があるんじゃないかしら……」

「なるほど、なるほど」

「だからね、草絵ちゃんの名義で、いま流行の青山とか、新宿とかの、買取り高級マンションを買ってあげたら、どうかしら？」

　私は、考え考え告げる。

「買取りマンション？」

「そうよ……。それだったら、秋田の親御さんから文句を云われた時にも、浮いた話ではなく、真剣な恋愛だって、云えるじゃないのさ……」

「ふーむ……」

「結婚はできないけど、決して一時の弄み物の積りじゃない。その証拠に、こうしてマンションを彼女の名義で買い与え、それから同棲に入った……と云えば、草絵ちゃんの両親だって、それほどまで、娘のこと思って呉れてたのかッて、感激するわ……」

「うーむ。なるほどなア」

「それが安アパートで、毎月、みみっちい生活費しか渡してないとなったら、誰がみたって一時の弄み物よ。裁判になったら、勝てないわ……」

　室伏さんは大きく頷いた。

「毎月、援助するのは辛いでしょうけど、頭からポンと支払っておけば、名義は彼女のものでも、代金を出したのは貴方だって、私が知ってますもの、いざという時だって、強いじゃないの……」

「いざ、と云う時とは？」

「草絵ちゃんが、若い男と浮気して、室伏さんが彼女と別れたくなった時……」

「なるほどなあ」

「不動産投資よ、一種の……」

「うーむ！」

「絶対に、南向きの陽当りのいい部屋なら、右から左に売れるそうだし、値下りどころか年々、値上りしているそうよ」

「なるほど、きみは知恵者だな……」

　室伏さんは、ニンマリと笑った。

　私は嘲笑いつつ、

〈このウスノロ奴！〉

「ところで、そうと決ったら、恰好の買取りマンションがあるの……」

と小声になっていた。

　食事のあと、室伏さんを連れて、高樹町へ行く。

　まだ完成してないマンションだが、二十坪で約九百万円。

　むろん、冷暖房完備である。

「あと一月で完成よ……」

　私は、他にも大館草乃を狙っている、金持の紳士がワンサといると言外に仄めかしながら、最後の止めを刺した。

「草絵ちゃんは、きっと自分のマンションを買って呉れた人に、体を任せるわ」

と——。

この一発で、室伏さんは慌てて、

「す、すぐ契約する！」

と小切手帳をとりだしたものだ。

彼と別れたあと、午後三時半に、日比谷のホテルの喫茶室へ行く。

草絵ちゃんに、これまた執心の、三国人の朱氏である。

私は、室伏さんと同じ論法で、朱氏を説得した。

朱さんは、三国人だけに抜け目なく、

「草絵ちゃんの名義にして、彼女、若い男、引っぱり込んだらどうなるか？」

とか、

「彼女の名義にしてしまったら、私の自由にならない……」

と、渋った。

私は平然と、

「だったら権利書を、私が預かっておくわ」

と云った。

すると彼はニコニコして、四谷三丁目あたりに、自分の友人が出資したコーポラスがあるから、買取りの交渉をしてみると云う。

「彼女名義の、買取りマンションを持って来た人が、草絵ちゃんの旦那さまよ……」

私は、大いに焚きつけておく。

五時——同じホテルのロビーで、緒方社長の秘書と落ち合う。

「あなたを辞職に追いやった文書課長は、昨日、辞職されました。社長から、これは少ないが、せめてもの詫びのしるしだと……」

と、小切手を差し出されたから、こっちが吃驚してしまう。

彼、いつのまにやら、係長から課長にと、昇進していたらしい。

そして、会社の調査では、最近、彼がライバル会社に、機密文書のコピイを売り渡したような形跡があると云う。

社長秘書と別れたあと、私は一人で笑いだしてしまった。

事実は小説より奇なり、ではなくて、奇なる作り話は事実となる、である。

草絵に云い寄る莫迦な男たちが、何匹ひっかかるかが、愉しみなり。

少なくとも、室伏常務という一匹がいるが、九百万円では少なすぎる。

私の計画では、最低、五人のパトロンが、買取りマンションを彼女名義で、差し出して呉れねばならぬ。

問題は、このあとだが、すでに〝秘策〟は胸に、ある。

9

——某月某日。

一気に、やらねば成功は覚束なかった。

青山二軒、四谷、新宿各一軒の、大館草乃名義のマンションがすでにあったのだ。

予定より軒数は、一軒ばかり足りぬが、総額は五千万円を越える。

私は、連休を幸い、大館草乃と秋田へ旅行して、彼女に実印をつくらせ、密かに印鑑証明を四通、とった。

マンションを売る時の用意だ。

そして密かに、不動産屋に、四つの物件を廻して、買い手を探しはじめたのだった。

いままでに、たった一度だけ、危険なことがあった。

物件を、不動産屋に廻して間もなく、三国人の朱さんが、

「草絵のマンションが売りに出ている！」

と、怒鳴り込んで来たのだ。

この時は、ひやりとした。

しかし慌てず、

「場所がわるいから、高樹町に、私が立替えて、九百万のマンションを買ってあるの。ほら、ごらんなさい。彼女の名義よ……」

と、室伏さんから預かっている権利書をみせると、

「おう！　あんた、金持ね！」

と云い、納得したように帰って行った。

ニヤ、ニヤである。

四軒のうち、大体、買い手がつきそうだとわかると、私は、かねてから草絵ちゃんに云ってあった、秘密指令をだした。

彼女は一応、私のアパートにふだんは寝泊りしていることになっている。

だから四人のパトロンは、その夜、草絵と泊りたければ、私のところに、

「今夜、行く……」

と電話してくる。

あるいは、店へやってくる。

むろん、複数の旦那が、その夜、どうしても泊りたいと、かちあうことがあった。

その時は私が、

「今夜は駄目。秋田から、草絵ちゃんの従姉が上京してるの」

とか、

「彼女、アンネなのよ、勘弁してやって」

と云って、片一方をなだめて帰すわけであった。

四軒の買取りマンション。

そして四人のパトロン。

たとえば、夜中に不意に訪ねて行って、彼女が留守なので、怒って電話してくるパトロンがいる。

私は電話を受けると、

「草絵ちゃんったら、一人で寝るのは淋しいって、いま、タクシーで私のところへ向っているところなの……」

などと巧みに誤魔化し、彼女が泊ることになっているマンションの一つに電話を入れ、

「私が急病だ……と云って、室伏さんの方に行きなさい」

と草絵に指令する。

四人のパトロンは、すべて私を中継地点にしていた。

そして、私を彼女の庇護者として、安心し切ってみていた。

こんな芸当は、とても長い期間はやれないものだ。

せいぜい二、三カ月である。

私は、なにもカラクリを知らない彼女が、マンションに行っては帰ってくるたびに、

「ほら、二万円だよ」

とか、

「三万円頂いといたから、洋服をつくったらどう?」

などと、現金を手渡している。

彼女は、世事に疎いので、四人の男とかわるがわる寝るから、金になるのだ、貯金ができるのだ……と思い込んでいる。

しかし、それは〝秘密指令〟を出すまでの危険といえば危険な、タライ廻しにすぎないの

である。

私は、とうとう秘密指令をだした。

……私が、ある夜、この作戦を思いついたときの感動は、未だに忘れられない。

それは、古い講談本の一節によって、開眼させられたのであった。

それは、なにか。

いわば一種の、お目見得サギである。

娘が、金で買われて、金持の隠居か、何かの囲われ者となる。

そして娘はその夜、同衾していて、布団を夜中に汚すのだ……。

つまり、寝小便である。

なんと巧みな方法であろうか。

いくら金で買った女でも、毎夜のごとく、寝小便をされては、嫌になる。

同衾する意欲を失ってしまう。

そこで、金は諦めて、娘にお暇が出る……という寸法だ。

「いいかい、草絵ちゃん。ここが、正念場だからね。うんと生ニンニクを食べて、ビールをぐいぐいお飲み。そして明け方、目を覚まして、トイレに行きたくなったら、構わずに出してしまうんだよ……。いいね」

「恥ずかしがるんじゃないよ？　草絵ちゃんが、何回か粗相をして、向うが手を切りたいと云って来たら、あたしが、必ず手切れ金をとってあげるからね。作戦なんだよ……。冷たくなったからって、身じろぎしてはいけないよ。寝息を立てて、相手が気づくまで、知らん顔しておきな……」

「起されたら、はじめて寝小便に気づいたような顔をして済みません、冷たかったですか……なんて云ってさ、サバサバした顔つきをするんだよ、いいね。相手が、始めての粗相か、と訊く。そしたら、東京へ出て来た当座は、納まっていたのに……と、ケロリとして答える。これが、コツだよ……」

私は、微に入り、細を穿つように、草絵を指導しておいたのだ。

高級な買取りマンションだから、それ相応の調度品がおいてある。

むろん、ベッドであった。

……草絵は、私の指令通り、新宿のマンションの旦那を皮切りに、秘密指令を忠実に、実行して行った。

生ニンニク臭のある洪水。

しかも、成人だから量も多い。

その上、ベッドである。

粗相のあと、敷布団や、電気毛布、マットに至るまで、天日に乾かさねばならないのだった。

一回目は、惚れた弱味で、

「ビールの飲みすぎだろう。いい年をして、仕方のない奴だなあ……」

などと、四人のパトロンは許した。

だが、二回目が襲うと、やっぱり四人は考え直しはじめる。

私のところに、

「ちょっと、相談がある」

と、それぞれ四人から、電話がかかって来たものだ。

私は、草絵に、

「京都に宿をとっておいたから、貯金をおろして、遊びに行っといで。こっちから連絡するまで、京都を動くんじゃないよ。手切れ金の交渉が、むずかしくなるからね」

と云って旅立たせた。

そうしておいて、不動産屋に電話して、四つのマンションを時価で売り飛ばし、名義を次々と変更して行ったのだった。

四人のパトロンは、それを知らない。

そしてみんな、草絵と別れたいと云った。

私は怒り、

「そんなことだろうと思った！　草絵ちゃんの両親を、やっと説得したのに、なんという身勝手なことを云うの！」

と、パトロンを怒鳴りつける。

四人とも、ニュアンスは違うが、みんな頭を抱えて、

「嫌いじゃないんだが……」

とか、

「体も、サービスも気に入ってるんだが」

と云った。

そして切り出してくるのは秘密指令——彼女の演技された〝夜尿症〟のことである。

私は一応、

「そんなことはない。何カ月も、一緒に暮したけど」

と主張し、

「別れるって云うのなら、彼女のマンションは、手切れ金代りに、草絵ちゃんにやって下さるわけね、もちろん……」

と切り出したのだ。

ある者には、

「どちらの云い分が正しいか、秋田の両親に来て頂いて、あなたの奥さんも交えて、黒白をつけましょうよ……」

と脅して、手切れ金代りに自由にすることを認めさせたり、ある者には、

「お宅の旦那さんが、新宿に、クラブ〝宝石〟のホステスを囲って、マンションを買い与えたのをご存じですか……」

と、自宅に怪電話をかけて、こちらの云い分を承知させた。

最後まで、承服しなかったのが、三国人の朱氏である。

彼は、いつのまにか、マンションの名義が大館草乃から、第三者名義になっていると云い、

「サギで訴える……」

と云い張ったのだ。

私は今日、朱氏に会い、

「あなたの云う通りでしたわ。彼女に、ヤクザの悪いヒモがついていて、夜尿症のために馘になるかも知れないって云うので、さっさと売り飛ばして、関西方面へ逃げたらしいことが、わかったわ……」

と云い、

「この埋め合せは、必ずしますから」

と、殊勝らしく両手を合わせ、彼に抱かれて帰って来たところだ……。

でも、私の〝犯罪〟は成功した。

自分の仕込んだヘルプの女性を、意のままに動かし、四人の阿呆な金持のスケベ共を、ホステス二年生の私が、まんまと手玉にとったのである。

これは、知恵の勝利といわずして、なんであるか。

危険な綱渡りではあったが、私の計画は成功した。

この勝負によって、私は不動産屋の手数料をさし引いて、四千六百七十万円の現金収入を得たことになる。

まったく、世の中はチョロイ。
こうなると撫養研一に欺されたことも、感謝しなければならないか？
本日現在の預金残高、五九、六〇三、〇〇〇円。

腐爛死体の場合は

1

……その夜も、銀座の高級クラブ〈フランシーヌ〉は、満員の盛況だった。

冴子は、このフランシーヌで最近、働くようになったホステスである。

むろん引き抜きではない。

ヒモの緒方十郎が、勝手に店のマネージャーと交渉し、五十万円のバンスを取って、フランシーヌに鞍替えさせたのだ。

冴子は、十九歳だった。

二年前、秋田から上京して来て、上野駅で東京の地図を買い求め、覗き込んでいる時、親切に話しかけて来たのが緒方だった。

彼女は、集団就職した友人の誘いで、新宿の喫茶店に就職する予定だったのだ。

女店員の専用アパートがあり、制服は年四回も支給されるし、三食つきで二万五千円……という給料に魅かれたのだ。

緒方は、

「きみ、家出して来たんじゃないの？」

と、刑事みたいな口を利き、

「ちょっと来て貰おうか」

冴子のトランクを持って先に立つ。

彼女は、慌てた。

「返して下さい！」

冴子は蒼褪めて追いかける。

「家出して来たんだろ？」

男は云った。

「違います。就職なんです」

冴子は必死になる。

「本当かね？」

男は、やっと疑いを解いた恰好で、

「よく家出娘が、ヤクザ者に騙されて泣くんでね。家出だったら、警察署へ連れて行こうと思ったんだが」

と笑顔になり、

「就職なら、なぜ出迎えに来ない？」

と云った。

「友人が、地下鉄に乗れば、すぐわかるからと云ったんです……」

冴子は、弁解した。

「そうか。場所は？」

「新宿のカクハズという所です」

「カクハズ？　ああ、角筈《つのはず》だろう。僕の車に乗り給え……」

男はそう云って、

「東京は、恐ろしいところだよ？　よく覚えておき給え……」

と諭したものだ。

〈なんて親切な人だろう……〉

と、冴子はその時思って感謝したのだが、あに図らんや、その緒方が大変なスケコマシだったのである。

「夕方までに、新宿へ行けばよいね。今日は妹の命日だし、休みだから、東京見物をつきあってあげよう……」

などと云い、自家用車に乗せて、浅草から上野を見物し、銀座へ出て食事をした。

銀ブラのあと、東京タワーに昇り、国会議事堂をみせて呉れた。

……ここまでは、よかったのである。

そのあと緒方は、渋谷道玄坂上のホテルへ車を乗りつけ、

「車の工合が悪いから、部屋で休んでいなさい」

と、もっともらしく云い、彼女が部屋へ通ったのを見澄まして、冴子に飛びかかって来たのだった。

冴子は、処女ではなかった。

〈男は誰も、おなじことをするんだな〉

と、彼女は、ある程度の抵抗ののち、肌を許している。

彼女の処女を奪ったのは、農協の理事長であった。

その関係を知って、おなじ村の青年二人にも、体を瀆《けが》されている。

彼女が、上京して働く気になったのは、そんな村でのスキャンダルが、煩わしくなって来たからなのだ……。

緒方は、暴力で彼女を犯すと、

「俺と一緒になれ」

と云った。

「新宿に行かせて下さい」

と云うと、

「では、今晩だけでも、俺と付合え」

と凄んだ。

冴子は、怖くなって頷いた。

緒方は一緒に入浴して、彼女の体をすみずみまで洗って呉れた。

そしてそのあと、猫が舐めるように、冴子の体を舐め廻したのだ。

冴子は、わけもなく昂奮した。

生れて始めての感情であった。

緒方は、冴子の恥ずかしいところに顔を埋め、敏感で、火照ったボタンの部分を、気長に、入念に攻めた。

冴子は、泣き声をあげた。

そして、そのあとの行為の、思いがけず素晴らしかったこと！

冴子は、緒方十郎によって、セックス開眼をしたのだ。

結局、ホテルで三日間くらした。

緒方は、ハンサムである。

定職はなかったが、兄がバナナの加工業者をやっており、小遣には困らない……などと洩らしていた。

三日間、セックスに明け暮れたあと、新宿の喫茶店へ連れて行かれたが、やっと東京の生活に馴れたころ、緒方はひょっこり店へ姿をみせたのだ。

冴子は、緒方の顔をみた途端、三日間のバラ色のような生活を思いだして、思わず下着を濡らしていたのだった。

緒方は週一回、ひょっこり訪ねて来た。

そして休日のデイトを約束しては、若い冴子とホテルへ行くのだった。

冴子は、緒方の女好きのする顔と、その華麗なベッドのテクニックに溺れた。

夢中になった。

緒方の方は、冴子をそうやって、性的に発育させながら、東京の水で垢抜けするのを待っていたのである。

六カ月後——冴子は、アパートを借りて、緒方と同棲していた。

むろん、喫茶店は辞め、新宿の酒場のホステスとなっていた。

緒方の奨めである。

彼は、冴子の鼻に隆鼻術を施し、二重瞼の手術をさせた。

化粧の仕方、言葉遣いを教え、イヤな客から誘われた時の上手な断わり方や、逆に誘い方を教えたりした。

色白の上に、整形で美しい顔になった冴子は、酒場でもてた。

緒方は、つねづね、

「新宿はトレーニング場だ……」

と云い、水商売のコツを覚え込ませると、銀座に勤めをかえさせた。

そして、つい一カ月前、〈フランシーヌ〉へ移籍させたのである。

2

……その夜、冴子は四組目の客席に、ヘルプとして着いた。

三人連れの初老の紳士だった。

そのうち二人は痩せているが、一人はでっぷり肥えていた。

会話の工合からみると、マダムの馴染みらしい。

でっぷり肥えた紳士は、ネクタイ・ピンとワイシャツのカフス釦《ボタン》に、緑色の宝石をつけていた。

冴子が、

「それ、翡翠ですの？」

と訊くと、紳士は、

「なアに、イミテーションさ」

と、こともなげに笑った。

マダムは紳士の肩を叩いて、

「またア！　頭取のイミテーションが、はじまった！」

と陽気に笑った。

〈頭取？　すると銀行家なんだわ〉

と冴子は思った。

持ち物をみると、いずれも金目の物ばかりである。

金製のデュポンのライター、オストリッチのシガーケース、英国製らしい上等な三ツ揃いの背広、コードバンの黒短靴……。

冴子は、

〈東京には、お金持が多いな……〉

と思った。

客の帰ったあと、マダムに聞くと、件《くだん》の紳士は、九州の銀行の頭取で、いつも身に一千万円位の装飾品をつけていると云う。

「まあ……そんなに！」

冴子は目を丸くした。

「だって、そうでしょ」

マダムは指を折った。

「腕時計が、百二十万円でしょ。あのエメラルドのタイ・ピンが五百万、カフス釦が両方で二百七十万、ライターが十万……」

冴子は、ちょっと首を傾げた。

子供の時から、暗算は上手なのだ。

マダムの云う通りだと、全部あわせても、九百万円にしかならない。

冴子がそれを冗談めかして云うと、マダムは目を光らせて、

「あなた、高原さんが、左手をいつも握りしめてるのに気づいた？」

と云った。

「いいえ」

冴子は首をふった。

「なぜ、左手を握りしめているか、と云うとね、ダイヤの指輪の所為なの。五キャラットもある凄いダイヤなのよ。ちょっと見ると、プラチナの結婚指輪にしか見えないけど、宝石の方を内側にして、他人には判らないように気を使っているわけよ……」

マダムはそう説明し、

「高原さんが、浮気するような人なら、夙《とっ》くに口説いてるんだけど……」

と、口惜しそうな顔をした。

聞いてみると、高原家の書生をしていて、その頭脳を見込まれて、一人娘の婿養子になったのだと云う。

つまり、養子である上に、まだ銀行創始者である先代が、会長として頑張っており、おまけに女房が人一倍のヤキモチ焼きと云うのだから、悲劇だ。

「奥さんが、銀行の大株主で、いつか銀行を乗ッ取られにかかった時は、奥さんが怒って〝あなたが、しっかりしないからよッ〟と、使用人の目の前で、スリッパをぬいで、それで頭取の頰っぺたを殴ったそうよ……」

マダムはそんな話を披露したあと、眉を顰めて、

「いくら金があっても、ターさんみたいのは嫌ねえ……。まあ、温順《おとな》しい方だから、平穏無事に納まってるんだけど」

と呟いた。

冴子は、店から帰ったあと、お茶漬けを食べながら、緒方にその話をした。

はじめ、緒方は、一千万円以上の品物を、身につけている人物という点では、あまり気乗りを示さなかったが、地方銀行の頭取だ……ときくと、俄かに目を輝かせはじめた。

「おい、冴子。それ、本当か！」

緒方は云った。

「なによ、急に坐り直して！」

彼女は笑った。

「莫迦……」

緒方は苦笑して、

「銀行頭取で、婿養子で、女房がヤキモチ焼き……。それで浮気知らずの堅物か！」

と呟いて、

「おい。そいつは、俺が待っていた奴だぜ」

とゆっくり告げた。

「待っていた奴？」

冴子は男をみつめる。

「そうさ。そんなカモを、探してたんだ」

緒方は呟く。

「カモだって？」

「うむ。カモさ。絶好のカモさ！」

「なぜなの？」

「いいか？　考えてみろよ……。相手は銀行の頭取だぜ？」

「ええ、そうよ……」

「金は、ガッポリある」

「しかし奥さんが、大株主で……」

「まあ、聞けよ。そんなヤキモチ焼きの女房を貰った男は、心の底では、男と生れた以上は、一度ぐらい、女と浮気してみたい……と思っているものさ」

「そうかしら？」

「あたりきよ！　しかも年が五十代とあれば申し分はねえ」

「肥っちょで、野暮ったい紳士よ？」

「ああ、だから良いのさ」

緒方は、声をひそめて、

「その男は、今度、いつ東京へ出て来るんだい？」

と訊く。

「よく知らないけど、月に一回は、フランシーヌに顔を出すんだって」

「ふーん、なるほど」

「あなた、なにを考えているの？」

冴子は云った。

緒方はなにも答えず、

「明日から、ちょっと旅行してくるからな」

と告げたのみである。

3

緒方十郎は、二週間ぐらい、冴子のアパートに寄りつかなかった。

ちょうどメンスが終り、冴子は夜毎、体を火照らせつづけた。

彼女は、緒方の濃厚な愛撫なしには、過せない女になっていたのだ。

特にメンスの前後は悶える。

〈今夜、帰って来なかったら、浮気でもしてやろうかしら……〉

などと思いつめ、店からアパートに帰ると消した筈の電灯の明りが点いていた。

彼女は、途端に体を疼《うず》かせて、アパートの階段を駆けのぼった。

緒方は、パジャマ姿で、手帳をめくり、なにやら難かしい顔をしている。

「あんた！」

冴子は、なによりも身を投げかけた。

緒方は、儀礼的に接吻しただけで、

「おい、有望だぜ！」

と云っている。

「あなた……待ってたのよン」

「わかってる、わかってる！　アンネちゃんも終るころだし、さぞかし待ち兼ねてるだろうと思って、帰って来たのさ」

緒方はそう云い、

「しかし、その前に約束して欲しいことがあるんだ……」

と正座し直した。

「なんなの？」

冴子は、ストッキングを脱ぎながら訊く。

「高原徳七の攻略さ」

緒方は、こともなげに云い放つ。

「なんですって？」

冴子は、ポカンと口をあけた。

「いいか、冴子……」

緒方は珍しく怖い顔をして、

「俺が、泥臭い女だったお前を、苦労して育てて来たのは、チャンスを摑みたいからだったんだ……」

と云っている。

「チャンスを摑む?」

「そうさ。お前に、高原頭取を、誘惑して貰いたいんだよ……」

緒方は云った。

「えッ……誘惑?」

冴子は笑いだした。

「海千山千のマダムが、いくらちょっかい出しても、難攻不落だった……という、野暮の固まりみたいな人なのよ?」

「ああ、知ってる」

緒方十郎は頷いた。

「養子で、恐妻家で、銀行マンなのよ?」

「ああ、判ってる」

緒方は少しも騒がず、

「だから、誘惑するのさ!」

と云うのである。

「どうやって?」

冴子は坐った。

「俺は九州に行って、いろいろ調べて来た。ピンからキリまで、な！」

緒方十郎は手帳の頁を繰った。

「高原徳七は、旧姓を木佐徳七……山形県の酒田市の生れだ……」

緒方は説明しはじめた。

「中学は検定試験で合格、のち上京して、高原邸の書生となり、苦学しながら、東京帝大を卒業している」

冴子は、この緒方に、どうしてそんな調査の才能があるのか、と不思議に思った位であった。

実によく調べているのである。

緒方が云うには、秋田と山形とは隣同士だから、高原が冴子に関心を抱くに違いないと云う。

東北人でありながら、九州で生活していたら、当然かも知れない。

東北人、苦学生という共通点をつくるために、緒方は、冴子にどこか昼間の、真面目な学校へ入学しろと云った。

「奴さんの趣味は、謡曲なんだ。しかも観世流らしい。だから謡曲も習う必要がある」

「食べ物は、芋や大根の煮っ転がしとか、醬油辛い物らしいな。しかし、家ではなかなか食わせて貰えない。大好物は塩鮭で、しかも皮ごと食べる……」

「しょっちゅう、肩を凝らして、按摩《あんま》にかかっている。凝るのは右肩と腰だそうだ。按摩が云ってた……」

「宝石を身につけるのは、ユダヤ人と同じでなにか起った時の危険に、備えているんだ。だから宝石には委しい。東京の石井という宝石屋がお馴染みだ……」

「東京支店の預金が、伸び悩んでいる。だから預金してやるといい」

「酒は、極上のブランデー。それから熊本の球磨《くま》焼酎を飲む」

「精力的に疲労し切ってるのか、新薬が出ると、すぐ秘書に買わせているが、大した効果はない。朝鮮人参でも買って、飲ませる方法を研究するんだな……」

「嫌いなものはネコと蜘蛛。それにお世辞を云う奴……」

緒方十郎の調査は、完璧に近かった。

つまり緒方は、高原徳七のそうした好き嫌い、趣味を調べ上げ、冴子にそれを覚えさせて、高原への接近を命じたのだった。

「それで、あたしは何をするの？」

彼女は云った。

「高原を誘惑しろ」

「それは判ったけれど、高原さんと、なにしても、構わないの？」

冴子は眉をひそめた。

「大事の前の小事だ……」

「ええ?」

「お前の体は、俺以外の男には、快感を覚えないようになっている」

「……」

「高原とセックスしても構わないが、気分を出すんじゃないぞ。もっとも、あの年では、腹上死もしかねないが……」

緒方十郎は、そう云ってニヤリとした。

4

……冴子は緒方の命令で、ＹＷＣＡの秘書科に入学させられた。

それから、観世流の謡曲を習いに行かされたり、マッサージ師を呼んで治療のコツを教わったり、料理の勉強をさせられた。

幸い、アパートの隣室があいた。

緒方は、その部屋を冴子の名義で借り、いかにも向学心に燃える女性が、独りで部屋に住まっているように飾り付ける。

本箱には、頭の痛くなるような本が並び、机の上には中古品ながら、英文タイプライターが置かれた。

「いいか。この部屋には、なに一つ、男の匂いがしないようにするんだ……」

緒方は云った。

彼は、どこからか資金を持って来て、高原の経営する銀行の東京支店に、冴子の名義で預金した。

ブランデーや、朝鮮人参も買い入れて来たり、石井という宝石商にコネをつけて、月賦で宝石を購入させる手筈も整えた。

一方、高原徳七を誘惑するための、テクニックを教え込んだのだ。

「ええか。奴さんは、肩を凝らしてるんだ。だから奴が来たら、必ず右側に坐れ。そして、さりげなく右手をとって、掌をゆっくり揉んでやる。きっと相手は喜ぶだろうからな……」

「カマトトを装え。高原の席では、セックス・ジョークが出ても笑うな。そして小声で、高原に、〝なぜ笑ってらっしゃるの？〟と訊くんだ。いいな！」

「親父が死んでいることにしろ。そして、父親みたいに甘えてみたい、と云うんだ。決して店の他のやつに、気取られないようにしろよ……」

「三カ月後に、高原をアパートへ誘うようにしろ。奴さんの定宿は、Oホテルだ。大体、月に一回、上京して、三日乃至四日は滞在している……」

緒方、いろいろと教え込んだ。

冴子は、緒方の教え込む通りの女に、変貌して行った。

次の月の半ば、高原徳七は、先月のメンバーで姿をみせた。

その夜は、エメラルドでなくて、ルビーのタイ・ピンをしている。

冴子は、機会を狙っていたが、その夜はヘルプにつけなかった。

緒方は、

「バカだな。強引にやれよ……」

と叱った。

マダムの話では、月に一度しか来ないと云うことだったのに、一日おいて、外人の男女を連れて、ふらりと高原は姿をみせたのだ。

冴子は、目敏くみつけて、席に案内し、右側に位置を占めた。

外人は、アメリカ人の夫妻だった。

ＹＷＣＡに通っているのが幸いして、簡単な挨拶が出来た。

高原は、

〈ほう!〉

というような顔をして、

「きみの名は?」

と訊いた。

「冴子ですの。秋田の山奥で生れたんですわ。その夜、とても月が冴えてたからって、酒田の伯父が名づけて呉れましたの」

冴子は控え目に告げる。

高原は、

「酒田に伯父さんがいるの……」

と呟いて、

「冴子か。覚えておくよ」

と告げた。

三十分後、冴子は、さりげなく高原の右手をとって、掌を揉んだ。

外人夫妻と話していた高原は、再び、

〈おや？〉

という顔になって、彼女を眺め、

「うまいんだね」

と微笑した。

「なくなった父が、よく肩を凝らしてましたから……」

冴子は微笑み返した。

高原徳七は、帰るとき、そっと一万円札を冴子の掌に握らせて、

「靴でも買いなさい」

と、ささやいたのである。

緒方は、この報告をきくと、

「大成功だ。来月も必ず二回。フランシーヌにやって来るぞ」

と云った。

翌月は、緒方の云った通りになった。

一回目は、いつものメンバーで、予約でもしてあるらしく、マダムが独占した。

マダムには親衛隊とも云うべき、酒の強いホステスがいるのである。

しかし、一日おいた二回目は、秘書らしい男性と一緒だった。

冴子は、高原から指名されて、また右隣に坐った。

その夜、高原は割合ゆっくり店で過した。

冴子は、ＹＷＣＡに通っていることや、胃腸が弱いので謡曲に通いはじめたことなどを、ポツン、ポツンと告げた。

「ほう。若いのに珍しいなア」

と高原の秘書が云い、高原は短く、

「なに流？」

と訊く。

「観世ですわ」

冴子は、肩を揉む指に力をこめた。

高原は、

「ふむ！」

と唸ってから、

「いちど、聞かせて貰うかな」

と笑った。

「いや、いや！　とても、まだ人に聞いて頂けるような、代物《しろもの》じゃないんです。ただの健康法なんですから……」

と冴子は云い、不図、真面目な顔になってから、

「頭取さん。健康法はありまして？」

と云ってみた。

高原は秘書と顔を合わせて、

「いろいろ薬は飲んでるんだがね」

と苦笑している。

「薬では駄目ですわ」

冴子は大胆に云い切った。

「薬では駄目？」

高原は問い返している。

「ええ。いちばん効果があるのは、朝鮮人参のスープなんです」

高原は目を輝かした。

「頭取さん。来月、いらっしゃるのは、いつごろですの？」

冴子は云った。

秘書が、的確に日時を云った。

「わかりました。その時、特製スープをつくって飲ませて差し上げます」

「本当かね……」

高原は、さして気にとめないような顔つきで、そう呟いただけである。

5

次の月は、東京に着いた夜から、フランシーヌへ高原徳七は来た。
これは、緒方十郎の云っていた通りであった。
冴子は、指名されたが、相手を少し、じらせてから席につく。
高原は冴子をみると、
「スープを飲みに来たよ」
と、ささやいた。
「ホテルへ届けます？　それとも、今夜、私のアパートへ立ち寄って下さいます？」
冴子は、ささやき返した。
高原は珍しく一人であったのだ。
彼が返事をしなかったのは、どちらにしようかと、思い迷っているからであろう。
冴子は、マダムと交替して席を立ち、アパートへ電話を入れた。
緒方に、部屋の仕度を命じたのである。
高原は二時間ぐらい店にいて、マダムを誘って外出し、カンバンちかく戻って来た。
マダムは冴子を呼び、

「高原さんに、なにか御馳走するんですって？　なんなの？」

と云い、朝鮮人参のスープだと知ると、

「やっぱり、堅物ねえ、ターさんは！」

と洩らし、一緒に帰って行くように、ハイヤーの手配をして呉れたのである。

アパートの階段をのぼり、緒方と同棲している隣室のドアの鍵をあけるのは、なにか変な気分であった。

電灯のスイッチを入れる。

緒方が工作したらしく、英文タイプは打ちかけになっており、部屋の中に渡した洗濯用のロープに、純白のパンティと、肉色ストッキングが吊り下げられてある。

冴子は、

「どうぞ……」

と座布団を奨め、慌てて洗濯物を納い込んでみせた。

朝鮮人参のスープは、昨日から、つくってあった。

若鶏一羽、キャベツ、人参、玉葱《たまねぎ》を丸ごと入れ、朝鮮人参三本、糯米《もちごめ》を少量加えて、スープが半分になるまで、とろ火で煮立てたものである。

これに、塩、胡椒、醬油など、好みの味つけをして飲むのであった。

冴子は、瓦斯の火を点け、鍋をのせると、ふり返って媚びを含み、

「ねえ、お父さんって呼んでよろしい？」

と云った。

　高原は狼狽し、

「な、なぜだね？」

と問い返している。

　冴子は微笑して、

「あたしの父は、早く死にましたの。だから一度でいいから、お父さんみたいな男の人に甘えてみたくって……」

と殊勝らしく告げた。

　高原は、同情するような顔になり、しかし眩しそうに、

「だったら、お父さんと呼んで甘えとくれ。私も、娘だと思うから……」

と云ったものだ。

　高原は、スープを美味しそうに飲んだ。

　冴子は、上衣をぬがせ、背中に廻って肩を揉んでやりながら、

「お父さん。明日の晩の予定は？」とか、

「いつ、また来ます？」

などと、いろいろと探りを入れた。

　冴子は、

「このスープはね、三日ぐらい続けて飲まないと、効き目がないんですって」

と云い、毎晩、飲みに来ることを、約束させたのである。

翌晩も高原は、フランシーヌに姿をみせ、

「あれは効くようだよ。あんなに酒を飲んだのに、朝起きたら、二日酔いもしてなかったからね」

と云った。

かくて三日目の晩——。

冴子は、予定通り、帰りのハイヤーの中で酔ったふりをしはじめた。

高原は駭いて、冴子を部屋に担ぎ込み、馴れぬ手つきで布団を敷くやら、冴子の洋服をぬがすやら大変だった。

「さ、水をお飲み！」

高原は、仰臥した冴子に、水を運んで来て云った。

「飲ませて……」

冴子は、苦しそうに云う。

「飲ませてと云ったって……」

高原は、当惑した。

「お父さんでしょ。口移しに、娘に飲ませてちょうだい！」

冴子は、甘えた。

高原は、ゴクリと生唾を飲み、それから思い切って、コップの水をわが口に含んだ。

冴子は咽喉を鳴らしながら、

「もっと！　もっと！」

と甘えた。

高原は大胆になった。

接吻は、こうしてなされた。

冴子は、

「胸が苦しいの。ブラジャー取って！」

と云い、次には、

「コルセット、取ってえ……」

と云った。

冴子は、わざとパンティ・コルセットの下には、なにも穿いてなかったのだ。

高原は獣になった。春草に顔を埋めながら、上衣をぬぐ気配がした。内鍵がおろされ、部屋の明りが消される。

高原徳七とて、やはり男であった。

冴子は、形式的に拒み、

「いけないわ、お父さん。そんなことしたら、お父さんと娘でなくなるわ……」

と云いながら、犯されたのだった。

冴子は大仰に痛がってみせ、終ると、高原のでっぷりした体に抱きついて、

「いいの。どうせ誰かに、あげる物なんですもの。これでいいの。冴子……決して後悔なんかしないわ……」

　と泣いてみせたのである。

　高原は、

「はじめてだったんだね？」

と云い、彼女の背中を撫でて、

「冴子。決して悪いようにはしない。僕は死ぬまで、面倒みる積りだからね」

と、申し訳なさそうに云ったのだ。

明け方近く、高原は、冴子が呼んで来たタクシーで、ホテルへ帰って行った。

それを見送って、緒方の部屋へ戻ると、

「こん畜生。いちゃつきやがって！」

と、緒方は冴子に挑んで来た。

「ああ！」

冴子は、緒方を力一杯、抱きしめながら、

「あんた。捨てないで！　あんた以外に、冴子、燃えないのよ……」

と狂おしく、獣の呻き声を上げたのだ。

……それは、実感であった。

6

翌月、冴子はマンションの住人となった。
高原が、借りて呉れたのである。
彼は、冴子が東京支店に、預金していることを知って、感激したのだった。
ホテルに泊るように見せかけては、高原は冴子のマンションに泊った。
芋の醬油辛い煮っころがし。
塩の利いた鮭の切り身。
そして球磨焼酎。
養子の銀行家にとって、冴子のマンションの部屋こそ、憩いの部屋だった。
冴子は、
「お願いだから、冴子のために、一日だけヒマをつくって！」
とねだり、日曜を挟んで上京させるようにさせた。
……そこには、口喧《やかま》しい舅の顔も、ヒステリックな妻の姿もない。
朝、風呂で全身をくまなく洗ってくれて、ベッドでパウダー・マッサージ。
朝昼兼用の、彼の好物で食事のあと、観世流の謡の稽古をつける。
着物姿で、銀ブラしたり、石井宝石店を冷やかしにゆく。
朝鮮人参のスープを飲んで、若いピチピチした冴子の体を抱く。

そのあと入浴して、ブランデーなどを飲み、ベッドに入って熟睡……。

高原は、その冴子との生活を――それはたった一日ではあったが――この上なく愛するようになった。

それに冴子は、自分の口から、なに一つ物をねだらないのである。

ただ、「パパ、パパ」と云って、献身的に尽して呉れる。

爪を切ったり、鼻毛を切ったり、耳掃除をして呉れたり……である。

高原は、次第に冴子を、愚痴の相手とするようになった。

重役たちの不和、労働組合、株主たちのゴタゴタ、道楽息子のこと、などなど――。

高原が、上京してない時は、冴子は緒方のアパートに帰る。

緒方は、冴子からの報告を聞き、そのあとたっぷり虐め抜くのだった。

緒方から、時間をかけて愛撫されることを肌で覚えた冴子である。

五十代の、高血圧質の男の、あっけない交わりでは、満足できる筈がなかった。

だから、彼女が高原に抱かれながら、

「パパ、気持いいわ。死にそうよ……」

などと口走るのは、すべて演技であったのだ……。

高原がマンションを借りて呉れて三月後のことである。

上京して来た高原が、浮かぬ顔をして、

「だれか、ワイフに、私が東京で女を囲っていると、知らせた奴があるらしい」

と云った。

「秘書の人じゃない？」

と冴子が訊くと、高原は、

「あいつは、大丈夫の筈なんだが」

と首をひねっていた。

さっそく緒方に報告すると、緒方はニヤニヤして、

「あいつのワイフに、電話したのは、この俺さ」

と云い、

「もう少し、ゴタゴタさせてやる。すると高原も、いやになって、蒸発したくなるだろうさ……」

と含み笑ったのだ。

「えッ、蒸発！」

冴子は愕いた声をだす。

「いいか。たっぷり、サービスしろ。残り少ない余生を、お前と二人っきりで暮したい……と思わせるまで、サービスするんだ。わかったな！」

緒方十郎はそう命じたのである。

「蒸発して……どうなるの？」

冴子は云った。

「莫迦。相手は銀行家じゃないか。身の廻りに一千万円もの品を、身につけてるような野郎だぞ！」

「……ええ。それは知ってるけど」

「人間、家出する時には、金目のものは持って出るもんだ。それに奴さんは、銀行家だし金庫に現ナマは唸ってる」

冴子は、やっと緒方の真意が飲み込めたような顔をした。

「いいか。〝パパと二人っきりで暮したいわ。お金があったら、いいのにねエ〟とか、〝月に一日だけじゃ嫌！　せめて一週間、暮したいわ……〟なんて云うんだ。いいな」

「わかったわ……」

冴子は頷いた。

「奴さんが、来月上京して来る時には、もっと事態は、深刻になってる。きっと高原の奴は、〝生きるのが嫌になった〟なんて、こぼすに違えねえ」

「……」

「その時、お前は〝パパ、蒸発しちゃいなさいよ〟と奨めるんだ……。わかったな！」

緒方が考えた構想と云うのは、人のいい銀行家を誘惑して、冴子に溺れ切らせ、家庭その他のゴタゴタを惹き起させる。そして、金品をもって家出させ、この財産をゴッソリ捲き上げる……というものだったのだ。

銀行家は、冴子に騙されたと知っても、蒸発人間である手前、どうにもならない。

詐欺や横領で、冴子を訴えたら、本人の居所が知れて、逆に横領で逮捕されるのは高原の方である。

緒方十郎は、そんな風に考えて、いわば一種の〝完全犯罪〟を企んだのだった。

「私が逃げだしたら、高原さん、無一文になるわけね？」

冴子は云った。

「そうさ。今更、おめおめと家には帰れず、山谷のドヤ街あたりで、野垂れ死にするだろうさ！」

緒方は呟く。

「少し可哀想ね」

冴子は云った。

「冗談じゃねえ。若いピチピチした、お前の体をロハで抱いてよウ、さんざん愉しんだんじゃねえか。差し引いて、お釣が来らア」

緒方は、冷酷だった。

7

……ことはすべて、順調に運んだ。

高原徳七は、強度のノイローゼに陥っており、

「世の中が、嫌になった」

とか、

「あーあ、どこか知らぬ土地へ逃げたい！」

などと、冴子の前で口走ったのだ。

冴子は、蒸発を奨めた。

「ある日、突然に、遺書もなく、金と宝石だけ持って、消えるのよ。偽名で飛行機に乗り込むとか、タクシーで別府まで行って、神戸行の船に乗るのよ、パパ……」

「みんな、パパの苦悩がわからないんだわ。パパの力量がわからないのよ。パパが突然いなくなった時、パパの有難さが判るのよ。消えて、冴子と一緒に暮して！」

冴子のこの口説に、高原は、よほど心を動かされたらしい。

しょんぼりと高原は、九州へ帰って行ったが、月が変って間もなく、電話をマンションにかけて来て、

「お金を送ったから、その金で、いまのマンションを引き払って、どこかに部屋を偽名で借りとくれ……」

と云ってきた。

銀行へ行ってみると、なるほど冴子の口座に、二百万円の金が振込まれている。

緒方はニヤニヤして、

「さあ、やって来たぞ！　こんなのは、序の口だ！」

と云い、マンション探しに、駆け廻って呉れた。

それっきり、高原からの連絡はなかった。

ある夜、冴子がフランシーヌへ出ていると聞き馴れない名前の客から電話があった。

首を傾げながら出てみると、それが高原であった。

「出て来たよ……」

高原は、思いがけず元気そうな声で、そう告げて、

「借りて貰った部屋へ行きたいんだが、地図と鍵を、近くの喫茶店に届けて呉れないか」

と云った。

彼女は、蒼くなった。

とりあえず、落ち合う場所を決め、新しいマンションの部屋に電話を入れた。

そこでは緒方たちが、今夜、マージャンをやっている筈だったからである。

緒方は、その報告をきくと、

「わかった。すぐ片付けて退散する！」

と、弾んだ声になった。

高原は、夜なのに黒メガネをかけ、おどおどしていた。

手に、ボストンバッグを持っている。

「他の荷物は？」

と訊くと、

「着のみ着のままだよ」

と答え、地図と鍵を冴子から受け取ると、そそくさと出かけて行った。

看板まぎわに、緒方が珍しく店へやって来て、

「うまくやれよ……」

と激励してくれた。

冴子の方は、それよりも、

「今夜から、当分、会えないのね」

と、その方が辛そうである。

「まあ、一カ月は暮してやるさ……」

緒方はそう含み笑って、

「体が疼いたら、買物カゴもって、俺のところへ昼間やって来な！」

と云ったものである。

冴子は、偽装された〝愛の巣〟へ、重い気持で戻った。

一カ月後、こっそりマンションを解約して敷金を受け取り、高原の外出中に、金と宝石をかっぱらって逃げる……という使命が、彼女には課せられていたからだ。

高原は、ドアのノックをきくと、

「冴子かい？」

とたしかめて開けて呉れた。

「嬉しいわ、パパ！　やっと二人で暮せるのねッ！」

冴子は、高原に接吻したが、なんとその接吻の苦かったことよ！

冴子は、フランシーヌを辞めることを、その夜、高原から約束させられた。

蒸発が発見されたとなると、秘書の口から、フランシーヌの冴子の存在が、明らかにされる。

冴子は問い詰められ、尾行されたりして、高原との隠れ家を露呈することになるであろう。だから、その夜から銀座のフランシーヌに近づかず、行方不明にした方がよい、と云うのだった。

銀行家だけに、計算は緻密《ちみつ》である。

——翌朝、冴子が十時ごろ目覚めると、高原の姿がなかった。

散歩にでも出たのかな……と冴子は思っていたが、正午すぎに戻って来て、なにやら浮かぬ顔をしている。

「どうしたのよ、パパ……」

と云うと、

「いや、なんでもない」

と答えて、普段の表情に戻り、

「勤めに出ない……というのは、意外に退屈なものだね」

と苦笑してみせた。

冴子は笑った。

……むりもない。

三十年あまり、サラリーマンだった人物が平日だと云うのに、遊んでいるとなると、なにか勝手が違うのだろう。

こうして、同棲がはじまった。

高原は、新聞や雑誌を読み、テレビをみて終日、家にいても平気である。

しかし、若い冴子の方は、そうはゆかなかった。

月に一日だと、熱心にサービス出来たが、毎日、鼻をつきあわせていると、マッサージしてやる気もしなくなる。

それに第一の不満は、物足りない、淡泊な高原のセックスだった。

買物にかこつけて、タクシーを飛ばし、緒方に邃しく抱かれて、のたうち廻って束の間の快楽を味わう。

それが唯一の息抜きだった。

「あたい、一カ月も、もたないわ……」

二週間後には、そう云って緒方に訴える冴子であった。

「そうか。そんなに俺の体が恋しいのか」

緒方十郎は満更でもなさそうで、

「じゃあ、マンションの敷金はあきらめて、宝石と金だけ、失敬するか」

と云った。

冴子は困ったように、

「それが……宝石や金を、どこに置いてあるのか、判らないのよ……」

と告げた。

「家の中の、どこかだろう。探してみろ」

緒方は云った。

冴子の宝探しがはじまった。

三DKのマンションだし、隠す場所など、たかが知れている。

押入れ、洋服ダンスなど、高原がトイレや風呂に入ったのを見定めて、探してみるのだがボストンバッグはどこにも見当らないのだった。

緒方に報告すると、

「わかったぞ……」

と云い、

「奴さん、銀行家だ。どこか、銀行の貸金庫にでも、預けてるに違いねえ」

と云った。

緒方は、作戦を授けた。

その夜、冴子は夕食の時、困ったような表情をつくり、

「パパ。お金がなくなったの」

と云ってみた。

　すると高原徳七は、

「ああ。明日、電話してやるよ」

と、こともなげに云い、翌日、電話のダイヤルを廻して、金を届けるように命じたのだった。

　冴子は、銀行が個人の家に、現金を届けたりするサービスがあることを、それまで知らなかったのだ。

　おそらく緒方も、そうだろう。

　緒方は、金がないと云えば、高原が銀行に預金をおろしに出かけるだろうから、それを尾行して取引銀行を確認する積りだったのである。

　冴子は、緒方の命令で、銀行の通帳を探そうと必死だった。

　しかし、高原は、通帳もハンコも、銀行の窓口に、預けっぱなしらしかった。

8

「もう我慢できん！」

　緒方十郎は云った。

　マンションの解約を申し入れ、敷金を受けとって立ち退く三月三十一日は、明後日に迫っていたのだ。

「どうするの？」

冴子は、緒方に抱かれながら云った。

「明日の日曜日、俺は訪ねてゆく！」

緒方は叫んだ。

「そして！」

冴子は訊いた。

「よくも俺の女を、誘惑して囲いやがって！　と凄むのよ……」

「まあ……そんなこと……」

「俺は、お前と高原を、ロープでぐるぐる巻きにして、一晩中、高原をいびってやる。そして、どこの銀行の貸金庫に預けているのか拷問してでも、聞きだしてやる！」

緒方は、そう喚《わめ》いたのだった。

翌日の夕方、玄関のチャイムが鳴った。

予定通り、緒方が現われたのだ。

緒方は、冴子をみるなり、

「この阿魔ッ！　よくも、こんな所に！」

と叫んでいる。

「キャーッ！　パパ、助けて！」

冴子は、逃げ込んだ。

芝居なのだ。

止めに入った高原は、殴り倒され、

「この野郎、許しちゃおかねえ！」

と、用意したロープで、縛り上げられてしまった。

「やい、冴子！　お前もだ！」

緒方は容赦しなかった。

そして、二人を縛り上げると、さっそく高原徳七を苛みはじめる。

「おい、お前さん！　銀行家だそうだな！　人のスケを盗んだばかりか、こんなところで囲ってるたア、どういう料簡でえ！　この落し前は、つけて貰うぜ！」

緒方は、ナイフをギラつかせた。

しかし、高原徳七はさして駭かず、

「冴子の情夫というのは、あんたか」

と落着いて云った。

「な、なにイ！」

緒方十郎は鼻白んだ。

「誰か、男がいることは、知ってたよ。はじめて、この部屋へ来た時にな」

高原は呟く。

「部屋は、きちんと片付いていたが、タバコの煙が濛々としていた。調べてみると、ゴミ入れにタバコの吸殻と共に、灰皿が二つ入ってた……」

「あッ、畜生……」

思わず、緒方は叫んでいる。

「ふふ……、泥を吐いたね」

高原は含み笑い、

「押入れをみると、真新しいマージャン台があった。それで私が来る前に、この部屋で、誰かマージャンをしていたことが判った。しかし、四人の姿はない」

緒方は口惜しそうな顔になった。

「すると冴子が、電話して、男たちを帰したのだと云うことになる。それで、わしは危険を感じ、翌朝すぐ、銀行に全財産を預けて、神田のＹＷＣＡへ行ってみた。冴子は三カ月しか、通ってなかった……」

冴子は顔色を変えた。

「暮してみると、いろんなことがわかる。冴子が買物カゴをもって、出掛けて来たあとは、機嫌がよかった。つまり、あんたに抱かれたからだ……」

「うーむ、畜生……」

「わしは、そろそろ別れ時じゃと思うて、もっと狭くて、自活に便利な部屋を、借りておいたよ……」

高原は云った。

「この家で一緒に住むなり、敷金の二百万で別にアパートを借りるなりして、仲好く暮しなさるがええ。わしは、今からでも、出て行けるんだから……」

冴子は、駭いて、

「パパ、いつ借りたの？」

と叫んだ。

「冴子が、買物カゴもって、タクシーを拾うのを見届けたら不動産屋に電話して、来て貰っていたんだよ……」

高原徳七は微笑した。

「糞ッ！　バッグをどこにやった！　どこに隠したッ！」

緒方は、高原を小突き廻した。

「そんなに知りたいか」

高原は苦笑して、

「ナショナル・バンク東京支店だよ」

と云った。

「畜生！　そんなところに、隠してたのか」

緒方はいきり立ち、

「こうなったら仕方がない。そっくり貰ってゆく。冴子は、お前に呉れてやらア！　さア鍵を出せッ！」

と首を絞める。

「わかったよ。右手だけでも、自由にして呉れないか。鍵をとり出せやしない」

と高原は苦しそうに喘いだ。

緒方は、ロープを弛めた。

高原徳七は、右手を抜き取って、ズボンの隠しポケットから、銀色の細長い鍵をとりだした。

「さあ、寄越せ！」

緒方は云った。

高原は、物も云わず、いきなりその細長い鍵を口中に抛り込むと、一瞬、苦しそうに目を白黒させた。

「あッ、なにをするッ」

緒方は、銀行家に飛びかかった。

高原は暴れた。

緒方は夢中で、後ろから太った高原の首を羽交い絞めに絞め上げていた……。

高原は、なにか鶏が鳴くような、咽喉だけの声を発して、しばらく経つと、ぐったりとなった。

銀行家は、蒸発して、そして殺されてしまったのである。

とき、三月三十日の日曜日の夜だった。

9

「どうする？」

冴子は泣き声だった。

「どうするって、死なせてしまったものは、仕方ないじゃないか」

と緒方十郎は云い、

「とにかく、鍵だ……」

と、目を血走らせている。

「お腹を切って、取り出す気？」

冴子は歯をガチつかせた。

いくらなんでも、緒方には、そんな度胸はない。

二人は、気持を鎮《しず》めるために、別室でブランデーを飲み、そして絡み合った。

性欲の昇華で、冷静さを取り戻した緒方十郎は、

「そうだ。いいことがある」

と顔を輝かせた。

「なんなの？」

冴子は声を震わせる。

「死体を、腐らせるんだ……」

「そうよ。こいつは、蒸発人間だから、かえって好都合だ……」

「一体、どうするの？」

冴子は訊く。

「いいか。寝鎮まったら、俺がこいつをかつぎだして、地下ガレージまでエレベーターで運ぶ。お前は、鍵をかけて、車で待ってろ」

緒方は云った。

「どうするの、彼を……」

冴子は、半泣きである。

「兄貴が、バナナの加工業をやってることは話したな」

「ええ、きいたわ」

「バナナは、地下の追熟室《むろ》に入れて、熱を加えるから青いバナナが熟れて、美味しくなるんだ……」

「ええ、それで……」

「幸い、兄貴の追熟室は、いま空いてる。二日後に、荷が入る予定だ……」

「……」

「あの追熟室に入れて、こいつを穴掘って埋めとく」

「穴を掘って？」

「腐らせる？」

「そうさ。剝き出しでは、ばれちゃうじゃないか……」

「でも、なぜそんなことするの?」

「腐爛させるんだよ!」

「……」

「そうしたら、白骨死体になって、掘り出したとき、こいつのお腹あたりに、銀色の鍵があるってわけさ……」

「ああ、そうしたら、お腹を切らずに、済むわけね」

「幸い、明日でこのマンションは出ることになってるし、こいつも部屋を借りてたらしいから、ちょうどいいや!」

「行方不明になっても、怪しまれないと云うわけね」

「そうだ。バナナと一緒に、こいつの死体も熟れて、一カ月後には白い骨だアな」

「その時、掘り出すのね」

「どうだい。名案じゃねえか」

「敷金の二百万円で、旅行でもゆく?」

「ああ、一カ月ぐらい、ハワイで遊んで来ようじゃないか……」

「嬉しいわ……」

二人は、また絡み合った。

午前二時。

緒方は、冴子に手伝わせて、銀行家の体をエレベーターに引きずり込んだ。

幸い、ガレージには人影もない。

トランクに押し込み、車をスタートさせ、一息ついた。

青果業者の追熟室は、ふつう中央市場の地下を使うのだが、最近は入荷が多いため、個人の追熟室が増えている。

緒方の兄のバナナ加工場は、晴海埠頭《ふとう》の近くにあった。

夜は、人がいない。

勝手知った裏口から、入り込んで、倉庫の表戸をあけ、車をバックさせて、死体を追熟室へと引きずってゆく。

床は、うすいコンクリートだった。

緒方は、タタミ一枚ぐらいの大きさに、床のコンクリートを剝がし、シャベルを使って掘りはじめる。

なるべく腐り易いように、二尺ぐらいの深さでとどめて、死体を投げ込んだ。

土をかけ、その上から、ギュウギュウと踏みつける。

セメントの袋と砂を探し、バケツでこねて流し込んだ。

そして箒で表面を塗って、穴が目立たないように工作する。

仕事が終ったのは、夜明けであった。

「あん畜生……なにも鍵を飲み込まなかったら、こんなことにならなかったものを！」

緒方十郎はそう云って、手の泥やセメントを洗い落した。

翌日――と云うよりは、その日、二人は引越しの手続きをとって、二百万円の敷金を受け取った。

数日間は、ホテルに泊りながら、アメリカ旅行の手続きをとった。

――夢のハワイ。

坂の町、サンフランシスコ。

賭博の歓楽街、ラスベガス……。

冴子と緒方は、殺人事件を忘れて、思う存分、遊び廻った。

一カ月後、二人は日本へ舞い戻った。

そして羽田の税関を出ると、刑事が二人、すーっと寄って来た。

「高原徳七さんの失踪事件について、参考人としてご同行を求めます」

刑事は言った。

二人は、蒼褪めた。

銀行では、頭取の蒸発を知ると、世間体を重んじて外へは発表せず、八方手をつくして捜索したのだった。

フランシーヌのマダムから、冴子と高原が個人的に親しかったことを知り、冴子の行方を探し求めた。

むろん、緒方十郎の存在も、浮び上って来た。

冴子が最初に借りて貰ったマンションから、次に移った高原との愛の巣が、確認されたのがつい十日前。

そして近くの不動産屋の証言で、高原が別にアパートを借り、

「どうも女に悪いヒモがいるらしい。四月から独りで暮す……」

と云って、契約したことが、明らかになった。

しかし、高原の姿はない。

三月三十日の朝、高原が散歩しているのを近くの牛乳屋がみている。

高原は、健康のため、人通りの少ない朝を選んで、散歩していたのである。

つまり、三月三十日の日曜日以後、高原徳七の姿をみた者はないのだ。

冴子と緒方は、アメリカへ行っている。

……こうなると、二人に疑惑がかかるのは当然だろう。

最初に冴子が、ついで緒方が自供した。

刑事たちは、二人の犯人を連れて、死体が埋められた現場へ行った。

コンクリートが壊され、用心深く、土が取り除かれてゆく。

追熟室のなかは、バナナの熟れた匂いと、熱気とが充満している。

「あ、ありました！」

係官が叫んだ。

刑事が、冴子と緒方の腰を突ついて、

「間違いないね？」

と云った。

穴の端に佇んだ二人は、ただ呆然としていた。

腐爛し切って、すでに白骨化してる……とばかり思っていたのに、なんと死体となった高原徳七の五体は、マンションで殺された時のまんまであった。

緒方は、バナナの追熟室ということだけが頭にあって、死体が、空気の流通のわるい土中では、最も腐敗しにくい……ということを知らなかったのである。

白蠟のような高原の顔は、むしろ神々しくさえあった。

冴子は、

「パパ、ごめんなさい……」

と泣きだした。

死体を地中から運び出そうとした係官が、

「おや、なんだろう」

と云って、死体の喰い縛った歯のあいだから、なにか銀色のものをつまみ上げた。

それは緒方に首を絞められたとき、気管から逆流した銀行の貸金庫の鍵である。

緒方十郎は、その場に昏倒した……。

名士劇殺人事件

1

……その日も、朝から客はなかった。

私は、分娩《ぶんべん》を来月に控えている妻の顔を思い出しながら、生意気にも独立して事務所をもった私が、やはり妻の云う通り早計であったと考え直さずにはおれなかった。

私は二カ月前までは、刑事だったのだ。

ある迷宮入りの事件を、私の独特の推理で解決し、真犯人を検挙した。

それが新聞にデカデカと掲載されたことから、若干、有頂天になったところが、ないでもない。

捜査一課の仕事は、足である。

いや、足であると教わって来た。

しかし例の三億円事件でも判るように、近頃の犯罪は知能的になって来ている。自殺とみせかけて、その実は殺人……というケースも少なくないのだ。

私は幸い大学を出ている。

だから一課に配属されながらも、足で、足でと力説する先輩に反抗して、知能的な捜査方法をとって来た。

一例を、三億円事件にとろう。

なぜ捜査が長びいてしまったのか。

それは犯罪の現場に、二十数点に及ぶ犯人の遺留品があったからだ。

一課の刑事ならずとも、これだけ多くの遺留品があれば、これを洗って行けば、真犯人を割り出せると考えるであろう。

もし事件直後に、現場の聞き込みを丹念にやっていたら、こんなことには……と考えたって、後の祭りである。

つまり警察は、遺留品の多いことに安堵して、一課本来の聞き込みを忘れたのだ……。

私が大手柄を立てられたのは、一課の足に二課の推理的要素を加えたからで、別にどうと云うことはない。

ただ私が、頭の固い先輩の刑事たちに、愛想をつかし、警視総監賞を貰いながら、警察を止めたのは事実だ。

私はそして、探偵事務所を出したのだ。

たしかに冒険だった。

収入は、不安定である。

身重な妻はいる。

しかし私は、退職金で数カ月は食いつなげると思っていたし、いざとなればガードマンにでもなればよい、と考えていた。

昼食は、相変らずラーメンであった。

一人で、狭い事務所で、ラーメンを啜《すす》っている光景は、味気ないものだ。

私は、知人の誰彼なしに、電話をして、仕事を紹介して呉れるように頼んだ。

そして、また一日が暮れかかった。

開業して四十五日、一人の客もない。

世の中は、つくづく甘くないと思った。

だが、待てば海路の日和《ひより》とやら、私が帰り支度をしている時に、その幸運は舞い込んで来たのである。

その客は、ノックもせずに、いきなり飛び込んで来た。

パンタロンを穿いた若い娘だった。

「頼母木《たのもぎ》さんは、いますか？」

娘の第一声はこうであった。

「いらっしゃい。頼母木武助は、貴女の目の前にいますよ」

私は云った。

娘は、私をみて、

「お若いのね、新聞の写真より……」

と白い歯をみせる。

「まだ二十九歳ですよ」

私は、椅子を奨めた。

「週刊誌で、頼母木さんが、探偵事務所をひらかれたことを知ったんです」

娘はゆっくり坐った。

「それで、ご用件は？」

私は娘を観察した。

年の頃は十九か、二十《はたち》だろう。

瓜実顔で、背は高い。まあ美人と云ってよいだろう。

テレビでチャンバラをやって売りだした、なんとか云う女優に似ている。

「兄を……兄を助けて欲しいんです」

娘は云った。

「兄さんを？」

「はい。兄の名は、花隈《はなくま》英太郎です」

娘は告げた。

私は、首を傾げた。なにか、記憶にある名前だった。

しばらく考えて、

「ああ、思い出しました。劇場の殺人事件で逮捕された方ですね？」

私は云った。

娘は大きく首肯《うなず》いて、

「そうです。兄は、無実なんです」

と云った。

「その証拠は？」

私は表情を引き締める。

「それがあったら、頼母木さんのところなんか、来やしません！」

娘――花隈良子はそう云って、

「あのう……幾ら、さし上げたら、よろしいの？」

と訊く。

「待って下さい。私はまだ、引き受けるとは云ってませんよ……」

私は、最初の客だ、カモだ……と思いながら、飛びつきたい気持を、必死で抑えながらそう云った。

「兄を、助けて下さい」

良子は頭を下げて、

「兄は、人殺しなんかじゃありません」

と主張するのだ。

私は、微笑しながら、

「事件の経過を話して下さい」

と煙草を咥えたのだった。

自分を落着かせるためである。

2

……S市に、〝名士劇〟が誕生したのは、いまから七年前のことである。

S市は、県庁所在地でもあり、人口四十万と、まあ中堅の都会であった。

S市に民間テレビ局が生れたのは、昭和三十年のことであるが、歳末助け合い運動の一環として、テレビ局では、文士劇の真似をして〝名士劇〟なるものを考えだした。

つまりS市に住む県会議員や市会議員、会社の社長、商店主などに働きかけて、廻り舞台があることが自慢のS市の東洋劇場で、素人芝居を行ない、その入場料をそっくり寄付しよう……と云うわけである。

むろん出演料は、ロハであった。

舞台装置、衣裳などは、放送局が負担する代り、当日の実況中継を行なって、スポンサーをつける。

やれるかどうか、わからないが、まアやってみよう……ということでフタをあけてみると、入場券は前売りで売り切れ、出演する会社の社長たちがスポットを負担して呉れる……とあって、凄い黒字になった。

それで翌年も名士劇をやり、それが恒例となって、毎年、十二月に入ると、土曜一回、日曜二回という名士劇興行が行なわれることになったのである。

……殺人事件は、そのS市の名士劇が行なわれた、東洋劇場で起きたのだった。

殺されたのは、S市の市会議員で、材木問屋の社長である宮城誠平という人物である。

年齢は五十二歳であった。

当日の出し物は、〝天衣紛上野初花《くもにまごううえののはつはな》〟で、ご存じ河内山宗俊《こうちやまそうしゅん》の芝居である。

宮城は、この河内山に扮していたのだが、芝居が終り、打上げパーティがあると云うのに、主役が会場に来ない。

それで探してみると、奈落へ落ちていた。

死因は、窒息死である。

つまり首を絞められたわけだ。

松江侯の玄関先の場で、芝居は終りなのだが、その時には宮城誠平は生きていた。

芝居をしていたのだから、当然、生きていたわけである。

警察の調べでは、芝居が終ったあと、主役の宮城と、北村大膳役の花隈英太郎とが、なにか云い争っていたと云う。

英太郎は楽屋に帰り、化粧を落したあとパーティに駆けつけている。

その時点では、英太郎に疑いはかからなかった。

ところが調べてゆくと、宮城の後妻である咲子という三十三の人妻と、英太郎とが醜関係にあることが判った。

咲子は警察の取調べに対し、

「英太郎さんに、宮城と別れたい、どうしたらよいかと相談したことはあります。英太郎さんの二号になって暮した方が、よっぽどよいと考えたからです……」

と自供していた。

警察では、物的証拠はないが、殺人の動機は十二分にあるとみて、英太郎が示談にした交通事故を表面の理由に、逮捕に踏み切ったのだった。

……私は、妹の良子から、そんな打明け話を聞き、翌日、彼女と一緒に、S市へ同行する決意を固めたのだ。

別に、自信があったわけではない。

英太郎が、交通傷害事件の方は素直に認めたが、宮城誠平殺人事件については、いっさい身に覚えがないと、頑強に云い張っているという事実だけが、頼りだったのである。

それと、暫くの間でも、若いパンタロンを穿いた娘と、一緒に旅が出来る愉しみもあった……。

——翌日。

私たちは、S市に向った。

私は、駅前で花隈良子と別れ、市役所に行った。

S市の概況を知るためと、花隈英太郎と、被害者の宮城誠平の家族構成を知るためである。

花隈英太郎は、長男で三十五歳。

すでに結婚して、一男一女があった。

父親は三年前に死亡している。

六人兄妹がいて、良子は末ッ子だった。

せいぜい二十歳と踏んでいたのに、良子は二十三歳であった。

私は、

〈ほほう！〉

と思った。

宮城誠平の方は、すでに死亡届が出ており、戸主は後妻の咲子となっている。

先妻は光代と云い、六年前に協議離婚が成立していた。

二人の間に、子供はない。

〈ふーむ！　すると宮城が死ねば、財産はそっくり咲子の物になるわけか……〉

私は、考え込んだ。

殺人事件が起るのは、痴情、怨恨、物盗り……などと、いろいろあるが、先ず被害者の死によって、誰がいちばん利益を得るか、を考えるのが捜査上の常識である。

私は、先ず咲子に会ってみる必要がある、と思った。

夫の財産を独り占めにするために、男と情を通じて夫を殺させ、ついでその男を密告する……と云うケースは、昔からよくあることだからである。

私は、

〈咲子が怪しい！〉

と、直感的に思った。

S市は、はじめての街である。

しかし私には、市内見物なんかしている気持の余裕はない。

私はタクシーを拾うと、

「初音町の宮城木材にやってくれ」

と、運転手に告げた。

3

宮城木材は、資本金五百万円、従業員四十名ばかりの会社である。

死んだ誠平は、この木材会社ばかりでなくS交通というタクシー会社、宮城企業という名でキャバレー二軒、バー三軒、パチンコ店を六軒、モーテル一軒、連込みホテル二軒を経営していた。

つまり本業は、むしろサービス業の方だと云えるのだ。

私は、専務だと云う宮城素平に面会を求めた。

彼は、宮城木材とS交通とを取り仕切っている人物で、誠平の弟である。

素平は、

「兄の死で、いちばん儲かると云えば、この私かも知れませんな。株式会社にはなってますが、兄の死後、義姉と話し合って、全株、私の名義にして貰いましたからな」

と笑い、咲子については、

「無欲なんですよ。普通だったら、兄が全株持っていたのですから、妻の権利を主張できるんですがね」

と云った。

きいてみると、宮城木材、S交通とも合わせて一千万円の株券を、五年の年賦で、弟の素平に譲渡するという契約書に、咲子は署名捺印《なついん》したのだと云う。

むろん社長の椅子には素平が坐り、咲子は専務ということで、給料だけ貰う約束なのだそうだ。

「兄は、事業の鬼でしてね。儲かる仕事だったら、葬儀屋だってやりかねませんでした。それだけに、政界、財界ともに、敵は多かったと思いますよ」

と素平は云った。

宮城企業の方は、素平はノー・タッチで、驚いたことに、宮城企業を切り廻していたのは、先妻の弟——つまり光代の実弟である、名村平一という人物であった。

素平は、なぜか別れた光代の悪口は云わなかったが、弟の平一に関しては、口をきわめて罵った。

「インテリ・ヤクザですよ、彼奴《きやつ》は！　とにかく、どこからともなくS市に舞い込んで来て、いつのまにか兄貴の懐ろ刀になっちまってね。それまでは、選挙参謀は私がやってたんだが、いつのまにか名村の奴が参謀長になりやがって……。パチンコ屋ならまだしものこと、やれ、キャバレーだ、連込み宿だ、と気恥ずかしい商売に手を出しやがってねえ。モーテルを出す時、あたしは兄と大喧嘩したんですよ、市会議員という肩書を、少しは考えて欲しいってね……」

素平は、ひどく名村平一を憎み、そしてその名村の云いなりになっている兄の誠平をも憎んでいたようであった。

〈これは大変だぞ……〉

私は、そう思った。

素平は、花隈英太郎については、

「まあ、はっきり云って商売仇同士ですからねえ……」

と、述懐しただけである。

きいてみると、死んだ英太郎の父も、革新派から市会議員に出ており、S市では宮城木材と花隈木材と云えば、片や伝統と歴史を誇る老舗《しにせ》、片や新興勢力というので、お互いに鎬《しのぎ》を削っていたらしい。

むろん新興勢力は、戦後、S市でヤミ商人からのし上った宮城誠平の方である。

〈老舗の親父が、革新派の市会議員というのは面白いな！〉

私はそう思いながら、となると、この事件は単なる殺人事件ではなく、もっと複雑な事情が絡み合っているのかも知れぬ……と考えはじめた。

先ず、同じ材木問屋で、商売仇である。

三年前に死亡した英太郎の父の英助は、革新派選出の市会議員。

死んだ宮城誠平は保守派の市会議員。

政治、経済の両面で、二人は対立しているのだ。

そして容疑者の英太郎は、その英助の長男であった。

親の恨みを、子が受け継いでいたとしても不思議はない。

宮城誠平は、保守派の勢力のお陰で、市会議長を一期つとめたことがある。

しかし花隈英助は、S市の商工会議所の副会頭を、三期もつとめていた。

本業の材木問屋のほか、製材所、運送店、家具工場などをもっていたが、この方は、宮城誠平と違って、正業と云えた。

私は、人口四十万とは云いながら、そのS市のたった二人の人間の葛藤をみただけで、実に複雑怪奇な、しがらみが存在することを知って、唖然となったのである。

私は、後妻の咲子に面会を求めた。

とても三十三歳とは思えない、小柄で、しっとりした感じの美人だった。

私は、頼母木探偵事務所長という肩書の名刺をとりだし、

「すでにご存じかとも思いますが、花隈さんから頼まれて、英太郎さんの無罪を証明するために、当地に伺った者です」

と挨拶した。

咲子は、

「どうぞ、お上り遊ばして」

と云った。

材木商だけに、なかなか凝った日本風な普請である。

玄関の上り框は、幅二尺もある楠の一枚板である。

廊下は檜で、応接間の天井は、すばらしい杉の柾目であった。

女中が、茶を運んで来た。

咲子は、私を待たせている間に、和服に着換えていた。

玄関先に応対に出た時には、洋服姿――それもマキシだったのである。

〈ほほう……〉

私は短い時間に、よく着換えたものだと思いながら、彼女の前歴は、もしかしたら芸者かも知れないな……と思った。

4

その私の予感は、当っていた。

咲子は、箱根の芸者だったのである。

宮城誠平と咲子とが、はじめて会ったのは五年前に、箱根で材木商の会合があった時であった。

宴会の席で見染められたわけだが、咲子はこう語った。

「私はその夜、お父さんの代理で出席されてた英太郎さんに、ぞっこん参ってしまったんですわ。それで、うちの人のことなんか、頭になかったんです。英太郎さんと、サシで花札やって、お定りの通りになったんです。英太郎さんは、東京や熱海で会合があるごとに、箱根へ寄って泊って呉れました。そんな仲が二年ちかく続いたでしょうか。バッタリと英太郎さんは来なくなって……」

咲子の言葉を信用するなら、彼女の方が英太郎に惚れ、自分から関係をもったことになる。

そして、英太郎が箱根に来なくなったあとで、再び宮城誠平と宴会の席で会い、

「どうや。俺の女房にならんか」

と口説《くど》かれて、オーケイしたものらしい。

その時、咲子は三十であった。

「あたし……英太郎さんが、S市に住んでいることなど、知らなかったんです。名刺も呉れ

なかったし、いつも英太郎さんの方から、一方的に電話がかかって来てたもんですからね……。うちの人と一緒になって、半年目だったかに、ホテルで食事してたら、英太郎さんが、末の良子さんを連れて、おなじく食事にいらしたんですの……」

咲子は、驚いた。

英太郎は、夫である宮城誠平に、目礼しただけで、知らぬ顔をしている。席も、わざと離れてとった位である。

咲子は、夫に、

「いまの人、どなた？」

と訊いた。

すると誠平は、

「花隈木材の若社長じゃ。いまに、あいつの店をガタガタにしてやるわい」

と答えたと云う。

また誠平は、嬉しそうな顔をして、

「親父が半年前に、ポックリ死によってな。いま、あの男が社長じゃ。わしが裏から手を廻して、労働組合をつくらせたから、青息吐息じゃろう……」

と豪傑笑いをしたという。

咲子は、それを知って、翌日、花隈木材に電話をかけた。

そして、夫の誠平がゴルフに出かける日曜日の午前中、デイトの約束をさせた。

用心深く、S市の郊外にある寺の境内で落ち合った。

咲子は、宮城誠平の後妻となったことを告白した。

英太郎は、

「そうだったのか……」

と呟き、

「しかし、撰りに撰って……」

と絶句したと云う。

おそらく複雑な心境だったのであろう。

咲子は、

「うちの人を悪く云うようだけど、あの人が裏で糸を引いて、組合をつくらせたんですってよ」

と教えた。

英太郎は、

「そうか……。それで判ったよ。うちの会社は、株だって増資のたびに、従業員にわけているし、ボーナス二回、株の配当が二回もある。組合なんか、なくたって良い筈の会社なんだよ……。なぜ、親父が死んでから、急に組合ができたのか、不思議だったけど……」

と洩らし、

「どうも、有難う」

と咲子の手を握った。

そして、二人は綺麗に別れたと云う。

……私は、質問した。

「大変、立ち入った質問で、申し訳ないのですが、お二人が……つまり、縒《よ》りを戻されたのは、いつごろから……」

と——。

咲子は俯向いて、

「どうしても、お答えしなければ、なりませんか？」

と云い、

「半年前の春……うちの人が、S市の市会議員たちと、東南アジア旅行に、出かけた時ですわ」

と答えた。

「そのあとは？」

「お恥ずかしい話ですが、かなり頻繁に……」

咲子は顔を赧らめる。

「事件の前は？」

「……名士劇の初日の夜、楽屋で……」

咲子は答えた。

「えッ、初日の夜、楽屋で？」

私は唖然となった。

きいてみると、土曜の夜は五時半開演で、八時には芝居は終ると云う。

そして九時には、みんな関係者は引き揚げてしまう。

英太郎は、遅くまで愚図愚図していて（その実はトイレに隠れていた）、忘れ物をして戻って来た（その実は、わざと忘れた）咲子と真ッ暗な楽屋の畳の上で、絡みあったのだった。

そして事件は、翌日に起きた。

私は、咲子に向って、

「それまでに、二人の関係は、第三者に気づかれてませんか？」

と云った。

咲子は、きっぱりと、

「殆ど、カー・セックスでしたから、誰にも気づかれてないと思います」

と答えた。

私は、眉を顰めた。

5

——カー・セックス。

若者のあいだでは、大流行だと云う。

私も、その実地検分のために、青山墓地や神宮外苑に出かけたことがある。

路上に、車が駐車している。

一見、路上駐車のように見える。

しかし、そっと近づいてみると、暗い車内では、リクライニング・シートを倒して、ヘビイ・ペッティングの最中だったり、なにか白いものが二本、揺れ動いていると思うと、それは女の脚だったりした。

私は人間、やる気になれば、どんなところでも、セックスは出来るものだな、と感心したことだった。

しかし、いま目の前にいる宮城咲子が、焼けぼっ杭《くい》に火が点いたとはいえ、カー・セックスに酔い痴れていたのかと思うと、なにか私は腹立たしくなる。

嫉妬であろうか。

そこで私は皮肉をこめて、

「それほど、気を使っていたお二人の情事が警察に知れてしまった理由は?」

と訊いた。

咲子は俯向いて、

「実は……初日の夜、私たちが人目を忍んで楽屋から出るところを、劇場の誰かに見られたらしいんです……」

と告白した。

「なるほど」

私は首肯いて、

「大いに、あり得ることですな」

と云い、

「その目撃者の誰かが、旦那さんに告げ口をして、それで英太郎さんと宮城誠平さんが口論したとは、考えられませんか?」

と訊いてみた。

咲子は、しばらく考えていたが、

「うちの人と、英太郎さんが口論したのは、名士劇のセリフを、英太郎さんが、とちったからだと聞いてます」

と云った。

「えッ、セリフのやり取りで、喧嘩したんですか?」

私は呆れ顔で云った。

「このことは、松江侯になられた古川商事の社長さんも、はっきり証言されてます」

咲子は云った。

「なるほど。古川商事の社長ですね?」

私は手帳を出して、メモした。

「ついでですが、共演者の名前を、教えて頂けませんか?」

私は鉛筆を構えた。

咲子は、プログラムを持って来て、

「片岡直次郎が、県会議員の光田さんで、三千歳《みちとせ》が市長の羽村さん……」

と名を挙げはじめた。

私は、メモをとりながら、咲子という女は弟の素平が云っていたように、素直な女らしいと思った。

私は、メモをとり終ったあと、なにげない顔つきで、

「宮城木材、S交通は、弟さんの素平さんにすべて譲られたそうですが、キャバレーなんかをやっている宮城企業の方は、どうなってるんですか？」

と訊いた。

咲子は、太い溜息を吐いて、

「それで、困ってるんですの」

と呟く。

「困っているとは？」

私は云った。

「うちの人は、名村さんにすべてを任せていたもんですから、計理士の人を呼んで調べて貰ったところ、行方不明の金が、一億円ちかく出て来たんですって……」

咲子は云った。

「えッ、一億円？」

私は、目を丸くした。

私の退職金の、それは何百倍にあたるであろうか。

「その事実を、宮城さんは？」

私は訊いた。

「知らなかったと思います」

咲子は答えた。

「しかし早晩、知られる運命にあったんですか？」

私は追及した。

「と、思います」

咲子はそう首肯いてから、

「名村って人は、やり手なんですけど、ちょっと怖いところのある人でしてね。無気味なんですよ。うちの人だって、一目おいていたんじゃないかしら……」

と云った。

「一目おく？　それは何故です？」

私は質問した。

咲子は首をふって、

「なぜか、判りません。とに角、専務としての給料以上の、派手な生活をしてました。うちの人が国産車に乗っている時に、名村さんは外車を乗り廻してるんですから……」

　と告げた。

〈ふーむ！　使い込みをしている男か！　それに先妻の実弟……。犯罪発覚を恐れる心理……。そして姉の怨み……。名村という男も、臭いな！〉

　私は思った。

　聞いてみると、弟の素平も、先妻の弟である名村も、千秋楽の日には、楽屋へ来ていたと云う。

　私は混乱しはじめた。

　誰にだって、犯行の動機が存在するように思えはじめたからである。

6

　古川商事は、S市の目抜きの繁華街に、ちんまりしたビルを建てて、その中にあった。

　私は、のっけから、

「古川さん。あなたは、千秋楽の芝居が終ったあと、宮城さんと花隈さんが、口論されるのを目撃されたそうですが」

　と質問を浴びせた。

「ええ、聞きました」

　古川は、血色のよい顔をてらてらと光らせながら微笑し、

「英太郎君が、セリフを思わず飛ばしてしまったんですな。それで宮城君の宗俊が、セリフにつまってしまった。なにしろ、一番の見せ場ですからねえ……」

と説明し、

「観客は、芝居をよく知らないから、宮城君がセリフを度忘れしたように勘違いして、客席から〝河内山、どうした！〟とか〝黒衣《くろこ》はどうした！〟なんて、野次が飛んだんですね。それで宮城君は、ますますカーッとなってしまった。芝居はさんざんで、折角のいい場面が、目茶苦茶です。宮城君は、英太郎君に、〝初日にとちるなら兎も角、千秋楽の場面でとちるのは、俺に恥をかかせようと、わざとやったんだろう〟と云って、文句をつけたんですよ。英太郎君は、〝済みません、済みません〟と謝った。宮城君の方が、あの時はいけなかったなあ……」

と述懐したのであった。

古川社長によると、この〝天衣紛上野初花〟は、七年前に花隈英助が河内山宗俊をやって、宮城誠平が北村大膳を演じた、いわば遺恨《いこん》の芝居だと云う。

きいてみると、七年前、宮城誠平がセリフをとちって、花隈英助が立ち往生した場面なのだそうな。

親の恨みを子が返したわけではあるまいけれど、そんな昔の因縁話をきくと、花隈英太郎が、わざとセリフを間違えて、父同様に宮城誠平に復讐したのだと、考えられなくもない。

私は、頭が痛くなった。

古川氏に私は訊いた。

「なにか、その時の宮城さんの悪口雑言で、英太郎さんが逆上するような感じはありませんでしたか?」

と――。

古川氏は首を傾げ、

「宮城君が、いけないいんです」

と云った。

……宮城誠平は、詫びる英太郎に向って腕をふりあげ、

「七年前の仕返しだろう、この野郎！　そんなに俺が憎いのか！　お前が、コソコソなにをしてるか、俺が知らないとでも、思っているのか！」

と怒鳴りつけた。

すると英太郎は、

「お互いさまですよ。目には目を、歯には歯をです」

と応じ、誠平が英太郎を殴りつけた。

英太郎は、すかさず殴り返し、

「いまに吠え面かくなよ！　この、釜ケ崎野郎めが！」

と応酬した。

その言葉をきくと、宮城誠平は、狂ったように英太郎につかみかかり、足払いで舞台に倒

されている。

慌てて仲裁に古川社長が入り、

「まアまア……」

と、二人を引きわけたが、英太郎が舞台から去っても、宮城誠平は蒼い顔をして、しばらく舞台から立ち去らなかったと云う。

最後の目撃者は、大道具係の田岡という中年男で、みんな上手《かみて》に入って行ったのに、宮城誠平だけは、下手《しもて》に立ち去ったと云うことだった。

〈変だな?〉

と、私は思った。

「なぜ、下手に行ったんですか?」

私は質問した。

古川社長は困ったような顔をして、

「わかりませんね」

と呟き、

「とにかく判らないことだらけですよ」

と告げたのだ。

私は、県会議員の光田氏、市長の羽村氏などに会い、名士劇の当日の模様をきいた。

しかし古川社長の証言の域を出ない。私は正直に云って失望した。

あと残る手懸りは、名村平一に会うことである。

私は、面会を求めて、拒否された。

忙しくて会えない、と云うのであった。

〈変だな、こいつ……〉

私は思った。

7

名村平一に面会できたのは、S市に来て六日目のことである。

私は、ズバリと、

「警察では、花隈英太郎を無罪放免にすることになったらしいですな」

と、カマをかけてみた。

相手の反応をためしたのだ。

「そうですか。そりゃアよかった」

意外にも、名村の口を衝いて出たのは、そんなセリフだった。

〈畜生！　役者が上か！〉

私は、ちょっぴり屈辱を味わいながらも、自棄糞《やけくそ》になって、

「警察では、第二の容疑者として、あなたを考えているようですね」

と云っていた。

名村平一は、その時、はっきりと顔色を変えて、語気するどく、

「なぜです?」

と云った。

「なんでも、あなたは、宮城企業の専務として、一億円ちかい横領をやっているそうではないですか?」

私は切り込んだ。

名村は、薄い唇を歪ませ、

「たしかに、行方不明の金はある。しかし、あれはすべて、社長の政治資金として使われたんですよ。その証拠は揃っている」

と、ふんぞり返った。

「死人に、口なしですか」

私は笑った。

名村は憤然として、

「すると、なにかね? かりに私が、一億円の使い込みをしてだ……それが、バレそうになったので、宮城社長を殺したとでも、云うのかね?」

と私を睨んだ。

「動機としては充分でしょう。宮城誠平がいなくなれば、使い込みの事実もバレないで済む。おまけに会社は、自分の物になる……」

私は負けずにやり返した。

名村は、苦笑して、立ち上ると応接室から出て行った。

そして戻って来た時には、株券をどっさり持っていた。

彼は、それをテーブルの上に投げだしながら、

「見給え！」

と、叫んだ。

「宮城企業の株券だ。一株だって、宮城誠平名義のが、あるかね？　宮城企業という会社は、私が政治資金をつくるのを条件に、宮城誠平をロボット社長に据えて、彼の地位を巧みに利用して銀行から金を引き出し、そして経営して来た私の会社なんだ。定款《ていかん》をみたまえ！　宮城誠平は、代表権を持たない社長なんだ！　代表権は、専務の私にある！」

……寝耳に水であった。

私は、そんなことを知らず、宮城企業は殺された宮城誠平のものだとばかり、思っていたのである。

この事実は、私にはショックだった。

誠平を殺害しそうだと思っていた名村平一は、実は使い込みでもなんでもなく、自分の金を使っていたにすぎないのであった。

「しかし……」

私は口惜しくなって云った。

「あなたのお姉さんは、六年前に、宮城さんから離婚されてる……」

と——。

「たしかに、その通り」

名村は平然と受けてから、

「しかし、姉は、私の会社で給料を貰い、悠々と暮してるよ。宮城社長からの手切金で、彼女は私と肩を並べる大株主になってる。姉は別に、死んだ宮城誠平を恨んでないし、私だってそうだ……」

と云い切った。

私は、思わず詰りながら、

「すると、誰が……誰が殺したんです?」

と云っていた。

名村は、薄い唇を舌の先で湿らせて、

「さあ、誰かな……」

と呟き、不図、首を傾げてから、

「花隈英太郎君は、無罪だと思う。なにか、そんな気がするよ……」

と呟いたのだった。

……かくて事件は、振り出しに戻った。

私は、花隈良子に会い、調査の結果を報告した。

良子は、

「弁護士さんから聞いたんだけど、物的証拠がなく、自供もないから、兄は近く釈放になるらしいんです」

と云い、それから、

「だからと云って、兄の無罪が証明されたわけではないわ……」

と、鼻を啜り上げたのだった。

8

……私は、未練たらしく、宮城誠平の未亡人となった咲子を再び訪ねた。

そして、調査のすべてをぶちまけて、

「なにか、ポイントが、はずれているような気がするんです」

と云ってみた。

咲子は、黙りこくって聞いていたが、英太郎が故人と舞台で争い、〝釜ケ崎野郎〟と罵ったという私の話をきくと、真ッ赤になって俯向いた。

〈おや？〉

と私は思い、追及した。

咲子は、観念したように、

「実は、あの人……男色家でしたの」

と告白したのである。

私は、愕然となってしまった。

「前の奥さんにも、私にも、子供がなかったのは、そのためなんです。うちの人は、世間体を取り繕うために、前の奥さんや、私を妻に迎えていたんです……」

彼女は云った。

「すると、性生活は？」

「ありませんでした。ときどき、気が向いた時に、ペッティングして呉れるだけで……」

「だとすると、正常な夫婦関係は？」

「一度もありません。あたしが、英太郎さんとの縒《よ》りを戻したのは、そのことを英太郎さんに打ち明けたからなんです。あの人の、本当の妻は、名村という男だったんですわ」

咲子は云った。

私は、そこで始めて合点が行った。

宮城企業の株券が、なぜ名村平一と姉の名義に集中していたかを……である。

〈ふーむ！　殺された宮城誠平は、男色家だったのか！　となると、話が若干、違ってくるぞ？〉

私は、奮い起った。

私は、別れた妻である名村光代を訪ね、辛辣《しんらつ》な質問を浴びせかけた。

その結果……東洋劇場で働くライトマンで宮城誠平と関係のあった、木谷昌三という人物の存在を知ったのである。

木谷は、名士劇の千秋楽の日、もちろん働いていたのだ。

私は、木谷が根っからの男色家で、宮城とモーテルなどで、遊んでいる事実を摑んだ。

木谷は、三十九歳の独身だった。

私は、S市の警察へ行き、木谷昌三なる人物が怪しいと報告した。

二カ月前なら、私は刑事だったが、いまは一介の私立探偵である。

他県だし、むろん逮捕権はない。

……木谷昌三は、任意出頭を命じられ、取調べにあって、あっさり犯行を自供した。

犯行の動機は、名村平一に対する嫉妬からであった。

木谷は、かねがね宮城誠平に、

「自分にも店をもたせて呉れ」

と要求していた。

しかし宮城誠平は、のらりくらりとその要求をかわしていたのだ。

名士劇の最後の日——木谷は、

「話があるから……」

と宮城に迫り、眼鏡を奪って、千秋楽の芝居が済んだら、下手の控えに来て欲しい……と云ったのだ。

喧嘩があったのを、木谷昌三は、下手から覗いて見ていて、なんとなく、チャンス到来という気がした。

　そこで、やって来た宮城誠平に、

「私を愛してるなら、ここで関係して呉れ」

と云った。

　むろん、宮城は撥ねつけた。

　木谷は、背後から襲いかかり、河内山宗俊の首を絞めた。

　力量において、市会議員は敵ではなかったのである。

　木谷は、死体を奈落に蹴落し、あとでゆっくり料理する積りでいた。

　宮城誠平が、預金通帳と実印を、肌身はなさず持っていることを、知っていたからである。

　……ところが、意に反して、先に死体が発見されてしまった。

　木谷は、こうなったら罪を英太郎に押しつけようと思い、刑事に、初日の夜、二人が仲よく楽屋を立ち去った事実を、ぶちまけたのである。

　事件は解決した。

　しかし、私にとっては、なんとなく味気なく、世の中の裏面を、つくづくと思い知らされるような事件であったのである。

　余談だが、事件の報酬として、私は良子の手から二十万円貰った。

　これで妻の分娩日を、悠々と出迎えられると私は思ったが、なんとなく二十万円という報酬は、安いような気がしたことだった。

四本目の鍵

1

《㊗Ⅱ・217号室杉坂周之介の手記》

――そのころ私は、R大学で講師をしていた。大学講師というと、いかにも教養のある学者肌の男にみえるだろうが、中には私のように、就職できないまま研究室に残り、ずるずると十年近い歳月を過して、お情けで講師の肩書をもらう人間もいるのだ。月給ではなく、時間制の講師だから、収入なんて全く知れている。

幸い私の父が、要領のいい利殖家であったため、株や預金もあり、その配当や利子で、母と二人の生活費にはこと欠かなかった。まあ、考えてみたら、生活に困らないことが、私をそんな懶惰《らんだ》な人間に仕立てたのかもしれない。

もっとも二年前ごろ、私には研究室を辞めて、就職するチャンスがあった。だが私は、そのチャンスを見逃した。

正確にいうと、私が見逃したのではない。見逃させられた、という表現をとった方が正しいだろう。なぜなら、私の就職に反対したのは、私自身ではなくて、吉森昭子だったからである。

吉森昭子は人妻であった。

しかも私の恩師にあたる、吉森淳英教授の後妻となった女性である。年齢は、たしか私より一つ年長であった。

私は昭子に、吉森教授から紹介された夜のことを、明らかに思いだすことができる。

再婚間もない頃だったが、私は借りていた本を返しに、荻窪の教授の家に伺ったのだ。

すると長い髪の毛を、無造作に右の胸の上に垂らした、スペイン女のように情熱的な顔立ちをもった人物が玄関に現われたのであった。私は一瞬、その彼女のもった異様な雰囲気に、息を嚥《の》んだ。

美人という程ではないが、個性の強い、しかし男の心を蕩かすような、妖しい瞳の動きと唇を持った女性ではあった。

「杉坂ですが、先生、ご在宅ですか?」

私は、おずおず言った。

女は含み笑いをした。

「あなたが杉坂さん？　あたし、昭子です。あたしのことは、ご存じ？」

再婚したことは聞いていた。再婚の挨拶状に、教授と並んで〈昭子〉という名前があったのも、私は記憶している。私は、慌《あわ》てて挨拶と、結婚の祝いを述べた。

十分ばかり邪魔をして、私はすぐ吉森家を辞したが、そのとき、昭子は門まで私を送って出て、

「私と、お友達になって下さいね？」

と、甘ったるく囁いた――。

だが、それは私の生涯を狂わせる一語であったのだ。私は、荻窪駅まで、彼女の掌の暖かい味を大事にしながら、心を弾ませながら歩いている自分を見出した。

昭子は後になって、

「あなたに一目惚れしたの……」

と告白した。一目惚れというものが、この世の中に存在することは知っていたが、私はまさか自分自身が、異性から一目惚れされようなんて考えてもいなかった。

私は、醜男《ぶおとこ》だったし、異性から好かれるタイプの人間でもない。それなのに昭子は、恩師の妻である昭子は、私のセクシーな容貌に惚れた、と述懐したのである。

煩悩のあさましさで、私はその後、月に一度や二度は、吉森教授の家を訪れるようになっていた。

人間、その目的の人物を訪ねようと思えば幾らでも口実のできるものである。

私は、いろんな口実を設けては、教授を訪問した。もっとも目的は吉森教授ではなくて、その夫人にあったのだが――。

私が足繁く訪問するようになってから、六カ月後のことである。大阪の一流メーカーから、とつぜん私に招聘がきた。（あとで判ったのだが、この突然の誘いは、吉森教授の密かな斡《あっ》旋《せん》によるものであった）

私は喜びを隠し切れず、日曜日でもないのに、ある夜、荻窪の吉森教授宅を訪れた。教授に報告がてら、どうしたものかと、相談したかったのである。

だが、教授は同窓会に出席のため、熱海に出かけて留守であった。

そうして、あのスペイン女のような顔立ちをした教授夫人が、私を迎え入れて呉れたのである。

夫人は、妖しい媚びを含んだ目つきで、私をじいーっと凝視《みつ》め、

「とにかく、お上りになって！」

と言った。

私は、胸が潮騒《しおさい》のように、高鳴るのを覚えた。夫人は、私にブランデーを奨め、自分はジン・フィズを作って飲んだ。

いろんな当り障りのない雑談のあとで、私は大阪の一流メーカーから、研究所員に招聘されていることを、昭子に打ち明けた。

「ちょうど良い機会ですし……就職しようかと思っているんです」

と、私は言った。

すると昭子は鋭い声で、

「止めて！」

と、一言だけ叫んだのである。

私は駭いた。そうして、相手の言葉の意味に戸惑った。就職などの話を止めろといっているのか、就職するなと言っているのか、咄嗟には理解できなかったのである。夫人の言葉の意味は、後者の方だった。

「大阪に就職するなんて、だめよ……」

彼女は、真剣な口調で言うのである。

「なぜです？　講師にもなれないでいる僕なんですよ、上がつかえていて……」

「いいじゃありませんか。大阪に行くのは止めて。私、ますます不幸になるわ……」

昭子は、そう呟いて顔を伏せた。

「不幸ですって？　貴女が不幸だなんて、信じられない」

私は鸚鵡《おうむ》返しに叫んだ。

「杉坂さんには、判らないのよ。あなたは、こんな一軒の家に住み、車を持っているから人が幸福だと思って？」

「そりゃ物質的な幸福と、精神的な幸福の二つがあると思いますけれど」

「私が、幸福だとなぜ思うのかしら？」

「違うんですか？」

　私は、呆ッ気にとられて訊いた。

「とっても不幸よ、今の私は——。結婚したって、夫婦の営みなんて、殆んどないんですものね……」

「……？」

「私だって、正常な女よ。人並みな欲望だって、ありますわ……。それなのに、あの人は車引きなんだもの……」

「車引き？」

「そう。お客に背中を向ける、って意味なのよ。父から聞いた廓《くるわ》言葉だけれど」

「しかし、先生はまだ五十にならないんじゃないですか」

「四十六歳よ。でも、駄目なの。性欲とは六十パーセント位、大脳皮質に関係があるんですって。だから頭脳労働者は、セックスに弱いんだとか——」

「先生が、そう仰有るんですか？」

　私は、颯爽とした吉森教授の容貌を思い描き、信じられないことだと心に呟いた。

「あたしにとって、いまの杉坂さんが、心の支えなの。貴方が遊びに来て下さるから、私は辛抱してられるの……」

「ええッ、奥さん——」

「あたし、恥ずかしい話だけれど、結婚してからオナニーを覚えたの。あたし……杉坂さんの顔を瞼に描きながら、指を動かしてるのよ。もう何十回となく、妄想の世界で、あたし、杉坂さんを犯したわ……。ご免なさい……」

不意に、教授夫人は白い両手で、その顔を蔽った。羞恥のためかと思っていると、小刻みに肩が揺れ、それはむせび泣きに変って行ったものである。

意外かつ大胆な夫人の告白を聴いて、私は赤面し、次には嗚咽をはじめた彼女が、いじらしくて堪らなくなった。私の心の隅のどこかに、この長い髪に指をからませながら、その魅惑的な朱い唇を、思い切り吸ってみたい……という欲望が隠されていたことを、私は正直に認めよう。いや、その白い軀を、思う存分に虐《さいな》み、犯したい……という気持は、つねに潜在意識としてあったのだ。

私は、吉森昭子の軀を抱いた。

恩師の妻ということも忘れ、ただ一人の女性として――。

明け方近く、私は人目を忍びつつ、こっそり吉森家からすべり出た。

私たちは、二つの約束を交わしていた。

一つは、私が大阪の就職を、中止するということである。そうして、もう一つは、昭子の疑惑を晴らすために、私が協力する――ということだった。

彼女の疑惑とは、なにか？

……それは夫の吉森淳英に対する不信というか、〈夫に隠し女がいるのではないか〉という疑惑であったのだ。

その彼女の告白を耳にしたとき、私は本当に驚いた。前の奥さんを病気で逝くしてから、四年あまり吉森教授はヤモメ暮しをつづけていたのであるが、その間、とても品行方正であったことを、私は知っていたからだ。

「先生に限って、そんなことが――」

と、私は打ち消した。すると昭子は、強くかぶりを振った。

「そんなこと、ないわ。これは私の勘なんですけれど、あの人は変よ。いつだったか、クリーニングに出すズボンのポケットから、洋裁店の領収書がでて来たの。電話して訊いてみたら、夫は女性のスーツを一着注文していたのよ……」

「洋裁店の領収書か――」

私は、首を傾げた。男性には、あまり用のない店だからである。昭子は、目を動かして考え込んでいる私に、そっと悪魔のように囁いたのだった。

「夫には、女がいると思うの。とくに土曜日が怪しいのよ……。いつか杉坂さん、夫を尾行してみて！」

「それで……若し女性がいたら、どうします？」

「私は別れるわ。そうしたら杉坂さんと、毎日でも――」

性的不満を訴えただけあって、吉森昭子はセックスの快楽の追求に関しては、実に貪婪《どんらん》であった。私は一晩中、彼女の白い軀に翻弄され、二つの約束の実行を、誓わされたのである。すでに私は、彼女の虜《とりこ》になってしまった、憐れな奴隷でしかなかった……。

2

数日のあいだ、私は吉森教授と、研究室で顔を合わせることが怖かった。しかし教授は淡々としており、自分の方から、

「昭子に聞いたんだが、大阪の就職は中止だって？」

と声をかけて来た。

「はい、母が東京に居て呉れ、というものですから――」

私は、目を伏せながら答えた。

「そう。それは残念だな。実はあれ……僕が口を利いたんだよ……」

吉森淳英は、女性的な細面の顔を、一瞬だけ口惜しそうにゆがめ、それっきり何も言わなかった。

人間の心理とは、勝手で、微妙な働きをするものである。私は教授のその言葉をきいたとき、〈ははあ……俺を女房に近づけまいとして、大阪に所払いする気だったんだな！〉と、逆に反撥を覚えたのだ。

すると、夫人の軀を抱いたという罪の意識が少し薄れ、あの昭子を不幸な状態に陥入らせている教授が、途端に憎らしくなってきていた。それと同時に、私は昭子との約束を思いだしたのである。

土曜日の吉森教授は、二時間ばかり講義がある。そして講義を済ませると、自家用のルノ

ーで、さっさと大学を出て行く。

どんなに混雑していても、R大学から荻窪までは、一時間ぐらいの距離である。しかし夫人の話では、土曜日は、きまって夜十時、十一時すぎに帰宅するという。そして吉森教授の言い分は、「映画をみていた」というのが、いつもの通例であった……。

私は、土曜日を待った。

教授は自家用車を、自分で運転する。だから尾行するためには、私も車を用意しなければならない。しかし、タクシーでは、相手に小さな路地に入られたりすると、尾行を中断されることになる。

私は、あれこれ考えた末、スクーターの免許をとり、ジャンパーと黒眼鏡で変装して、教授の尾行に万全を期することにしたのだ。

最初の土曜日は、大雨で尾行を中止せざるを得なかったが、次の土曜日は曇り空で、尾行にも好適な天候と言えた。

校門の外で待機していると、緑色のルノーがゆっくり電車通りに出て、左折して行くのが見える。私は革ジャンパーの襟を立て、バックミラーの死角に、ぴたりと貼りついてスタートしていた。

教授のルノーは、駿河台下から九段に向かい、途中で右折して飯田町に出た。かなり変ったコースをとるものだと……私は不審に思い、かるい疑惑の影が舞い下りて来るのをどうしようもなかったことである。

結局、教授のルノーが駐車したのは、神楽坂の近くの、鉄筋のビルの前であった。教授は車を駐車場に入れると、物馴れた様子で小さなエレベーターに乗っている。私は、エレベーターの針が、何階に止まるかを監視した。針が動きを止めたのは、三階のところである。

そのビルは、一、二階が事務所で、三階から六階までは、アパートになっていたのだ。教授が吸い込まれていったのは、三階の三〇五号室で、鉄の裏階段のすぐ脇の部屋であった。

もっとも、教授が三〇五号室へ入って行ったことが、すぐ判ったわけではない。私は消防の人間だと偽って、ビルの管理人に、

「火事でも起きたときに困るから、アパートに住んでいる人達の、家族構成を教えて下さい」

と言ったのである。

管理人は、各階の住民の、名前と人数を教えてくれた。そうして三階の三〇五号室の借り主が、〈吉田昭英〉という名前であることを知ったのである。

吉森淳英と、吉田昭英。

人間は偽名を名乗る場合に、計画的でないとしたら、きっと自分の名に似通った偽名を考えつくだろう。私は、教授がこの三〇五号室を借りるとき、きっと昭子の名前を、思い描いていたに違いないと思った。

「この吉田昭英さんのご家族は?」

「一人だけです」

「一人って、女の人が?」

「いいえ、四十五、六の温和しい男の人で、映画なんかのシナリオを書いている人だそうです」

「本当に、一人かい?」

——私は、疑わしそうに、相手を見詰め、首をひねった。

教授がこんなところに部屋を借りているというのも初耳だったし、まして何のために借りているのか、理由も考えつかなかったからである。管理人は、私の執拗な質問に、機嫌を損ねたのか、ぷいと横を向き、

「賃貸契約書には、一人で借りたことになっているんでね」

と、投げやりに答えた。

私はどうしてだか、〈ははあ、これは口留めされているんだな〉と直感し、そのまま追求の言葉をゆるめた。

疑わしそうな管理人の視線を避けて、私はいったんビルの外に出、それから鉄の非常階段を伝わって、三階に昇って行った。すると三〇五号室が、すぐ目の前にあることを発見したのである。鉄製のドアに、名刺の裏かなにかにマジック・インキで書いたと覚しき〈吉田〉というネームが、スコッチ・テープで貼りつけてあった。

私は、しばらくその三〇五号室のドアの前に佇んでいたが、ドアを開ける勇気はなく、また非常階段を伝わって降りようとした。

ちょうど、非常階段から、三〇五号室の小さな窓――一米四方ほどのアルミ・サッシの窓だったが、その窓が半分ばかり開いているのを私は発見して立ち停った。それは浴室の窓らしく、あいた隙間から洗濯物が乾してあるのが見える。私は目を瞠いた。

〈ああ、やっぱり！　彼女の勘は、正しかった！〉

私は心の中で叫んだ。その洗濯物とは、目のさめるような真紅のナイロン・パンティと、濃い目のストッキングとであったからだ。私は、三〇五号室の住人が、紛れもなく女性であることを嗅ぎ、次に教授がどんな女性を囲っているのかを知りたいと思った。

……この異変に似た一大発見は、私を興奮させると共に、吉森昭子に対する恋しさの感情を一層たかめさせた。私は、スクーターを駆って荻窪の吉森家へ行った。多分、私は蒼白な顔をして、玄関に立っていたのであろうが、昭子がそれと悟って、

「やっぱり、なの？」

と、頭から浴びせてきた言葉の、強い響きを未だに私は忘れない。

私は、駆け寄って昭子の軀を抱いた。

「あたし、復讐してやるわ！」

呻くように昭子は言い、二階の寝室に私を誘うと、大胆にも自ら衣類を脱ぎ去った。そして白い軀をあらわにすると、命令するように叫んだものである。

「さあ、復讐よ。あの人の裏切りに対して、私たちも復讐するのよ！」

……私はこうして〈復讐〉を遂げた。いや私たち、といった方が正しい。昭子は異常なほど興奮し、ダブル・ベッドの上を、獣のような声をあげて転がり廻ったものである。

3

吉森昭子と、彼女のいう密かな〈復讐〉の逢瀬を重ねながら、私は一方、吉森教授の恋人の顔を、一目みたいものだと強く考えるようになった。

私は大学の研究室を出ると、神楽坂をうろつくのが、夜の日課となった。しかし、三〇五号室の窓は、めったに電灯が点いていることがない。

〈昼間いて、夜はいない……となると、これは水商売の女性だな？〉

私は、そう睨んだ。

ある土曜日の夜、私は講師に昇進した祝いの会を開いて貰い、二次会で新宿に流れていたが、ふと、神楽坂の吉森教授のアジトのことを思いだすと、やみくもに行ってみたくなった。吉森教授が、一次会だけで、そそくさと姿を消したのが、なんとなく怪しく思われたからである。

二次会のバーを一人で抜けだした私は、タクシーを拾って神楽坂へ行った。すると三〇五号室の明かりが点いており、教授のルノーも駐車場に入っているではないか。

〈よし……チャンスだ！〉

私は、暗い路地の一角に身を潜めて、三〇五号室の浴室の窓あかりを見上げた。そして期待に胸を震わせながら、煙草を吸い続けた。

四本目のピースを吸いつけて、ふっと目をやったところ、暗い非常階段を、急ぎ足で昇ってゆく女性の姿があるではないか――。

ブルーのスーツと、同系色の踵の高い靴とが、踊り場の淡い照明の中で浮き上って見えた。そうして、その女性は三階の踊り場で止まると、ためらいなくドアをあけ、ついで三〇五号室のドアの鍵をあけて、中へ入って行ったのである。

〈あッ、彼女だッ！〉

私は地団太をふみたい気持であった。なぜもう少し、よく観察しておかなかったかと、そのこと許り惜しまれてならないのだ。私は唇を噛みながら、しかし、やっと吉森教授の囲っている女性をこの目で見た、という事実に感動していた。

〈やはり間違いなかった……。しかし、このことを、彼女に話したものか、どうか――〉

私は意地悪く、教授が帰るまで、ここで待っていてやろうと思った。やがて浴室の窓に明かりがつき、湯を流す音がしている。しかし窓に人影は映らなかった。

一時間ぐらい経ったろうか。

今度は非常階段を、ゆっくり下りて来る男の人影がみえた。紛《まぎ》れもなく吉森教授の姿であった。ふっと気づくと、三〇五号室の電灯は消えている。

〈ふーむ。女の帰って来たところを、すぐさま抱擁して、一緒に風呂へ入り、一人は寝み、

一人はなに喰わぬ顔をして自宅にもどるという寸法か――。うまくやってやがる！〉

緑色のルノーが走りだしたかと思うと、大通りの角で停った。教授が、車から出てきた。

〈忘れ物かな？〉

慌てて私は電柱の蔭に身を潜めたが、教授はアパートに戻るのではなく、角の薬局に入って行ったのである。

間もなく教授の車は立ち去った。私は、その角の薬局へ入って行き、すました顔をして言った。

「いまの人と、同じ薬を下さい」

薬局の女主人は、「え？」と聞き返したが私の言葉の意味に気づくと、黙って疲労回復剤のアンプルを取りだすのであった。ローヤル・ゼリー入りの五百円のアンプル。私は、教授の劇しい情事の疲労を思い、なんとなく苦笑しながら財布をとりだした。

女主人は、無表情に、

「ここで飲んで行かれますね？」

と言った。私は手をふった。研究室の吉森教授の机の上に、そのアンプルを人知れず置いておいたら、教授がどんな反応を示すだろうか、と思ったからである。

4

私と昭子とは、週に一回から二回、人知れず逢瀬を重ねるようになっていた。

代々木の連れ込みホテルで、それは朝のうちだとか、昼下りに、お互いに電話しあって落ち合い、会えば必ず蛇のようにからみ合った。

昭子は、情事のあと、きまって言うのだった。

「いやだわ、こんなこそこそした逢引きの仕方——。あたし、別れたいの、主人と！」

そう言われても、低い収入の大学講師風情の私には、彼女を離婚させてまで昭子と家庭を持つ気持はなかった。しかも、一歳だけだが、昭子は私より年上である。私の母が二人の結婚に、賛成して呉れないことは、火を見るより明らかである。しかも、恩師の妻を横奪りしたとあっては、R大学での職場も喪《うしな》ってしまうことになる——。

私は、こうした狡《ずる》い計算もあって、別れたがる昭子を、なんとかなだめすかして、ホテルから帰すのが普通だった。

こんな状態が、一年近く続いた。

……それは夏に入った許りの、金曜日の午前中のことだったが、ホテルでお互いの軀を求めあった後、二人でシャワーを浴びた。そのとき昭子は、私の手をとって下腹部にあてさせ、

「ねえ、まだ判らない？」

と謎めいた言い方をしたのだ。

「なにがだい？」

私は、その白い彼女の皮膚に見入った。色が白いだけに、人並より濃い草叢の黒さが、一層つよく見える。

私は欲情をそそられ、跪《ひざまず》いて草叢に顔を埋めた。昭子は大形《おおぎょう》に軀をよじり、

「バカねえ……そんなことじゃないのよ。問題は、お腹なの――」

と笑い声を立てた。

「お腹とは？」

「この中に、貴方の子供がいるの」

「僕の子供？」

「そうよ。お医者さんに聞いたら、三カ月半ぐらいだって……」

「――三カ月半！」

「そうよ。驚いた？」

私は、鉄鎚《てっつい》で後頭部を、ガーンと叩きのめされたような気持になった。目の前が、白く澱《よど》んだ。

「それ……僕の子供かい？」

「もちろんよ……」

「自信、ある？」

「だって主人とは、もう五カ月も、なにしてないもの……」

「ふーん？」

「まあ、疑ってるの？」

「いや。そうじゃないけど……」

「いいわ。疑われても良いの。あたし、子供を産みます」

「そ、そんなバカな！」

「いいえ、私は産みます。貴方の子だもの、私は産みたい……」

「だって教授が――」

私は絶句して、目を白黒させた。

吉森昭子は悪戯《いたずら》っぽく、あの妖しい濡れた輝きを持った瞳をくりくりと動かして笑い、

「あたしの決心は、固いのよ」

と言った。

「それ……どういう意味？」

「あの人とは別れます。もちろん、ただ別れないわ。あの人が裏切ったんだから、夫婦の財産は、当然、公平に二つに分けるべきよ、そうでしょう？」

「なるほど、ね」

「あの家……どの位に売れるかしら？」

私は思わず昭子の顔をみた。スペイン女のように、くっきりと濃い眉の下で、黒い瞳がきらきら光っていた。

〈彼女は、本気で別れる気だ！〉

〈そうして、僕の子供を産もうと、決心している！〉

嘘偽りない感情を言えば、私はそのときの吉森昭子がおそろしかった。いや、土壇場《どたんば》にき

た女の、もう何ものにも見向きもしない姿が、私には怖かったのだ。私は、そのとき、強い後悔の念を禁じ得なかった……。

「家は古いし、二十三、四坪だけど、土地が二百坪あるから、更地《さらち》でも二千万円や三千万円にはなるわね」

うっとりと歌うような口調で、昭子は独りごとのように話しかけてくる。

〈三千万円！　半分で、千五百万円！〉

私は、もしそれだけの金があれば、私の財産と合わせて、母と昭子と私の三人が、金利で楽に暮して行ける、と考えた。R大学講師という肩書を、剝奪《はくだつ》されるのは辛いが、人の噂も七十五日で、また他の大学から口がかかるかも知れない――。

その日の昭子は、いつもと違っていた。いつになく粘っこく執拗に、離婚―同棲―出産という自分の計画を、私に押しつけ、賛成を求めようとするのである。

私も、彼女のその熱っぽい口調に、動かされて行き、ホテルを出るときには、自分の方が別れ話に積極的になっていた。

私たちは、教授が神楽坂のアパートに入っているとき、一緒に踏み込む相談をした。つまり、のっぴきならぬ現場を押さえて、吉森淳英に浮気の事実を認めさせ、少しでも夫人の離婚を有利にしよう、という魂胆《こんたん》である。私は、恩師のそうした狼狽の姿を見ることは、気が進まなかったが、昭子は、自分一人では自信がないと言い、私に証人となるためにも、一緒に来て欲しいと告げたのであった――。

翌日は土曜日だった。

私は、例によって、教授がその神楽坂のアパートに向かうのを尾行した。

女が出勤するのは、おそらく夕方近い時間であろう。

私は、夫人に電話して、踏みこむ時期は、出勤前にするか、それとも女が勤めから帰って来たときにするか、を相談した。

「そうね。勤めから帰ってくるのは、何時頃かしら?」

昭子は訊いた。

「この前は十時ごろでした」

「バーや、キャバレー勤めにしては、少し早すぎるみたいだわね」

「ですから、料亭あたりに勤めているのかも知れません」

「女は教え子なのかしら?」

「さあ、判りません。顔でも見られたら良かったんですが——」

「まあ、そんなこと、どうでもいいわ。あたし達が踏み込めば、わかることだわ」

「それもそうですね」

「あたし、午後六時までに、代々木のホテルに入っています、だから、そちらに来て下さる?」

「はい、わかりました……」

私は電話を切り、映画をみて時間を潰《つぶ》してから、代々木のいつものホテルへ行った。

「いよいよ、決行――という感じだわ」

思いなしか昭子の顔は、蒼白であった。よほど緊張していたとみえる。

「後悔しないね？」

私は念を押していた。昭子は返事の代りに私の唇に吸いついて来た。私たちは、二時間ぐらいかけて、お互いの愛情をたしかめあった。昭子は、それでやっと勇気をとり戻したかのようである。

「じゃあ、行ってくる」

私は、昭子の額にキスを送ると、ホテルの部屋を出た。腕時計は、午後八時になっている。

私は、スクーターにまたがり、神楽坂をめざした。あいにく小雨が降って来はじめたが、私にはその雨が、今晩のような日には、ふさわしく思えた。私は雨に濡れながら、

〈これでいいんだ、これでいいんだ〉

と、自分で自分に言い聞かせた。

三〇五号室には、明かりが灯っている。

ただ、どうしたのか、教授の緑色のルノーの姿はない。

〈外出したのか？〉

私は不審に思ったが、いつもの路地の暗がりで、見張りを続けることにしたのである。

雨は次第に激しくなり、午後九時を過ぎるころから本降りとなった。私は、頭から雨に打たれながら、なにがなし不吉な予感にとらわれはじめていたことを記憶している。

午後十時近くなって、道路に緑色のルノーが来て駐った。

私は、目を瞠《みは》った。

運転手は、教授ではなかった。女性であった。頭から水玉のネッカチーフをかぶり、サングラスをかけている。雨の夜に、サングラスとは奇妙な感じだが、彼女はエンジン・スイッチを切ると、素早くドアの外に走りだして、非常階段を駆け昇って行く。

〈教授は、いないのだろうか?〉

そんな不安が心の中を掠めたが、いつものように三〇五号室の明かりが点いている以上、教授が不在なのだとは思えない。

〈車の運転ができる女……。もしかしたら、女子学生の誰かなのかも知れないな?〉

私はそんなことを考えながら、下着までぐっしょり濡れたズボンを持て余しながら、公衆電話ボックスに走った。

手筈の通り、昭子はタクシーで駆けつけてきた。

「女は、帰って来たのね?」

「ええ、間違いありません。三〇五号室へ入るのを、この眼で見届けましたから——」

「じゃあ、行きましょう」

私たちは雨の中を走った。

三階までエレベーターで昇り、三〇五号室の前に佇んだとき、私の胸は異様な混乱に襲われていた。〈もしや?〉という予感——教授が不在なのではないか、という不安がなぜか犇々《ひしひし》と襲って来ていたからである。

「ノックして！」

昭子は言った。

私は、軽く二度ノックした。反応はない。二回目は強く三つ続けて敲《たた》いた。

「はい……」

男の声で、返事があった。

「どなた？」

「……の者ですが」

私は曖昧に、ただ後尾だけをハッキリ言った。ドアの内側では、「え？」とか、「なんです？」という言葉のような呟きが聞えたが、

「ちょっと待って下さい」

という教授の声が、低く響いて来た。

私たちは顔を見合わせた。

「どうします」

私が小声で訊くと、昭子は毅然として言ったものだ。

「私が、先に入ります」

五分ぐらい待たされたろうか。私は、その五分間が、こんなに長い時間だということを始めて知ったのである。

ドアが開いた。

「あなた……」

私は、そのときの教授の驚駭した表情を、一生涯忘れることはできない。

「昭子!　おまえ……おまえ」

「あなた!　女はどこ?」

私は、昭子が血相を変えて、その部屋の中に駆け込むのをみた。教授は、私の顔を見て囈《うわ》言《ごと》のように、

「ど、どうしたんだ、昭子は――」

と言った。私は、うなだれた。教授の顔をまともに眺められなかったのである。奥へ駆け込んだ夫人の手によって、彼女の存在が明らかになることは、目に見えていたからであった――。

しかし、異変が起きた。

居るべき筈の彼女の姿が、その部屋の中に発見できなかったからである。

昭子は狂ったように、押入れの襖や、浴室、トイレなどを探し廻り、挙句の果て、主人の吉森教授に喰ってかかった。

「ねえ、あんた!」

「な、なんだね……」

「女は、どこ?」

「女だって？」

「そうよ。どこへ隠したのよ！」

昭子は窓をあけ、外を覗いたり、ベッドの脇にある三面鏡の抽出しをあけていたりしたが、全く女の匂いがしないとなると、啞然となって私をみた。私には信じられなかった。だって、私はこの眼で、二度も女性が三〇五号室へ入って行くのを目撃しているのである。そうして、浴室に乾してあった、なまめかしい洗濯物も――。

部屋は八畳ぐらいの洋間で、隅にベッドと三面鏡、あとは冷蔵庫とテレビがあり、押入れの中には本を詰めたミカン箱、それに大きなジュラルミンのトランクが一個あるだけであった。

〈女の匂いがない！　こんなことがあって良いものか、どうか――〉

私は愕然となった。いや、女が姿を消してしまったことに、血腥い魔法でも見ているような、慄然とした気持になったことを覚えている。

……教授は、女なぞこの部屋にはいない、と言った。事実、その通りなのだから仕方がない。

が、目指す囲い女がいないとなると、さア大変である。私は狼狽し、次には恥ずかしさのあまり体が顫えて来た。

でも、不味《まず》かったのは、あまりの事実の喰い違いに、啞然となり、次に動顚してしまった昭子が、私に思わず、

「あんた……どうしよう！」

と、口走ったことである。

吉森淳英は、冷やかな口調で言った。

「やはり君達は、できていたんだね。そうだったのか……」

教授は、私を、ぞーっとするような憎悪の眼でみつめ、

「よくも僕に恥をかかせて呉れたね。きみの博士論文は、読まないことにしよう。どうか悪しからず……」

と、吐き捨てたのである。

5

……そのあと、私は自分でなにをしたか、よく覚えていない。気がついた時には、雨の中を濡れながら歩いていた。

私は、口の中で、そんな言葉を絶えず繰り返して、呟き続けていたようだ。

〈畜生！　畜生！〉

博士論文を読まぬ、と教授は言った。

ということは、私が講師から、永遠に浮かび上れないことを意味する。助教授に昇進する途が絶たれたことを意味する。

いや、夫人の昭子と私の不倫の仲は、ハッキリした形となって暴露されたのであった。講

師として、R大学にも残れないのだ……。

とつぜん、私の胸に、どす黒い殺意が甦った。

〈今夜中に、教授が死亡したら！〉と、私は思ったのである。

私は躍り上るようにして、ふたたび神楽坂のアパートまで駆け戻っていた。三〇五号室の明かりは、まだ赤々と灯っている。

〈あの室で、昭子と教授が――〉

私は、昭子が教授の胸にとりすがり、私から誘惑されたのだとか、手ごめにされたのだとか、嘘八百を並べているシーンを想像し、はらわたが煮え滾《たぎ》るような怒りを覚えた。

私は、ルノーの車体のそばにしゃがみこんで、後部車輪のネジを、必死の力でゆるめはじめていたのだ……。

それから後のことは、書くに忍びない。

結論を先にいうと、助手席に乗っていた昭子は即死し、教授は瀕死の重傷を負った。雨の夜の青梅街道で、フル・スピードで走らせる最中に後部車輪がはずれたのだから、悲惨であった。

翌朝五時ごろ、私の家に、警官が訪ねてきた。私は、ぎくりとなったが、警官は挙手の礼をして、こう言った。

「杉坂周之介さんですね、R大学の――」

「はい、そうです」

私の顔は痙《ひ》き吊《つ》った。

「吉森教授を、ご存じでしょう？」

「は、はい」

「先生が昨夜、交通事故で重傷を負われました。病院へ来て頂きたいんです。先生が、遺言があるとかで――」

「ええッ？」

私は、〈もう駄目だ〉と思った。吉森淳英は、私を病院に呼び寄せ、自分を殺害しようとした犯人は、この男だ――と、私を警官に逮捕させる気なのだ。私は、そう思った。

でも、私がやったという証拠はない。

だから、自分の痛ましいホウタイ姿を見せつけて、心理的な圧迫感を私に与え、私の口から、「先生、済みません！　私がやったのです！」という言葉を、吐かせたいのではないか！

〈ふむ！　その手には乗らんぞ！〉

私は、ネクタイを震える手で緊めながら、鏡の中の自分の痙き吊った顔に笑いかけた。しかし、それは更に醜く痙き吊り、歪んだ泣き顔になっただけである。

しかし、パトカーで揺られている中に、私の気持も次第に冷静さをとり戻しはじめた。すると、なぜか不思議に、糞度胸がついてきた。

〈よし……なるようになれ、だ。どこまでも、シラを切ってやる！〉

私は、腕を組み、深呼吸を繰り返した。

個人経営の外科病院にパトカーが到着し、看護婦に迎えられて、二階の病室に入るときまでの、恐怖、不安、懊悩、混乱！……といった複雑な感情の洪水に翻弄されていた時間を、私はいまでも昨日のことのようにハッキリ甦らせることができる。

病室のノック。それは、私の良心を突き刺した。だが、天は私を見捨てなかった。教授はすでに、息を引きとっていたのである。

「一足違いで、残念でした」

沈痛な表情で、院長が言ったとき、私はへたへたと病院の入口に坐りこんだ。額からアブラ汗が浮き出て、目の前が赤くなったり、黄色くなったりして、視線はなかなか定まらなかったものである。

院長は、私に靴ベラを手渡した。それには三本の鍵がついていた。

「吉森先生は、これを貴方に手渡して、すべてを焼却して呉れるようにと、言われました。この小さな鍵の方は、S銀行本店へ行けば凡てわかるそうです……」

私は、三本の鍵のついた鰐皮の靴ベラを、恐怖の目差しで見据えたのだった――。

ところで、三本の鍵のうち、大きな方は勿論、あの神楽坂のアパートの鍵だった。私は病院を出たその足で、神楽坂へ向かった。

非常階段から三〇五号室のドアの前に立ったとき、私はまたしても、言いようのない恐怖に誘われた。

おそるおそる鍵穴の中に、その銀色のキイを挿し込みながら、私は、この部屋の中に、雨の昨夜、水玉のネッカチーフと、黒眼鏡をかけてルノーから降りて来た、吉森教授の恋人がいるのではないか——と怯えた。

だが、現実には、誰もいなかった。部屋の中は、ガランとしていた。

三本の鍵のうち、二本だけは使用方法がわかっている。一本はアパートの鍵で、もう一本はS銀行へ行けばわかるのである。するともう一本の方は——と私は思い、やがて押入れのジュラルミンのトランクの存在に気づいたのだった。

鍵穴に挿し入れてみると、それは正確に合った。ピーンと音がして、錠がはずれたのである。

そして、その金属製のトランクの中から出て来たのは、なんであったか？

中には、次のような品物が入っていた。

女性用の鬘が二個。夏と冬のツーピースが合計五着。ハイヒールが五足。ブラジャーとパット、およびコルセット類が三点ずつ。パンティが一打ぐらい。色とりどりの長靴下が無数。あとは化粧道具に、生理用品まであった。

つまり、女性の衣類のすべてが、入っていたのである。

……ここまで書けば、S銀行の貸金庫の中にあった、先生の日記帳を、いまさら公開する必要もあるまい。

吉森淳英は、女装癖をもったフェチシストだったわけである。週に一度か二度は、女装して夜の街を歩かなければ、満足できないという変態性欲者。彼は大学の教授であるが故に、世間の目を恐れた。そして自分のその変った性癖を満足せしめるために、ちょうど帰路にあたる神楽坂あたりにアパートを借り、自分の秘密の時間を愉しんでいたのである。

私も、事故死した吉森昭子も、その教授の秘密は知らなかった。それで、てっきり女を囲っている、と思いこんだのだ。

教授の奇怪な喜びの一つは、女装している彼を、酔漢がまちがえてホテルに誘うときだったという。

私には、そうした変態性欲者の心理は、わからない。しかし、非常階段を昇って行った女の後姿が、そういえば吉森教授みたいだったと、あとで思ったことである。

しかし、私は理由もなく、二人の人間を殺したのだ。大学教授でありながら、悲しい秘密の愉しみを持つ吉森淳英と、人妻でありながら夫の教え子と不倫の関係を結んでいた吉森昭子の二人を——。

私は、いま死を考えている。ただ、死だけを——。

6

吉森教授夫妻が、雨の夜、交通事故で死亡してから二カ月ほど経ったある日、東京日報の学芸部記者の佐野芳男は、かねて懇意にしている久保博士から、

「吉森君夫妻の事故が、他殺だったということが考えられますかね」

という意味ありげな電話をうけた。

彼は駭いて、すぐ久保博士を大学病院に訪ねた。そうして、杉坂周之介という人物の手記を手渡されたのである。彼がそれを読み終るころ、博士はまた自分の部屋に戻ってきた。

「お読みになりましたか、杉坂周之介の手記なるものを……」

久保医学博士は、ニヤニヤしながら新聞記者の佐野芳男に言った。佐野はうなずいて、

「こりゃア、立派な犯罪ですな」

と答えた。

久保博士は首をふった。

「立派な被害妄想なんですよ……」

「えッ、被害……妄想？」

佐野は、ビックリしていた。

「これは、患者の一人が書いたのです」

博士は言った。

「患者というと、精神病棟の？」

久保博士はT大の精神病棟の主任教授でもあったのだ。

「そうです。犯罪の匂いが、しますかね？」

「ええ……しますね。私の読んだところ立派な正常人の手記ですよ、これは！」

「手記を書いた本人は、吉森教授の家で、住み込みの書生をしていた人物でしてね」

「えッ、書生さん——」

佐野は、吉森教授夫妻が二カ月前、事故死したことを思い描きながら、小さく叫んだ。

「杉坂は、教授夫人にかねて恋心を寄せていたらしいんですな。その相手が急死したショックで、こんな被害妄想を抱きはじめたらしいんですよ……」

「ははあ、なるほど！」

「それに杉坂は、フェチシストでしてね、彼のトランクをあけると、女性の下着がなんと二十七枚もありましたよ、ハッハッハ……」

「えッ、すると吉森教授が女装癖があったということも——」

「なアに、根も葉もない出鱈目ですよ。自分のことを、他人に仮託しているわけでしょうな。まア、犯罪にはならないでしょうが、ちょっと気懸りになりましたんでね」

「本当ですか！」

佐野は、しかし教授の手に、銀色の鍵がにぎられているのを見た。鰐皮の靴べラの先に、三本の鍵が光っている。

「先生、その鍵は！」

「いや、これは私のです。もっとも、私はもう一本の鍵を持っていますがね」

「もう一本の鍵？」

「四本目の鍵はこれです」

博士はズボンのポケットから、太目の鍵をとりだして、ニヤリとした。

「私の勤め先――精神病棟へ行く通路のカギですよ。鉄格子の病棟の、ね」

博士は新聞記者の顔をみて、面白そうに笑い声をあげた――。

失脚のカルテ

1

笹本美代子が処女を喪ったのは、上司の仁保課長に誘われて、銀座のグランド酒場へ行き、泥酔したがためであった。

その日、美代子は、同僚の倉田富江と、日比谷に映画を見に行く約束をしていた。ところが富江の弟が、オートバイに撥ねられて大怪我をしたため、急に行けなくなってしまった。その話を聞いた仁保敬介が、

「じゃあ、その券は僕が買うよ」

と言い、のこのこ美代子に跟《つ》いて来たのである。

映画のあと、仁保課長はレストランで、トンカツをご馳走してくれ、ついで、

「BGがよく集まるという噂の、トリス・バーがあるんだが、つき合ってくれないかね」

と、彼女を誘ったのであった。

あとで考えてみると、そのグランド酒場は仁保課長の行きつけの店で、ウインク一つでバーテンダーが、女の子の飲み物に手加減を加えてくれるような、そんな性質《たち》の悪い店であったらしい。

グレナデン・シロップの入った、口当りのいいカクテルを、奨められる儘に三杯ばかり飲んだあと、美代子はトイレに立とうとしてカウンターの椅子から転げ落ちた。

酔っていたのである。

仁保敬介は、親切そうに、彼女を抱えるようにしてタクシーに乗せ、

「家まで送ってあげるから、安心おし」

などと言っていた癖に、彼女が降ろされたのは、五反田の旅館の前であった。

「ちょっと休んで行こう。そんなフラフラな状態で帰ったら、お父さんやお母さんが心配するから――」

と仁保課長は言った。

〈それもそうだ……〉と美代子は思った。しかし、彼女の正直な気持をいうと、どこでもよいから、ただ横になりたいという希望の方が強かったのである。

旅館には、部屋にすでに床がとってあり、美代子はのめり込むように、その蒲団の上に倒れた。それっきり彼女は、気を喪ったように昏睡した。

彼女が息苦しさで目を覚ましたのは、夜半である。暗闇の中で、荒々しく彼女の躰に、蔽

いかぶさってきた男の重味が、美代子を目覚めさせたのであった。

抵抗しようにも、その気力もなく、美代子はただ泣きながら、仁保課長にされるがままになった。

日頃、温厚な仁保敬介の言動を知っている美代子には彼のそうした別人のような荒々しさが、なぜか怖いみたいに思えた。人が違って感ぜられたのである。

仁保はその夜、三回も美代子の躰を凌辱した。美代子は、苦痛のあまり、三度とも泣いた。

午前二時ごろ、仁保敬介は堪能したような顔つきで、

「さあ、笹本君、帰ろうじゃないか」

と言った。

美代子は、男の身勝手さに呆れ、

「先に帰って！」

と泣き叫んでいた。

「そうかい。じゃあ、また明日……。会社に遅刻しないでな」

仁保課長はそんな言葉を残して消えた。

笹本美代子が、仁保敬介への復讐を考えたのは、実にその一瞬である。

〈人の処女を奪っておきながら、一言も詫びを言わずに平然としている男……。人を酔わせて、その弱味につけ込んだ男……〉

美代子は、最初はただ嗚咽していたが、ふッと復讐という文句を心に思い描くと、泣き止

んで物想いに耽りはじめた。

2

仁保敬介は、下目黒に住んでいる。

六十坪の土地に、二十五坪の家という、平凡な住居だったが、それでも仁保名義の家であった。家賃が要らないということは、東京に住むサラリーマンにとっては、かなり大きなプラスである。

仁保は、動物好きの方だった。

庭の隅には、三メートル四方ぐらいの水槽があって、金色の鯉が八尾ばかり泳いでいる。これは友人に奨められて、利殖をかねて飼いはじめたものである。

血統書つきのポインターが一匹。これは門の傍の犬小屋で眠っている。

中学生になった息子は、伝書鳩を飼っていた。小学生の娘は、手乗り文鳥に夢中であった。

家の中で、動物に関心がないのは、妻の郁子だけである。

仁保は朝起きると、鯉に餌をやり、ついで息子を連れて、大鳥神社あたりまで自転車で出かける。これはポインターを運動させるためである。

帰宅して朝食をとり、バスに乗って日本橋の会社へゆく。これが毎朝の日課であった。

夜は職業柄、宴会が多い。

宴会がないときはマージャンか、或いは夜の街にラブ・ハントに出かけた。

仁保は滅多に、酒場のホステスは口説かない。一度、銀座のホステスと浮気をしたら、しばらくして、従兄《いとこ》と称するヤクザっぽい男が現われ、堕胎賃と称して一万五千円を捲き上げられた苦い経験があるからだった。

彼のラブ・ハントの対象は、素人だった。

人妻のこともあれば、ＢＧや、洋裁学校の生徒のこともある。しかも、一回ぽっきりの浮気であった。

彼の猟場は、銀座に数軒あるグランド酒場や、並木通りの路上である。

グランド酒場というのは、大衆的なマンモス・スタンド・バーのことで、ビルの地下あたりを利用して、銀座に何軒か出現し、若い人たちの間に人気を呼んでいる酒場である。

楕円形のカウンターの中には、数人のバーテンが忙しく立ち働いていて活気があった。客層は、学生とか若いサラリーマン、それにＢＧが圧倒的に多い。

仁保敬介は、ここに網を張って、二人連れのＢＧとか女子学生あたりを引っかけるのである。

二人連れを狙うのは、向こうを安心させるためで、どういうものか、彼が一杯ずつ奢ってやり、

「もう一軒、つき合いなさいよ……」

と誘うと、必ず彼に跟いて来た。

ここのバーテンには、ときどき鼻薬を嗅がせてあるから、彼の眼配せ次第で、

「アルコールの少ないカクテルで……」

と言って、ウォツカあたりをふんだんに使った、甘ったるいカクテルを女の子に奨めてくれる。時には、睡眠薬の粉末を入れたカクテルすら出してくれた。

二人連れで安心している所為《せい》か、女の子は、

「美味しいわ……」とグラスを呑み干し、店を出る時には、すでに足をとられている。仁保は二人を送ってやると言い、一人だけは本当に送り届ける。しかし、残った一人は、強引に旅館へ連れ込み、強姦同様に犯した。

仁保は酒が入ると、不思議に何度も欲情する方であった。しかも相手は、新鮮な素人娘であり、人妻である。

酔って、正体もなく眠りこけている女の、洋服をぬがせ、ストッキングをとり、スリップを剝ぐ……という一連の行為は、仁保にとっては前戯みたいなものだった。

むろん、途中で気づいて、起き上ろうとする女もいる。そんな時は、横ッ面を一つ二つ撲ってやれば、温和しくなる。

一度、大暴れした女子学生がいたが、ストッキングで両手を縛り、口に下着を押し込んだら、けろりと騒がなくなった。

ちかごろでは、女が少し抵抗してくれた方が、情感の度合がつよいのに、などと期待するようになっている。

その意味で、笹本美代子のように、ただ泣くだけの女はつまらない。仁保はそれに彼女が

処女だとは知らないでいたのだった。

笹本美代子は二十六歳だった。

弟を大学にやるために働いているという健気《けなげ》な娘だが、平凡すぎる位の顔立ちで、躰つきもさほど魅力はない。

同じ職場のBGには、手を出さない方針であるが、あの夜はつい酔っていたため、自制心を喪ってしまった。だが、仁保にとっては笹本美代子も、行きずりの単なるBGにすぎない。

だから翌日、会社で顔を合わせた時も、彼は平然として、

「やあ、お早よう」

と、自分の方から、快活に声をかけた位だった。そのとき、笹本美代子がどんな表情をしていたかは、覚えていない。

梅雨の前触れのように、集中豪雨があり、時ならぬ洪水騒ぎで東京が混乱に陥った翌日のことである。

会社に出ている仁保のところに、家から電話があった。妻の郁子である。

「あなた、大変よ」

郁子は言った。

「大変って、なんだい？」

彼は問い返した。

「鯉よ、鯉が死んだわ」

「なんだって？」

朝、彼が餌をやった時には、鯉は八尾とも元気だった。だから、病気だとは考えられない。

「何尾、死んだんだ？」

彼は、訊いた。

「全部よ、貴方――」

「えッ、全部って、八尾ともか！」

仁保敬介は絶句した。あの金色の鯉には、金がかかっているのだ。それも千円や二千円の金ではない。

〈畜生！　誰かが悪戯《いたずら》したんだ！〉

彼は受話器を握りしめたまま、ぶるぶると拳を顫わせた。誰かが、水槽の中に劇薬でも投げ込んだに違いない。

仁保は、ややあって気をとり直し、受話器をかけたが、しばらく仕事に手がつかなかった。

会社の上司から、麻雀に誘われたが、

「ちょっと家族が急病で――」

と言って、彼はとるものも取りあえず、下目黒の家に帰った。

八尾の鯉は、白い腹を上にして、みんな口から泡を吹いて死んでいた。そして水槽の中は白く濁っている。

〈やっぱりだ……〉

誰かの悪戯だった。しかも悪質な悪戯である。

彼は妻に、隣近所の誰かで、わが家に怨みを抱いている者はないか、と訊いた。

「さあ、心当りはありませんけど……」

郁子は答えた。

「では、御用聞きの連中かな？」

彼はそう言ったが、御用聞きの連中は、みんな台所の勝手口から来る。庭先に廻る者は、先ずないと言ってよかった。

〈誰だろう？〉

仁保敬介は、首を傾げながら、憮然として鯉の死体を眺めやった。

……この鯉の変死事件は、しばらく仁保家の話題となったが、次の鯉の稚魚が買い入れられる頃には、いつとはなく忘れられてしまった。

ところが、また奇妙な事件が起きた。

ポインターのエスが、ある朝起きてみると冷たい死体となっていたのである。

解剖して貰うと、胃袋の中に乾肉と青酸カリがあり、誰かが乾肉に青酸カリを包んでエスに与えたものと判った。

「多分、泥棒でしょう。忍び込むのに邪魔だから、前もって殺したんですよ。しばらくは戸締りに用心されることですな」

交番の巡査は、そんな風に解釈したが、仁保敬介は、半月ばかり前の、鯉の変死事件と言い、またまた犬の毒殺事件と言い、なにか不吉な予感がしてならなかった。

3

梅雨が終り、真夏が訪れた。

仁保の勤める会社では、軽井沢と伊東とに寮があり、家族づれで行ける特典があった。

その年、仁保は家族をつれて、七月半ばの五日間を、伊東へ行く予定にしていた。

妻の郁子は、この夏のバカンスを楽しみにしていたし、子供たちも心待ちにしている。伊東の寮は、むかし旅館だった家を買い取ったもので、かなり広く、部屋も多い。それに海も近く、涼しかった。

ところで休暇の朝、仁保が家族を連れて、伊豆急に乗り込んだら、意外にも隣の座席に笹本美代子が坐っているではないか——。

妻の郁子がいるだけに、彼は流石《さすが》にドキンとした。それでも照れずに、

「今日は休んだのかい？」

と声をかけると、文庫本を読んでいた美代子は、

「あら課長さん、私、これから伊東の寮へ休暇で参りますの」

と言った。

「ほう、じゃア一緒だね」

仁保は、美代子の隣に坐っている若い男を、じろじろと見た。それに気づいて彼女は男を

指さし、

「弟の達也ですの」

と紹介し、妻の郁子には自分から立って、

「会社でお世話になっております笹本美代子でございます」

と、折り目正しい挨拶をするのであった。

仁保敬介は、なんとなく安心した。

この様子では、妻の郁子に二人の関係を感づかれないだろう、と看て取ったからだった。

また美代子の方も、それほど莫迦ではあるまい、という安堵感もある。

笹本達也は無口な青年で、彼が話しかけても、ハイとか、イイエとか短く答えるだけで、むずかしそうな英文雑誌に目を落している。ただ、ときどき彼を見据える眼には、なにか定まらない敵意めいたものがあった。

〈おや？　姉と俺との仲に、気づいているのか？〉

仁保敬介は、そのことだけが、ちょっと気になった。

伊東の寮へついたのは別々だった。彼の一家は、タクシーを拾ったからである。

昼食をとるのももどかしげに、仁保は子供二人を連れて、海へ行った。

しばらく泳いで、娘の方にバタ足の練習をさせていると、息子の方が砂浜を指さして、

「あ、先刻のお姉ちゃんだ……」

と言った。

見ると、悩ましいビキニ型の水着をつけ、サングラスをかけた美代子が、砂浜に独り佇んでいる。

「オーイ!」

と呼んでやると、手をふるだけで、動こうともしない。

長男に、

「お姉ちゃんを呼んどいで」

と言うと、色気の出はじめた長男は、

「恥しいから嫌だ……」

と尻ごみをする。

それで仕方なく仁保は、自分の方から浜に上って行った。

「泳がないのかい?」

仁保がそう言うと、美代子は無表情に、

「楽しそうね……」

と皮肉っぽい口吻で言った。

「子供とワイフのお供さ。楽しくなんかないさ」

彼は答えながら、美代子の胸の膨みを、眩しそうに見詰める。たしか全裸にして眺めた記憶があるのに、水着をつけた彼女の躰は、思いがけず素晴しかった。

〈ほほう!〉

仁保敬介は好色な瞳を、彼女の躰の隅々に向けながら、

「泳ごうよ」

と繰り返して言った。

「課長さん……」

不意に美代子は、人前も構わず彼に抱きついて来て、

「今夜、会って！」

と言った。

「莫迦、人前だぞ！」

と低く叱ったが、美代子はますます力をこめて抱きつき、彼の胸に顔を埋めてくるのだった。仁保は狼狽した。

「おい、止めてくれ……」

「今夜、会って下さいます?」

「わかった、わかった……」

「本当に会って下さる?」

「うん、会うよ、手を放してくれ……」

やっと美代子の腕をふり切って、海の方を見ると、彼の二人の子供が、そうした大人の狂態を、信じられないような顔つきで、ただ呆然と注視していた。

「見ろよ、子供たちを――」

彼は白け切って、美代子を睨み据えたが、そのとき早く、彼女は彼に背を向けて、すたすたと道路のある方角に、歩み去っているところであった。

〈仕様のない女だ……〉

仁保は舌打ちをしたものの、今夜ぜひ会って欲しい、と訴えて来た笹本美代子の気持を考えると、満更でもなかった。

〈ふむ、やっぱり女だ……。たった一夜で俺という男が忘れられなくなったとみえるわい……〉

仁保敬介は今夜、妻の眼を盗んで、慌しい情事をもつであろう自分の姿を空想し、夕食には脂っこい料理がよいな……などと考えたのであった。

子供たちは、父親になぜ彼女が抱きついたのかと質問する代りに、実に見事な意思表示をした。

「あの姉ちゃん、嫌いだわ」

と、これは小学生の娘の方。

「あんなの最低だよ……」

と、こっちは中学生の長男であった。

仁保は聊《いささ》か赤面しながらも、

「ママには、いまのこと話すんじゃないよ。あの姉ちゃんは、睡眠薬の中毒で、少し頭が可笑しいだけなんだから――」

と釘をさしておいた。

しかし、結果的には、これがよくなかったのである。

夕食のとき、娘の方が妻の郁子に、

「電車で一緒になったパパの会社の女の人、あの人、睡眠薬の中毒患者なんだって——」

と話しかけたからである。

仁保は大いに慌てて、逆に自分の口から、砂浜で笹本美代子から抱きつかれたことを、告白する羽目となった。

「……いや、もう中毒は癒ったのか、と思っていたよ。ところが、太陽の光線を浴びたら、つい眩暈《めまい》がして来ていきなり前にいるパパに抱きついて来たんだ……。人前だし、恥しかったねえ、全く……。いや、本当に、ただそれだけのことさ……」

仁保は弁解しながらも、われながら、どうも不味いことになったと思った。腋の下に、すーっと冷たいものが流れ出ていた。

妻の郁子は、疑わしそうな眼つきで彼を眺め、ただ黙々とお菜を口に運んでいる。彼はビールを矢鱈に飲み、今夜のデイトは、これで駄目になったな……と唇を嚙んだ。

夜、寮の庭で、子供たちに花火遊びをさせていると、妻の郁子が、子供たちを呼びに出て来た。

手に蛍カゴを持っている。

「貴方、笹本さんの弟さんが子供さん達にと言って、この蛍と、冷たい西瓜を届けて下さったの……」

なぜか妻は、浮き浮きして語りかけた。

部屋に戻り、西瓜をご馳走になったが、見ると部屋の片隅に、見覚えのない単行本が三冊ばかり積んである。

「なんだい、ありゃあ？」

彼は、西瓜の種子を吐きながら、顎をしゃくった。

「ああ、退屈でしょう、とあの本も弟さんが届けて下さったの」

「ふーん、なかなか気が利くじゃないか」

「ええ、本当に。無口のようだけど、とてもはきはきした方だわ」

妻は、嬉しそうに、うっとりと言った——。しかし仁保敬介は、今夜の美代子とのデイトに心を奪われて、そうした微妙な妻の変化に気づかないでいた。

4

仁保郁子は水泳ができない。

にも拘らず、伊東の寮へ来るのは、ここへ来れば三度三度の食事の仕度に、躰を煩わされずに済むからだった。

主婦にとって、食事の仕度ぐらい、煩わしいものはないのだ。それがないだけでも、本当に〝休養〟をとっている、という気分になる。

涼しい風の入る二階の座敷で、風鈴の音を聞きながら、読書三昧に耽るだなんて、まるで極楽だった。

子供たちの相手は、夫がしてくれる。郁子は一人で、笹本達也が貸してくれた小説に読みふけるだけである。

伊東へ来て三日目の午後、郁子が昼寝をしていると、

「ご免下さい……」

と声をかけて、笹本達也がやって来た。

手にアイスクリームを二つ持っている。

「クリームを買って来ました。浜の方には姉が届けましたので、私がお邪魔に上りましたが……」

と、達也は畏《かしこま》って言った。

「あら、済みません」

慌てて郁子は起き上り、達也の白皙の顔を見た。睫毛が、女の子のように長い。そして瞳は、どことなく潤んでいる。

年がら年中、仁保のいかつい顔ばかり眺めている郁子は、笹本達也のような美貌の男性をみると、年甲斐もなく動悸が高まってくる。郁子は四十歳であった。女としては盛りを越えようとしている年頃である。

「僕も、一緒に頂いてよろしいですか」

笹本達也は、そんな風に言った。

「どうぞ、どうぞ。いつも頂く許りで……」

郁子は、達也と向かいあってアイスクリームを舐めた。とても美味しかった。

「達也さんは、お勉強？」

彼女は聞いた。

「はい、卒業論文を――」

「まあ、大変ですわね」

「卒業は出来ても、果して就職できるか、どうですか」

笹本達也は皓い歯をみせて、含羞《はにか》むように微笑い、

「就職ができなかったら、マッサージ師でもやります」

と言った。

「あら、マッサージ師ですって？」

郁子は笑いだした。

すると笹本達也は、生真面目な顔つきに戻って、

「僕、アルバイトに、マッサージ師をやってます。全身美容の……」

と言いだしたではないか。

「まあ……」

郁子は吃驚した。冗談だと思っていたのである。

「これで、なかなかお得意さまが多いんですよ。女優の根岸魔子さんとか、桑原千秋さんだとか……」

ふたたび郁子は目を丸くした。有名な女優の名前が、彼の口から飛び出して来たからである。

「本当にマッサージをやっておられたの？　知らないでご免なさい」

郁子は申し訳なさそうに言った。

「いいんですよ」

達也は笑い、

「そうだ、バカンスで腕が落ちるといけないから、奥さん、稽古台になって頂けませんでしょうか？」

と言いだした。

「私が稽古に？」

「はい、三日休むと、腕が鈍るんです。毎日やってませんとね」

「まあ、そうですか。でも、私みたいなお婆ちゃんを、稽古台にして大丈夫なの？」

「とんでもない。では、お願いします」

……そう言うと笹本達也は、勝手に押入れをあけ、蒲団をのべはじめる。

「あら、本格的にやるんですか？」

「もちろんです。本当はベッドですが」

笹本達也は、郁子の服装を眺め、

「その帯はといて、細紐だけになって頂けますか」

と注文をつける。

「パウダーだと、全裸ですよ。でも稽古台になって頂くのに、贅沢は言えません」

達也は、彼女に楽な気持でいろ、と言い、いったん部屋を出て、また戻って来たが、今度は白衣をつけていた。郁子は、その白衣姿をみると安心した。

彼の言葉が、嘘でないことを知ったからである。

涼しい風が、座敷の中を通り抜けてゆく。

その中で、糊の利いたシーツの上に横たわり、マッサージを受けている気分というものは、筆舌に尽し難かった。

笹本達也のマッサージ師としての腕は、相当なものらしく、肩の凝りをほぐされているうちに、郁子はつい、うとうとと寝入りたいような気持になる。

肩から腕、腕から背中と揉み下って行くうちに、郁子は次第に睡気よりも、なんだか、せつない気持にさせられて行った。

なぜだか判らない。

別に、変なところを刺戟された訳でもないのだが、躰の芯あたりが火照るような、疼くような感じにさせられてゆくのだ。

郁子は、笹本にわからないかと、その方が心配だった。

目を閉じていると、思いがけない妄想が、次から次へと湧いてくる。

それは人妻である彼女が、笹本から犯される情景であったり、彼女の方が誘惑しているシーンだったりした。

〈なぜ、こんな淫らなことばかり、考えたがるのだろう……〉

郁子は何度か、堪えられなくなって、太腿の位置をずらし、替えた。

自分は、貞淑な人妻である、と自分で自分に言い聞かせる。

しかし、躰の火照りは、ますます強まってゆくのであった。

「では、反対側を……」

事務的に、笹本達也は言った。

肩を揉まれはじめると、しばらくは平静に戻ったが、またぞろ躰は疼きはじめる。

郁子は、そんなはしたない興奮ぶりを、笹本に悟られまいとして、咳をしてみたり、舌をそっと嚙んでみたりした。

彼女は、笹本の持って来たアイスクリームの中に、催淫剤が入っていたことを知らなかったのである。

背中から、太腿を揉んでいるとき、不意に笹本達也はなにかを思いだしたように、

「ああ、なにか入ってると思ったら、根岸魔子さんのプレゼントか！　つまらないけれど奥さん、見てみますか？」

と言って、白衣のポケットから、封筒をとり出して彼女の鼻先においた。

「あら、なあーに……」

そう言いながら、封筒の中身をとりだした彼女は、「まあ！」と叫んだきり、思わず息を詰めた。

それは全裸の男女の、情交シーンを撮ったいわゆるY写真であった。しかも外国人のそれである。

郁子は顔を赤くしながらも、怖いもの見たさのような強い好奇心から、一枚ずつそれを見て行った。

一枚の写真をめくるたびに、彼女の官能は疼きを増し、動悸がはげしくなった、躰の芯が濡れてくるのが、自分でも判った。

全部の写真を見終ったとき、

「奥さん……」

と笹本は言って、自分の白衣の下を示した。そこには一糸も纏わぬ男の下半身があった。

そうして彼女の下着には、男の手がいつのまにか挿し込まれていた――。

仁保郁子にとって、その年の伊東の旅は、彼女の人生に一つの転機をもたらす形となった。

夫以外の男――笹本達也の躰を知ったからである。

情交のあと、急いで大浴場に行き、罪深い自分の躰を洗い浄めていると、図々しくも笹本は、その婦人用の温泉にまで入り込んで来て、唇を求めるのであった。

郁子は、誰か人が来ないかと気が気でなかった。

「奥さん……旦那さんに告白しますか?」

笹本達也は言った。

彼女は首をふり、

「言いません、ですから貴方も、忘れて下さい……」

と言った。

「忘れろと言ったたって、無理ですよ……」

笹本はそう言い、荒々しく接吻する。夫の敬介がしてくれたことのないような、巧みな接吻だった。

彼女は喘ぎ、ふたたび大浴場のタイルの床の上で男を受け容れる恰好になった。心は反対を叫んでいるのだが、どうにも躰の方で、男を求めている感じである。男が、境界の壁を乗り越えて、男性用の浴場へ姿を消したあと、彼女は躰を洗い流すことも忘れて、しばらく放心していた。

四日目の昼間は、郁子も警戒して、笹本達也を寄せつけなかった。

彼女としては、その暗い秘密を、夫の敬介に嗅ぎつけられまいと、必死だったのである。

だが、昼間は姿をみせず、夜十時すぎに笹本がやって来て、彼女の蚊帳の中に忍び込んだ。

郁子は、外出中の夫が帰って来たのかと、最初は思ったほどだった。しかし、それが笹本だと知ったときの愕き!

「帰って! 人を呼びますよ」

彼女は、必死に抗《あらが》った。

「子供さんが目を覚まします。それでも、いいんですか？」

「夫が、帰って来ます……」

「だから、用事が済めば帰ります……」

こんな場合、一度でも肌を許した女の立場は、意外なくらい脆いものだった。

仁保郁子は、子供の目を覚まさせまい、という気持と夫が帰ってくるという畏怖《いふ》に苛まれながら、三たび笹本達也の躰を抱いたのである。

不思議に、身を灼かれるような恍惚感が、彼女の躰をつんざくように走り抜けた。

「さあ、帰って！　そして、二度ともう、私の目の前には、現われないで！」

郁子は接吻を返しながら、真剣にそう哀願したことだった。笹本は、無気味に微笑しただけである。

5

伊東の五日間の休暇は、仁保敬介にとっては、笹本美代子にただ翻弄されるだけの結果となった。

自分の方から、デイトを申し込んでおきながら、肌には指すら触れさせないのだ。彼は苛立ち、切歯扼腕《せっしやくわん》したことだった。

しかも、旅から帰ると、すぐ妻の郁子に、

「モシモシ、お宅の旦那さんが、伊東で恋人と夫婦気取りで歩いていましたよ。お気をつけなさい……」

というような怪電話がかかり、笹本美代子との仲を疑われて、ヒステリーを起されたのだから、たまったものではない。

中学生の長男などは、母親の味方をして、

「パパ、あんな女のどこがいいの……」

と、頭から父の不倫を責める口吻であった。

「疑われるような行動をとったことは認めるが、恋人だなんて、とんでもない」

仁保は、頑強に言い張った。

ところが、仁保の洗面道具入れの中から、洗ってない女性の下着が出て来たから、また一と騒動である。

そのピンクのナイロン・パンティには、ご丁寧にM・Sと頭文字が縫取りされていたのだから致命的だった。

「こんなもの、知らん！」

と仁保は言った。

「嘘をついても駄目だわ。あなたの顔に、ちゃーんと書いてあるもの！」

妻の郁子は、許せないという顔つきで、彼を責めるのである。

「誰かの悪戯だ……よくやるんだよ、会社の慰安旅行なんかで……」

と、いくら弁解しても、妻の疑いを晴らすことはできなかった。

会社に出勤した仁保は、美代子を呼んで、

「私のカバンの中に、悪戯しなかったかね」

と念のために訊いてみた。

彼女は、

「えッ、なんですって！」

と大袈裟に駭いてみせ、つづいて彼の話を聞くなり噴き出して、

「なぜ私が、そんな悪戯をしなければならないんです、課長さん……。それに、私や弟にそんな悪戯をするチャンスがありまして？」

と答えたのだった。

仁保敬介は首を傾げた。

ところで、旅から帰って一週間目ごろ、会社でトイレに立った仁保は、尿道にチクリと刺すような痛みを覚えた。

〈変だな……〉

と、その時はただそう思ったのであるが、翌日の朝、起きて下着をみると、膿が点々と付着していた。

これは明らかに、淋病に罹《かか》った証拠であった。

仁保は指を折り、逆算してみた。

過去半月のあいだに抱いた女性は、妻の郁子だけである。

郁子が淋菌を持っている筈はないから、やはり彼が他の女から貰って来たのであろうが、それにしては発病までの日数が、かかりすぎている。計算が合わないのである。

〈まさか、郁子が！〉

彼はそう思った。

しかし、他に心当りはない。

「おい、郁子……お前、近頃、躰の工合はどうだい？」

と聞いてみても、妻は平然と、

「健康よ。あなたみたいに、浮気なんかしませんものね――」

と答える。

「ふーん、そうか……」

仁保は、医師にかかって、ペニシリンの注射を打って貰い、病気を退治したが、妻の郁子が浮気をしているのではないか、という疑惑は、次第に彼の胸の底に、大きく根をはりはじめて行ったのだった。

〈妻が浮気をしている〉という疑惑。

これは、会社勤めのために家庭を留守にしているサラリーマンの亭主族にとって、もっとも骨身にこたえる心労である。

仁保が郁子を見る目が違って来た。

子供たちに菓子を与え、

「昨日、ママはどうしていた？」

などと訊いたり、出張と称して旅行カバンを持って家を出、駅に預けておいて、不意に帰ったりするようになった。

しかし、郁子の浮気の現場は、一度だって摑めなかった。いつもと変らぬ妻の顔がそこにあり、微塵もそんな気配はないのである。

……この苛立ちは、仕事の上にも、大いに影響しはじめた。

仁保の勤める総務課には、いろんな雑用が多いのであるが、社長に命ぜられた招待ゴルフの日取りを間違えたり、宴会の予約を忘れたりした。

そのために、社内でも、

「仁保課長は、頭がボケて来たらしい」

などという噂が立ちはじめた。

「近く次長に推薦しようと思っているのに、しっかりしてくれたまえよ……」

と叱責されもした。

しかし、仁保敬介の心に、しっかりと巣喰った妻への疑惑は、ますます彼を疑心暗鬼へと駆り立てるのである。

ある朝のことであった。

彼が鯉に餌をやっていると、水槽の脇に掘った小さな穴の中に小さな紙包みがあることに気づいた。

不審に思って、あけてみると、使用ずみのゴム製品である。それには、男の体液が、たっぷり残されてあった。

彼は逆上した。

それを摑むなり台所へ入って行き、妻の郁子の頰をぶん殴った。

「なにをなさるの！」

玉子を焼いていた郁子は、彼に食ってかかった。本気で怒っている顔だった。

「なにをするとは、こっちの言い種《ぐさ》だ！」

彼は、そのゴム製品を、郁子の顔に叩きつけた。

彼の家では、そのゴム製品は使用しない。快感が薄れるからである。

「おい、とうとう馬脚を露わしたな。え、おい！」

仁保は妻の首根っこをつかみ、引きずり廻しはじめた。

「誰と寝たんだ、おい」

「なんですって！」

「誰と寝たんだよ……俺の留守に、男を引きずり込んで、たっぷり楽しみやがったその証拠品を、庭に穴を掘って埋めて、知らん顔かい、おい！」

「一体、なんのことなの……」

「とぼけるな、この野郎。ここに証拠品があるんだぞ。それに、もう一つの証拠は、俺が貴様から、病気を伝染されたということだ……」

彼は喚き散らした。

二人の子供は、変なゴム製品を片手に、母親を乱打する父親の逆上ぶりに、とうとう泣きだしてしまった。

……それで彼も、やっと正気に戻り、子供たちをとに角、学校へ送りだした。

会社には電話を入れ、病気だから休む、と告げた。

二人の男女は、またもやゴム製品を挟んで向かいあった。

郁子は泣いて、

「絶対に身に覚えはない」

と言い張った。しかし、その口調には、どことなく弱々しいものがあった。

〈怪しい！〉

仁保敬介は思った。

「しかし、このコンドームが、なぜ庭に埋められてるんだ。どこの世界に、他人の家の庭に入って来て、不要になった物を埋めて行くような、粋狂な人間がおるか！」

「だって、知りませんと言ったら、本当に知らないんです。かりに、私が貴方の言うように、浮気をしているとしたら、なぜ見つかるようなところに、コンドームを埋めなきゃならないんですか！　水洗便所で流すとか、いくらでも安全な方法があるのに！」

郁子は泣きじゃくる。

「盗ッ人たけだけしいとは、お前のことだ。それじゃア淋病の方は、どうなんだ！」

「まあ図々しい。私が、誰かと浮気して、貴方に伝染したとでも仰有るの！」

「その通りだよ」

「女の躰は、微妙なんですからね。そりゃア浴場などで伝染されることが、あるかも知れませんけれど、浮気だなんて、とんでもない誤解だわ……」

「いや、俺には確証があるんだ！」

「貴方こそ、あの笹本という女の子に、伝染されたのよ。それを誤魔化そうとして、私に難クセを……」

「なにッ！」

仁保敬介の平手打ちが飛んだ。

負けじと、郁子は仁保の足に喰いつく。仁保は妻の顔を蹴りつけた。

――一時間後、仁保家の中は、茶碗や皿の破片と、血飛沫とで埋まってしまった。

郁子は顔を腫らし、鼻血を出した恰好で半狂乱のまま、

「そんなに疑うのなら、実家に帰らせて頂きますから――」

と家から飛び出して行った。

そうして本気で怒ったらしく、彼の許には帰って来なかった。

妻に逃げられ、二人の子供を抱えた仁保敬介は、暗澹《あんたん》たる表情で会社に出勤して来たものの、仕事が手につくような心境ではなかった……。

6

「達也ちゃん、喜んで頂戴……」

二人だけのアパートに帰って来た笹本美代子は、ニコニコ顔で弟に言った。

「どうしたんだい？」

達也は、姉をみた。

「私の復讐は、成功したわ」

彼女は言った。

「すると仁保課長は？」

「うん……今日、とうとう辞令が出て、九州支店に左遷されたの」

「ふーん」

「いい気味だわ。将来の重役……なんて言われてた人だけれど」

「出世コースに乗っていたのに、姉さんに手を出したばっかりに、破滅コースへ鞍替えか……」

「当然の酬いだわ」

「まだ別居してるのかい？」

「らしいわ」

「あの奥さんには、ちょっと悪いことしたような気もするな」

「なに言ってるのよ。旦那が私の処女を奪ったんだから達也ちゃんが奥さんを誘惑するぐらいは当然よ……」

「だってあの頃、僕は病気だったんだし、やっぱり悪いよ」

「いいのよ。どうせ、仁保課長にも、伝わったんだから——」

「パンティを洗面袋に忍び込ませたり、怪電話をかけたり……」

「夜中に忍び込んで、変なものをわざわざ埋めたりね」

「僕……鯉を殺した時は、ちょっと勿体ないような気がしたなあ。だって、金色の凄い鯉なんだ……」

「私だって、ポインターを毒殺したわ……」

「しかし、女の一念って、怖いね」

「当り前よ。暴力で奪った男を、社会的に葬っただけのことじゃないの」

「姉さんって、怖い女だね」

笹本達也は姉の顔をみて首を竦め、それから仁保郁子の躰の味でも思い浮かべたのか、ひどく淫猥な微笑を浮かべた。

姉の美代子は、怒ったような顔つきで、自分の腕の肌に見入っていた——。

湖底の賭

1

「二度と来るんじゃないぞ。いいな……」

　F刑務所の門衛は、今までに何百遍となく繰り返したであろう別れの言葉を、霧原才次に粘っこい口調で言い、ギイーッと鈍い音と共に重い鉄の扉をあけてくれた。

「いいな、霧原。立派に更生するんだぞ」

　才次は低く、「へえ」とは答えたが、心の中では、

〈なに言ってやがる。更生もヘチマもあるかい！　俺はもともと、無実の罪じゃアねえか！〉

　と呟いていた。

　一月半ばの風は冷たい。

才次は、入る時に着ていた流行おくれのレインコートの襟を立てて、しばらく刑務所の高いコンクリート塀を振り向いて眺める。

彼は、この高い塀の中で、二年四カ月の灰色の青春生活を送ったのだった。

才次の罪名は、強盗及び横領——。

しかし、それは全くの無実だったのだ。

彼は四年前、静岡市のある建設会社支店に勤めていた。

それはたしか、春を迎えたばかりの、四月半ばの第二日曜日のことだったが、霧原才次は宿直として勤務していた。小使の爺さんと二人きりで、夜を迎えるのだったが、宿直の夜は、小使の爺さんが寝酒を飲んで寝入ったあと、彼はソッと抜けだして、バーのマダムである滝井カツ子の家へ行くのが、当時の習慣だった。

カツ子は、土地のやくざの親分である、舞出藤太郎の想い者で、ある不図した縁から、才次と人目を忍ぶ仲となったのである。

才次は若かった。まだ二十六だった。

カツ子の豊満な肉体は、才次を溺れさせずには、おかなかった。

才次は人々の厭がる日曜の夜の宿直を、ほとんど一手に引き受けていたが、それは日曜の夜は、カツ子の旦那である藤太郎が来ないことを、知っていたからに他ならない。

その日曜日の夜も、午後十一時ごろ、いったん支店の中を見廻ってから、彼は通用門の錠を外からおろし、自転車でカツ子の家まで赴いた。

風呂に入れて貰い、濃厚な愛撫のあと、一眠りして、才次はまた自転車に乗り、支店に帰った。

たしか明け方の四時ごろだった――と記憶している。

宿直室に入り、布団へ潜り込もうとすると小使室から低い唸り声がする。

びっくりして覗いてみると、小使の爺さんが、布団蒸しにされ、その上をロープで縛り上げられているではないか……。

才次は驚駭した。

急いでロープをほどくと、小使の爺さんは彼の体を突き飛ばし、

「この泥棒！」

と呶鳴った。

「泥……棒だって？」

「ああ。泥棒だ！　いまに見ておれ……」

爺さんは電話機に飛びついて、警察を呼ぶと、

「大変です。金庫破りです！　犯人のひとりは、此処にいます！」

と金切声を上げた……。

霧原才次は、

「なにを言うんだ、爺さん……」

と言いながら、支店の中を覗き、支店長席の背後にある大金庫が、なに者かの手によって

開け放たれ、書類が床に散乱しているのを目撃した。

小使の爺さんの言ったことは、どうやら本当らしいのだ……。

その時、才次は先刻別れ際に、滝井カツ子が、

「あたし達のことが、舞出に知られたら、あたし達、殺されるよ……」

と言っていたことを思い泛かべた。

しかし才次のアリバイを、証明できる人間は、カツ子よりなかった。

〈どうしよう……〉

人間、突如として予期しない混乱に襲われると、常識では判断できぬ行動に出ることがよくある。

たとえば真夜中に火事に見舞われ、風呂敷に枕を包んで逃げだす……というようなことが、人間にはままあるものだ。

この時の霧原才次が、やはりそうである。

彼は、パトカーのサイレンの音を聞くと、矢庭に自転車に乗って逃げだし、カツ子の家へ行ったのだ。

カツ子にその話をすると、彼女は血の気を喪って、

「私を愛しているんなら、口が裂けても二人の仲のことは言わないでくれ」

と泪を流して哀願したのである。

彼は二時間ばかり、市内をうろつき、恐る恐る支店の近くに舞い戻ったところを、怪しま

れて逮捕された。

被害は、金庫内にあった下請け会社に支払う、現金六百七十万円あまりと、手形七枚である。あとは一切、盗まれていない。

小使の爺さんは、眠っているところを、不意に布団蒸しにされ、ぐるぐる縛り上げられたのでよく判らないが犯人は二人だったようだと言った。

そうして、犯人のひとりは、相棒のことを「キリハラ」と呼び、すると相棒の方は「ばかもん！　名を呼ぶな！」と叱りつけたのだという。

爺さんの推理では、犯人の一人が内部にいて通用門の錠をあけぬと、誰も入って来れない上に、金庫の開け方も、明日下請けに現金を支払うことを知っているのは、経理課員の霧原才次しかない……ということで、彼を犯人だと考えたらしい。

ただ金庫には指紋は残っておらず、すべてが彼に不利のまま、留置された。

刑事たちは、午後十一時すぎに自転車で散歩に出たという彼の主張をせせら笑い、

「共犯者の名前を云え。お前は爺さんを布団蒸しにしたから、会話が聞えないと高を括っていたのだろうが、それが大きな誤算だったな……」

と彼を責めた。

とうとう才次は、滝川カツ子の名前を口に出して、彼女ならアリバイを証明して貰えると白状した。留置されて十一日のことであった。

が――滝川カツ子は、

「霧原なら店に七、八度来たので知っているが、彼が事件の夜に泊りに来たという事実はない。私には旦那がある」

と供述し、さらに、

「店に遊びに来た霧原が、ヨットを買いたがっており、近く手に入れる。そしたらマダムにも、アクアラングを教えてやろう、と語っていた」

と証言したのである。

霧原才次が、海底の散歩といわれるアクアラングに、その当時、凝っていたのは、たしかに事実であった。

フランス製の一五〇気圧リザーブ・バルブ付きの六万円の品や、完全防水型の潜水ゴム衣の九万五千円のカタログをみて、欲しがっていたのも事実である。

だが、ヨットを手に入れる、と酔って放言した事実はない。

「共犯者は誰だ……」

と刑事たちは日夜、彼を苛んだ。

だが霧原才次は、カツ子に裏切られたことを知った時から、奇妙に依怙地な気持に陥って、

「共犯者はいない。俺の単独犯行だ。どうとも勝手にしてくれ」

と不貞腐れた。

変な話だが、共犯者は行きずりの男で、金は持ち逃げされた……というニセの供述がすらすらと通って、彼は三年の懲役刑を受け、服役した。

刑務所の中で、彼が考えたのは、出獄したら〝真犯人〟を探しだし、必ず復讐してやろうと言うことだった。

彼の青天白日を証明した時に、裁判所も警察署も驚駭し、新聞社はその非を大いに鳴らし立て、国家は損害賠償をしてくれることであろう。それが霧原才次の、唯一の心の愉しみであった。

〈やっと自由になれた……。今日から犯人探しだ……〉

彼はもう一度、刑務所の塀を見挙げて、歩きだした。

その時、前方から土煙をあげて、一台のタクシーがやって来て駐った。

「やっと間に合った！」

そう言いながら、車から飛び出して来たのは、弟の正三である。

「やあ、お前か……」

才次は、蒼白い顔を歪めた。

弟の正三は、彼と違って秀才だった。東京の大学を出て、現在は保険会社に勤務している。

「早く出れて、良かったね」

正三は、ちょっと眩しそうに微笑し、

「彼女……連れて来た」

と、ポツンと言った。

「えッ、彼女？」

才次は、タクシーの助手席を覗いた。

見ると、三年前よりは容色が衰えはしているが、紛れもなく滝井カツ子である。

彼は、カーッとなった。

彼女の証言さえあれば、彼は二年四カ月も刑務所の中で暮す必要はなかったのである。

「おい、正三！　こりゃア一体、なんの真似だ！」

霧原才次は思わず、弟を呶鳴りつけた。

2

――一時間後、三人は東京の新宿にある、小料理屋の二階座敷にいた。

「兄さん。信じて上げて呉れよ。カツ子さんは、兄さんのこと好きだったんだよ……。しかし、旦那の舞出藤太郎は怖い。本当に、殺されるかも知れないと思ったんだ……。その証拠に、兄さんがアリバイ証明のために、彼女の名前を出したとき、五日間も折檻されたそうだよ……」

霧原正三は言った。

「でもカツ子さんは、それに耐えた。そうして兄さんがあそこへ入ってから、舞出親分から手切れ金を貰って別れ、東京へ出て来たんだ……。そうして、その金で兄さんを待つために、アパートを建ててもいるんだよ。兄さん。毎月、俺の名前で差し入れてた品……みんな彼女がやったことなんだぜ？」

才次は驚いた。

「なんだって？」

「それみろ。知らなかったんだろう？」

弟の正三は得意そうに微笑し、

「兄さんは、カツ子さんのために、無実の罪を着せられたと思い込んでいる。でも、本当に無実だったの？」

と言った。

「おい、正三。お前までがこの俺を疑っているのか？」

才次は恐い顔をして睨みつける。

「だって……兄さんが、カツ子さんの所へ泊ったのは事実だとしても、自由に出入りできる鍵を持っているのは兄さんひとりなんだろう？」

正三は悪びれずに言った。

「そうだ……。それがどうした」

「だったら兄さんが、途中で抜け出して、自転車で一とッ走りして、フトン蒸しをして金庫をあけた……という推理も成り立つわけだろ？　違うかい？」

「莫迦。俺はそんなこと、しない」

「そうかなあ。僕は正直に言うと、まだ少し兄さんを疑っているんだ。二年四カ月で六百七十万円……。月給にすると二十四万円だものね」

「怒るぞ、正三！　俺は無実だ……」

霧原才次は呶鳴った。

「ごめん、ごめん。ただ僕は、もしも兄さんが、その金を隠しているとしたら、素敵だろうな……と思っただけなんだよ……」

「阿呆なこと言うない！」

彼は苦り切った。

血肉をわけた実の弟でも、服罪して出て来ても疑ってかかっている。だとすると、刑事や裁判官が、彼を真犯人だと断定してかかったのも、当然なのかも知れなかった。

「まア、それはそれでいいや。ところで兄さん……この人を許して上げて呉れるんだろうね？　ええ？」

正三は、才次とカツ子の顔を見較べる。

才次は、弟を二度ばかり、

「俺の恋人の店だ……」

と自慢して、店に連れて行ったことがあった。カツ子の方も、彼の弟だというので、ひどくサービスしてくれた記憶がある。

「ごめんなさい、あんた……。あたし、舞出から殺されるかと思って、気が気でなかったのよ？　それでつい、口から出まかせなこと言っちゃって……」

カツ子は目ばたきを繰り返しながら、彼に詫びた。

彼より六ツ年上だから、今年は三十五歳になっている筈だった。目尻あたりに微かな皺があるぐらいで、あとは心持ち、頬のあたりの肉が落ちた感じである。

〈相変らず、美人だ……〉

そう思うと、霧原才次は、二年四カ月の禁欲の所為か、むらむらと情欲が昂《たかぶ》ってくるのを覚える。弟の目がなかったら、矢庭に押し倒して、その肉づきのよい小麦色をした太腿の付け根を、思い切り吸ってやりたいとすら思ったぐらいである。

才次は瞳をぎらつかせながら、

「まあ、凡ては水に流そう……。差し入れ、ありがとうよ」

と鷹揚に言った。

カツ子は顔をパッと輝かせ、

「あんた……許してくれるの?」

と言った。

「今更、泣き言を言ったって、仕方ないじゃあないか。許すよ……」

才次は苦笑したが、

「しかし、俺は真犯人は、どんなことがあっても必ず、ひっ摑まえてみせるぜ」

と呟いていた。

——執念である。

二年四カ月、冷たい壁に向かって、呟きつづけてきた彼の誓いなのである。

「兄さん。悪いことした奴は、必ず捕まるさ……。犯人探しも結構だけど、これから、どうするね？」

弟の正三が言った。

「そうさなあ。俺みたいな前科者を、使ってくれるところがあるかな？」

彼は、拗ねたように答える。

するとカツ子が、

「あんた……アパートの収入で、贅沢さえ言わなきゃアなんとか喰って行けるんだから安心おしよ。それより、一週間ぐらい、伊豆の温泉でも行きましょう……」

と健気なことを言った。

「温泉？　一人でかい？」

「莫迦ねえ、あんた……」

カツ子は、じれったそうに彼を睨んで、

「二人でよ……」

と優しく微笑んだ。

刑務所の中で、人殺しだの、強盗だの、強姦犯だのという連中と一緒に暮し、荒み切っていた彼の心は、ようやく和んだ。やはり娑婆に出て来て良かった、と思った。

〈一週間ぐらい、カツ子と温泉へ行くのも悪くないな〉

彼は、湯気の立つ温泉を想像し、ついで人ッ気のない浴槽のタイルの上で、奔放な体位を試みる自分とカツ子との姿を空想した。

俄然、彼の情欲はつよく燃え盛る。

「アパートは、どこだい？」

才次は、カツ子に訊いた。

「それが、川崎なのよ。柄のわるい所だけれど、みんな家賃だけは、きちんきちんと支払ってくれるわ」

「ほう、そりゃアいい」

「……じゃア改めて兄さん。兄さんの人生の再出発を祝って、乾杯だ……」

正三が盃をあげた。

「うん、有難う。有難う……」

霧原才次は、鼻腔にツーンと熱いものが、走り抜けるのを覚えた。

よき弟と、よき恋人を持った……と彼はつくづく思った。

あれだけ恨んでいたカツ子が、毎月の差し入れや、彼を迎える準備までしていてくれたのである。それこそ、男冥利につきる感じであった。

川崎のアパートには、なんと〈霧原荘〉という看板が掲げられていた。

才次は感動した。

あのやくざの親分と別れ、その手切れ金で自分の名前を冠せたアパートを建てた女。六つ年上ではあるが、その心情に酬いるためにも、結婚して籍を入れてやりたい。

才次は、管理人と木札のかかったカツ子の部屋に入ると、いきなり女の唇を吸った。

「会いたかったわ……」

女は喘いだ。

「俺だって、さ……」

「うそ、うそ。あたしを恨んでいた癖に！」

「そりゃあ事情を知らないからだよ……。しかし何故、会いに来てくれなかったんだい」

「正三さんが、兄貴が出て来たところで、愕かしてやろうと言うもんだから……」

「なるほど、ね」

「あんた……ベッドは奥よ？」

「わかってる……」

「早く、脱いで……」

「カツ子こそ、脱げよ……」

「脱ぐわ……」

全裸になった男女は、白いシーツの上で、蛇のように絡み合った。

長い間の禁欲のせいか、才次は中学生のように早かった。

女はじれったがり、むしゃぶりつく。

たちまちにして、男性は復活し、才次は夢にまでみた女体を、あくことなく堪能することができた。

二年四カ月の精力の貯えというものは、案外と大きいようであった。

霧原才次は目覚むればカツ子の体を求め、求めては泥のように眠った。一晩中……いや翌日の正午近くまで、それを繰り返した。それでいて、一向に衰えを知らぬ感じなのであった——。

3

川崎市は工場街である。

だから日中の空は、快晴の日でも、スモッグに蔽われている。静岡で育ち、F刑務所で暮して来た霧原才次には、この工場地の空気の汚濁は、どうも体質に合わないようであった。勤めるでもなく、一日ぶらぶらしているのも退屈なので、ある日、競輪に出かけたら、それが病みつきになって、才次は、カツ子から小遣銭を貰っては、競輪場へ出かけるのが月の大半の日課となった。

川崎、花月園、後楽園と歩き廻れば、結構、一カ月が過せる。

むろん、真犯人探しの方も、忘却していた訳ではない。

静岡に出かけて、一緒に盗まれた七通の手形の行方がどうなったかを問い合わせたり、事件当日のことを、もう一度くわしく思い出して貰おうと、小使の爺さんの衛藤孫吉の転居先を探ったりした。

獄中で考えたのだが、犯人を複数として、片方はたしかに、彼が勤務していた建設会社の支店の、内部事情にくわしい者である。

なぜなら不断は、金庫の中には、せいぜい三十万円程度の現金しか残さない。だが、日曜の朝早く、人夫たちに支払うというので、危険だが六百七十万円もの現金を金庫に残したのである。

でもそれは決して始めてのことではなく、月のうち二、三度は、そんなことがあった。だから珍しいとはいえない。

支店の中の人間は、六百七十万円の現金が、金庫の中で、土曜と日曜の夜を過すことを、知っていた筈である。また支払いを受ける、下請けの土建屋たちだって、それは承知している。

従って、なにも経理課員だった彼だけが、知っていた訳ではないのである。

ただ、金庫のダイヤルを知っている人間は少なかった。赴任したばかりの支店長は、ダイヤル番号すら知らない。

知っているのは次長と、男性の経理課員だけである。その点では、犯人の範囲は、ぐッと狭められてくる。

金庫に指紋を残さない為には、手袋をすればよいのだから、こんな他愛のない芸当はない。

それと、もう一つの手がかりは、小使の衛藤孫吉が、犯人の一人が、

「キリハラ」

と呼び、

「ばかもん！　名を呼ぶな！」

と叱りつけられた……という証言である。

彼が、日曜日の宿直を買って出ていることは、支店の中では誰ひとり知らぬ者はない。だとすると犯人は、布団蒸しにした衛藤孫吉に聞かせるために、わざとそんな問答をしたとも考えられる。

つまり、日曜の夜十時すぎに、彼が必ず支店を抜けだすことを知っている者が、合鍵をつくっておき、彼が抜け出すのを確認した上で侵入し、犯罪を実行した……と考えられるわけだ。

また一方、小使の衛藤が、共犯者だったという線も考えられないではない。

衛藤孫吉は、霧原才次が支店を抜け出るのを知っており、狸寝入りして安心させた。そのあと共犯者を導き入れ――鍵がなくとも、窓からでも出入りできる――金庫をあけて盗み、自分はぐるぐる巻きにして貰う……という筋書だ。

しかし、この場合は、犯人が合鍵をもっていなければ辻褄があわなくなる。

警察の取調べでも、彼があまり頑強に無罪を言い張るので、衛藤老人共犯説を唱えた者が出た。

だが、皮肉なことに、布団蒸しになった衛藤老人のロープをとき、救い出したのは霧原才次自身なのだった。

「私が犯人だったら、衛藤老人を助けるわけがない」

と彼は主張した。

しかし検事側は、

「金銭を隠匿したあと、なに喰わぬ顔で救出を装ったものである。被告の主張するがごとく、犯人が被告以外の外部からの侵入者ならば、隣合わせた宿直室で眠っている被告に気づかぬ筈はなく、被告も衛藤孫吉と同じ運命に遭ったであろう。しかるに、被告のみは安全であった。その時刻、自転車で散歩し、或いは愛人宅にいたという自供も、なんら裏付けがない。衛藤孫吉を縛ったあと、助けたのは、被告にまだ良心のカケラが残存せる証拠であろう……」

と一蹴してしまったのだった。

獄中で、結局彼の下した結論は、自分と滝井カツ子の関係を知っている者で、支店内の金の動き、金庫のあけ方、合鍵をつくれる人間――ということだった。経理の関係者――次長を含めて十一名は、全部が怪しい。そして、その十一名の親しい知人関係も、怪しいということになる。

彼は、自分が入獄後、派手な金遣いを示した人間はいないか……と、住んでいる家の近くを聞き込んで歩いた。が、やはり徒労であった。

出獄直後の勢いもどこへやら、次第に霧原才次は、競輪という新しい刺激へと傾斜して行く。

そんなさなか、才次は競輪場で、一人の男と知りあった。

名前は上林山二三雄という。

むろん、本名か、偽名かも判らない。

ただ上林山と、競輪場で何度か顔を合わせており、あとで聞くと、お互いに変った奴だな……と思いあっていたことがわかった。

上林山の車券の買い方は、一風変っていた。

必ず三レース目あたりから買い出すのだが、レースがはずれるごとに、車券を倍々に買ってゆくのだった。しかも千円の特券である。

三レースを千円買ってはずれると、四レース目は二千円買う。また駄目だと、五レース目は四千円、次は八千円、一万六千円……という風に、倍乗さしてゆくのだ。

これは数学的には、理に叶っている方法だそうだが、資金がつづかねば、誰にでも出来る方法ではない。

上林山の買い方は、最初のレースでも、二回目のレースでも、当ったら決してあとの車券は買わないという、独得な買いっぷりだから目立った。

いつか七レース全部はずれで、どうするだろうかと見ていると、胴巻から十万円とりだして、十万八千円を投資し、二百二十円の配当で二十万の金を最終レースでとるのを目撃したことがある。

才次の方は、買うのはゾロ目ばかりであった。ゾロ目で一万六千円あまりついて以来、もっぱら大穴狙いのゾロ目買いに徹底したのである。

それで上林山の方も、いつ、いかなる時でも、ゾロ目にしかはらない霧原才次に、注目しはじめたのだろうか。

競輪場には、大勢の客が詰めている。

しかし、レースを見物するには、それぞれの位置の癖があって、結構、顔見知りができるものである。

その点、上林山と才次とは、いつも同じような位置に坐っていた。

〈あ、来てるな〉

と彼が思えば、先方でも、

〈ゾロ目屋が来てる〉

と微笑していたのであった。

二人が口を利いたのは、偶然のことからだった。後楽園へ行く国電の中で、偶然にも隣合わせたのである。

上林山は予想新聞を、赤エンピツを舐め舐め読み耽っていたが、彼が隣に坐ると、

「ご精が出ますなあ」

と、自嘲ともとれる口調で言った。

「本当ですね。お互いに……」

彼が笑うと、上林山は、

「今日の三レース、騙されたと思って2―3と買って御覧なさい」

と不意に言った。

三レースの本命は六枠で、対抗が五枠、穴が一枠となっており、六枠の頭は固いと各紙とも予想している。このところ、尻上りに好調な選手なのだった。

「ほう、2―3ですか」

「あんたはゾロ目専門のようだから、6―6と買いたいところでしょうな。しかし、騙されてみるのも、たまにはいいでしょう」

上林山はそう言って含み笑った。

なにか、ひどく確信あり気なので、彼も三レースには、2―3の特券をはり込んだ。するとなんと四万二千六百十円という凄い配当になった。特券だから、その十倍の金を、彼はにぎったことになる。

二人は配当金を貰う窓口で顔をふたたび会わせた。

「やあ。とりましたね」

上林山はニヤリとし、

「あたしは、あとのレースの楽しみがないから、もう帰りますよ。一緒にどうです?」

と声をかけた。

懐ろに四十二万もの大金を入れて歩くことなど、滅多にないことである。

それに〝大穴〟を教えてくれたお礼も言いたくて、彼は喜んで上林山と肩を並べて、競輪場を出た。

「浅草で、一杯やりましょう」

上林山はそう言って、国電の駅の方へと歩きだすのである。才次は慌てた。大金が懐中に唸っているのに、国電に乗ることはない。また国電に乗れば、スリに会う恐れもなきにしも非ずだった。

「タクシーを拾いましょう」

彼がそういうと、上林山は端麗な顔をほころばせ、

「奢ってくれますか？」

と言った。

「むろんですよ。恩人ですからね」

浮き浮きと才次は応じる。

「そうですか。では厄介になります」

上林山は言った。才次は、〈変ってるな〉と思った。わざわざタクシーに乗るのに、奢ってくれるかと、念を押したのがひどくユーモラスなものに思えたのだ……。

4

——これが上林山二三雄との交際のはじまりである。

才次は気前よく、もうそろそろ季節はずれになりつつあったフグ刺身だの、フグちりだのを御馳走し、酒徳利を林立させた。

相手を酔わせて、なぜ三レースの2—3を奨めたのか、その秘密を探ろうという魂胆であったのだ。

上林山はただ笑うだけで、彼の再三再四にわたる質問には答えなかった。そして、

「なあに、私の名前が二三雄で、今日が三碧木星だったからですよ」

と、最後には逃げた。

霧原才次はその回答を得た一瞬、

〈これは嘘だ！　ウラがある！〉

と何故か思った。

——八百長だ、と考えたのである。

そして彼の、その推測はピタリと適中していたのだった。

四月末ごろ、才次は上林山に誘われて、彼の〝家〟なるものを訪問した。上林山の自宅とは、なんと浅草山谷にある一泊百五十円のドヤであった。

三段式ベッドの上段が、彼の巣だったのである。よれよれながら、背広とネクタイ姿なので、もう少しはましな所に住んでいるのかと想像していた才次は、心の底からびっくりした。想像できないことだったからである。

「ふふ……、駭いたでしょう」

上林山は嬉しそうに笑った。

整頓好きらしく、上林山のベッドだけが、きちんとしてある。枕許には、トランクが一箇

置かれてあった。

上林山はトランクをあけて、なにかごそごそやっていたが、

「さあ、出ますか」

と言い、呆気にとられる彼を尻目に、ドヤ街を抜けると、一軒の銀行支店へと入ってゆくのであった。

預金の窓口へ立つと、係員は揉み手をして上林山を出迎え、

「本日は、いかほど？」

と言った。

「三十万円」

上林山は言った。そうして胴巻から、十万円の束を三つとりだし、丁寧に勘定してから、さしだすのである。

〈あれれ？　預けるのか！〉

またしても才次は度胆を抜かれた。

一泊百五十円のベッド・ハウスの住人が、三十万円の預金をしている姿は、なんとも奇異な感じだった。まるで、夢でも見ているか狐に騙されている感じなのだ……。

見ていると上林山は、通帳を預けっぱなしにしているらしく、

「それで、如何ほどになりましたかな？」

などと質問している。

「あと百四十万円で、二千になりますね」

係員は笑顔で答える。

〈百四十万円で二千？　すると二千万円ちかい貯金があるのか？〉

才次は棒でも飲み込んだような顔つきになった。年のころは四十四、五であろう。なかなかの好男子の上林山だった。服装がぱッとしないので、いかにも風采は上らないが、しかしそういえば、山谷の住人にはない一種の風格がある。

銀行の支店を出ると、彼は居た堪らなくなって、

「上林山さん。あなたは、二千万円もの貯金があるんですか？」

と訊いていた。

すると相手は莞爾として、

「よく判りましたね」

と答えた。

「えッ、すると矢っ張り……」

「ええ、今日現在で、千八百六十万円ですか。やっと半分ですよ……」

上林山は笑った。

「ええ？　半分？」

「その通り。早く三千五百万円に漕ぎつけたいんですが、ね」

「三千……五百万円！」

「ああ。そいつは話してなかったな、霧原さんに……」

「なんのことです？」

「実は……私はね、むかし関西の銀行に勤めていたんですよ」

「ほほう……」

「ところが競馬、競輪に夢中になって、銀行に穴をあけたんです」

「なるほど？」

才次は、上林山の上品そうな顔立ちは、銀行マンだった所為なのだと知った。

「妻子があるのに、お定まりの自棄になりましてな……行きがけの駄賃にと、銀行にあった金を盗んで、女とドロンですわ」

「ははあ……」

「ところが金がなくなると、女にも逃げられちまって、とうとう落ちるところまで来てしまった。すると、生き別れになった妻子が、可哀想でしてなあ、それで競輪で金を儲けてやれと考えたんですね」

「金を儲ける？」

「はい。使い込んだ金が約二千七百万円。七年間の金利を……」

「七年間？　七年も前の事件なんですか？」

「いや、私が失踪したのは五年前です。だから、あと二年経つと、失踪宣告を出されます」

「ははあ……それで？」

「だから、家族がその宣告を出さないうちに、使い込んだ金と金利とを、銀行に返済したいと考えているんです」

「なあるほど！　それでドヤに住んで、貯金をねえ」

才次は大きく頷いた。

バクチと女色に溺れて、銀行の金を使い込み、さらに金を持ち逃げした父親。その汚名をとりのぞくために、その父親は、ドヤ街に住んで貯金しているというのだ……。

よくわかったような、わからないような話だが、子供や妻を想う心情だけは、理解できるような気がした。

それにしてもたしかに変った人物ではある。二千万円近い金を持ちながら、ドヤ暮しだとは……。

「しかし、駭きました」

才次は正直に言った。

「なぜです？」

「いや、普通の人間だったら、二千万円の金があれば、こっそり妻子を呼び寄せて、贅沢をしているでしょう」

「そう思いますか？」

「そりゃあ普通ですよ。普通の人間なら、そうしてる」

「まア身から出た銹ですよ。あと二年で、倍にするには急がなきゃならん」

上林山二三雄はそう言うと、照れ臭そうに笑い、

「このことは内緒に願いますよ。その代り、この間の2―3、四万二千六百十円の秘密を教えますから……」

と、俄かにおどおどした態度になった。

「上林山さん。大丈夫ですよ。貴方は使い込みだが、私は強盗と横領で、前科一犯なんですから……」

彼は同情するように言った。

「えッ、まさか――」

「いや、本当です。F刑務所で二年四カ月、つとめて来ましたよ」

霧原才次は、そのとき上林山の瞳に、なんとなく親近感めいたものが、強く匂ったのを知った。

同病相憐れむというか、これは犯罪者の共通した心理なのかも知れなかった。つまり、その瞬間から、二十九歳の前科者と、初老の元銀行員とのあいだに、友情に似た絆が生まれたのである。

「ところで、この間の秘密とは、なんですか？」

彼は催促した。

「いやア。大したことじゃないですがね。もと競輪の選手をやっていた人間を、何人か知っているんですよ。ほかの連中は選手の宿舎には入れないが、この連中は、元選手だけに、大

手をふって入れるんですね……」

「ははあ、なるほど！」

「すると、選手のコンディションや、いろいろと予想紙にない情報が手に入る」

「ただ、それだけですか？」

「いや、あの日の三レースの六枠の本命と、五枠の対抗の選手とが、全く浮かぬ顔をしていたという情報を貰ったんです。あれはきっと、ヤクザから嚇かされている顔つきだと言うんですね……」

「なるほど？」

「それで私は三レースの出場選手のうち、ヤクザと付合いのある人間を探してみた。すると二枠、三枠にいるじゃアないですか」

「へーえ、そんなことまで、調べるんですか？」

「当り前ですよ。そこまで知らないと、競輪では勝てません。私のトランクの中は、その調べたメモだらけです」

「ははあ……」

「私は、選手の脚力を検討して、これなら三レースは2―3だと判断したんです。それで奨めたんですよ……」

「そうだったんですか……」

「もっとも、そんな八百長レースの情報が入ってくるのは、年に何度かしかない。しかし八百長があると判っていても、投資方式を変えないというのが、私の鉄則でねえ」

「……上林山さん」

霧原才次は、不図、思い詰めたような声音で云った。

「あたしのアパートへ来て、暮しませんか。そして私に、競輪の勝ち方を伝授して下さいよ……」

「ほう、あんたのアパート?」

「ええ。女房に経営させてるんです。つい一昨日、部屋が一つあいたもんですから……」

「しかし、部屋賃が高いんでしょう」

「いいえ、一銭も要りません。いや、それでは気が済まないんなら、一日百五十円で結構なんです……」

上林山は、しばらく彼の顔を見詰めていたが、ややあって、

「では百五十円で、ご厄介になりましょう」

と呟くように応じた。

5

上林山が〈霧原荘〉へ移ってくることについては、カツ子と揉めた。

彼女が言うには、

「弟さんに来なさい、と奨めてオーケーを貰ってあるの。それなのに、競輪場で知りあった、

どこの馬の骨かわからない人間を、住まわせるだなんて……」

と頭ごなしであった。一泊百五十円という料金も、安すぎるというのである。

「そういうなよ。競輪で二千万円も稼いだ人なんだ。ロハで泊めても、必ずプラスになる……」

彼はそう言って、カツ子を口説いた。

その喧嘩の最中に、弟の正三が、小型トラックで世帯道具を運んで来たから、またややこしく話は紛糾したのであるが、結局は正三の妥協案が提案されて、それに落着いた。

というのは、一部屋に正三と上林山の二人が同居するという提案である。

これなら一泊百五十円でも、二人から徴集できるから、一月九千円になり、家賃としても悪い条件ではなくなる。

上林山に話してみると、ベッド・ハウスで暮している身の上だから、全く異存はなく、上林山の方もその翌日には、トランクと真新しい寝具だけを持って、さっそく霧原荘入りをしていた。

かくて霧原才次の、本格的な競輪狂いがはじまった。

上林山はつねに資金は二十万円を用意している。そして各紙の予想が一致した銀行レースでは裏目買いとか、単穴の頭流しでは穴―本命という買い方をするのだった。

むろん選手の過去の成績、先行型かマクリか、地脚があるか、雨や風に強いか、八百長の前科はないか、一発屋か、安定しているか……といったデータにもとづいてなぜこれを買うかを上林山は説明してくれる。

才次は、その説明で納得すれば、上林山と相乗りし、他の選手に未練があれば自分は違う車券売場に並んだ。

取ったり取られたりだった彼は、上林山という教師を得て、次第に確実な収入をあげるようになって行った。大きな損をするということがなくなりはじめたのである。

後楽園、川崎、花月園、京王閣、立川、松戸、千葉、大宮……と二人は来る日も来る日もレースのある競輪場を追って歩いた。

そして才次は、いつしか兄のような上林山に、自分が受けた不当な〝前科〟の負い目について、打ち明けるようになる。

上林山は、彼のその話を聞くと、

「そりゃア変な話だなあ」

と言い、

「どうも偶然ではなく、誰かが、あんたを罠にかけた犯罪のような気がするねえ」

といった。

罠にかけられた——という実感は、たしかにあったから、才次は、

「本当にそうなんです。しかし私は、人から恨まれたり、妬まれたりすることはなかったんですが……」

と答えた。

「本当に、そうかい？」

上林山は珍しく強い口調で言った。

立川で五月雨に濡れて、川崎へ帰る中央線の国電の中でであった。

「ええ、ありません」

「ふーん。珍しいね。人間、七人の敵はあると言うからね……」

ポツンと上林山は呟いた。

その時、才次は低い声で、「あッ」と叫んだ。彼は、一つだけ重大なことを、忘れていたのである。

それは――滝井カツ子の旦那である舞出藤太郎だった。

舞出は、H湖の競艇場を支配し、静岡市と浜松市のパチンコの景品買いを一手に収めている大親分だった。

いかに人目を忍んでいるとはいえ、肉体の繋がりを持った男女の仲というものは、そのことに敏感な人間にはピーンとくる。たとえば、カツ子の店のホステスなどには、ある時からひどくカツ子と彼とが、店の中ではよそよそしくなったことを気づいた者があったかも知れぬ。いや、ないとは断言できないのである。

そうしてそのホステスやバーテンが、自分の点数稼ぎのために、パトロンの舞出や、あるいはその乾分に面白がって告げ口する……ということも予想されるのである。

〈ふーむ！〉

霧原才次は腕を組んだ。

通用門の合鍵ぐらい、いくらでも簡単につくれるだろう。

すると親分の目を盗んで、親分の女と逢曳きしている最中を狙って、乾分の誰かが共謀して、忍び込み、その色男の鼻をあかせる……という報復もあり得るのだ。

問題は金庫のあけ方だが、経理課員の誰かを脅迫すれば、それも容易に知ることができる。

〈なるほど……。判りかけて来たぞ？〉

霧原才次は、不意に無口になって、宙を睨んだ。上林山は微笑して、

「どうやら、心当りがあったらしいね」

と肩を敲いた。

アパートに戻ると、カツ子は留守だった。向かいの部屋の住人にきくと、

「たしか居る筈ですよ。どこかの部屋に、遊びにいってるんでしょう」

と言う。

才次はあまり気にもとめずに、先刻のつづきを考えはじめた。

〈舞出藤太郎が二人の仲を知っていたのなら、俺はすでに、こっぴどくやられていた筈だ……。それがなく、カツ子がすんなり別れられたところをみると、親分の方は二人の潔白を信じていたということだろう〉

〈すると、舞出組の乾分の誰かだ……。俺がカツ子の家から出てくるのを、偶然に発見した男が、俺に復讐してやれと考える……〉

〈俺は経理課員……金庫のあけ方を知っている……そして日曜の夜は、親分の女の家へ忍び込む……それに、大金が金庫には、ねむっていた……〉

〈これだけ条件が揃えば、ちょっと頭のいい奴なら、俺を罠にかけ、罪をおしつけて、金を失敬しようと考えるのではないか？〉

才次が、恐い顔をして考えているとき、カツ子が、

「お帰りなさい……」

と言いながら、管理人室へ這入って来た。

「どこへ行ってたんだ？」

彼は、そう訊いた。

「正三さんが熱があるらしいので、頭を冷やして上げてたの」

「ふーん。早退けして来たのか？」

「ええ、そうよ……」

カツ子は、お茶を淹れはじめる。

「おい、カツ子……」

彼は挑むように言った。

「なあに？」

「舞出の乾分で……俺とお前の仲に、気づいていた奴はなかったか？」

カツ子は彼の顔をみつめ、

「どうして、そんなこと聞くの？」

と言った。

「いや……どうも俺を、罠にかけやがったのは、舞出の乾分の奴のような気がしてならないからさ……」

「あんた、まだそんなことを、くよくよ思い迷っているの？」

「当り前だ。無実の罪なんだからな」

「あたしは信じているんだから、それでいいじゃあない？」

「莫迦いえ。前科は前科だ。この屈辱は、必ず霽らさにゃならん。おい……」

「はい」

「舞出一家の者で、俺たちが臭い仲だって、言い触らしてる男はいなかったか？」

「さあ……」

「じゃあ俺が豚箱に入ってから、急に景気よくなった男は？」

「景気よくって？」

「六百七十万円も手に入れば、誰だって景気よくならあ」

「ああ、なるほど」

「おい……居ないか？　店に来てた客で？」

「そう言えば……」

カツ子は後れ毛を掻き上げながら、

「サブ公が、あんたが刑務所へ入ってからだけど、二十万近く溜っていた店の借金を、きれいにしてくれたわよ」

「サブ公？　なんて奴だ？」

「多賀三郎よ。知らない？」

「知らないなあ」

「ほら。よく店のカウンターで、マネージャー気取りで威張っていた……あんたを生意気だって、文句つけて来た……」

「ああ！　女の子が、タアさんと呼んでいたあのキザな奴か！」

彼は思いだした。

夏など、白い麻の背広を着て、パナマ帽に黒メガネという扮装で、街を歩いている男だった。そして彼は、その多賀三郎から、インネンをつけられかかったことがある。その時はマダムのカツ子が叱ったので、大事に至らなかったのだが……。

「うーん、あいつか。あいつなら、やりそうなこったい……。その多賀三郎は、いま、どうしてる？」

「もともと競艇の方だけど、あたしが舞出と別れてからは、あたしの店も任されたとか、買い取ったとかいう噂よ……」

「なに、買い取った？」

霧原才次は拳を固めて、膝を叩いた。カツ子が経営を一任されていた酒場は、五十万円や百万円の代物ではない。それを買い取ったというには、なんらかの方法で、大金を得たということではないか！

彼は雀躍《こおど》りした。

するとカツ子が、何気なしに、

「そう、そう。あのサブ公……あんたのいた静岡支店の衛藤とかいった小使さんと親戚なんだってさあ……」

と呟いた。

才次は、ぎくりと背筋を顫わせた。

衛藤孫吉と多賀三郎とが親戚！　なんと、お誂え向きな犯行状況ではないか！

「犯人は、あいつだ！」

霧原才次は呻くように叫んだ……。

6

さっそく彼は、静岡へ行った。

カツ子の経営していた酒場をあたってみると、その名も〈オードリイ〉と改めて、保健所の届出の名義人は、清水馨子となっているではないか。

調べてみると、マダムは多賀三郎の妻であった。

〈これで確定的になった！〉

霧原才次は、思い迷った末、夜になるのを待って、〈オードリイ〉に行った。

「マダムに会いたい」

というと、「夜九時頃でないと店に来ない」との返事である。

「じゃあ、待たせて貰うよ」

才次はカウンターの真ん中に坐り込んだ。

〈俺だってムショ帰りだ……〉

彼は胸を張った。刑務所の中でつき合ったいろんなヤクザ共、犯罪者たちの顔が思い泛かび、自然、彼の態度は、横柄な無頼めいた匂いを放ちはじめていたに違いない。

八時ごろ、二人の乾分を連れて、店に乗り込んで来た男がある。サブ公こと、多賀三郎であった。

「おい。マダムに用事があるってえのは、おまえさんかい?」

多賀は矢庭に彼の、黒メガネをとった。

顔をみて、流石になにをかを思い出したらしいが、咄嗟のこととて才次だと判らず、

「あ、お前は……」

などと、ためらっている。

「そうだよ!」

才次は叫んだ。

「貴様のために、無実の罪を着た、××建設静岡支店強盗の霧原才次だ!」

才次は先手をとって、相手の胸倉をつかんだ。そして思い切り突き飛ばした。サブ公は客席によろめき、ついで床に尻餅をつく。

「さあ、一一〇番に電話して貰おうか！」

彼は呶鳴った。

乾分たちは、一一〇番という言葉に、逆に気勢を削がれたらしく、多賀三郎を助けるのも止めて、ポカンと突立っている。

「おい、女！　一一〇番だ！　こいつに、ムショの臭い飯が、どんなものか味わわせてやるんだ！」

とつぜん多賀が起き直って、突進して来るのを巧みに躱す。その一瞬、右手にいた乾分の手に、ビール瓶が握られるのを、彼は目撃した。

ガーンと脳天に、鈍い衝撃……。

それっきり才次は、気を喪ってしまった。

……どれぐらい経ったろうか。

暗い闇の中に、彼は転がされていることに気づく。

頭が割れるように痛い。

いや、痛いのは頭ばかりでなく、首といわず脇腹と言わず、背中、太腿、腕……五体のありとあらゆるところが疼いた。

〈そ、そうだ……。オードリイに乗り込んで、多賀をやっつけたところで、ビール瓶で頭を

やられたんだっけ……〉

彼は歯を喰い縛って、起き上ろうとした。しかし起き上れない。

なにか太いロープで、後ろ手に縛り上げ、芋虫のように放り出されていたのである。

彼は痛む手を動かしつつ、闇の中になにか手がかりでも探せないかと、必死になってキョロキョロした。

だが、手がかりめいたものは、ちょっと探せなかった。

あきらめて、首をまた床の方に落した時、

「まだ、くたばってやがるかな？」

という声がして、跫音が近づき、ぱッと光線がさし込んで来た。

才次は目を閉じ、昏倒しているふりを装った。どうやら彼は、倉庫の一隅にある、コンクリートの壁をもった密室に、抛り込まれたのだと悟った。ロープの束だの、ドラム罐だのの姿が、ちらッと目に入ったからである。

思い切り尻を蹴られた。

才次は声を上げそうになるのを、必死になって我慢した。

声の主は、

「ふん。まだ気を失ってやがる」

と言い、すぐドアを閉めた。

その時、ドアの閉め方が悪かったのか、

「一体、なんだって彼奴……矢庭に兄貴にあんな乱暴を働きやがったんだろうな」

という話し声が耳に入った。

「知らねえよ……。なんでも彼奴は、宿直の日に銀行強盗を働いた、強《したた》か者らしいぜ」

別の声が答えた。

「だって、貴様のために、無実の罪を着たとか、なんとか、ご大層なことを、言ってたじゃないか」

「ウーん、たしか、そう言ってたなあ。しかしサブ兄貴が、強盗を働く訳がないぜ……」

——霧原才次は、歯を喰い縛った。

〈バカいえ、真犯人は多賀三郎だ。親戚の衛藤という小使と、共謀なんだ！〉

彼は心の中で絶叫した。

「兄貴は、彼奴をどう扱う積りだろうな？」

「そいつは知らねえ。しかし、気に喰わねえ奴だから、調べてみるとか言ってたぜ」

「そうか。愉しみが一つ増えたってわけか」

声の主たちは、しばらく沈黙した。

やがて一人が煙草を吸いつけたらしく、マッチを擦る音がした。同時に、椅子のギイギイという軋みも聞える。

「おい……そうだ……」

煙草を吸いつけた方が、軽く咳こみながら思いだしたように言った。

「なあ、おい……」

「うん……」

「来月十三日の八百だが……」

「うん……」

「大丈夫なんだろうなあ。ええ。親分が……いや社長が心配してたぜ」

男は言った。

「大丈夫だって、ば……。本命は尾高、徳下だが、岡本井上のどちらかが入る。ちゃーんと渡りはつけてあるよ」

「そうか……。じゃあ安心していいな？」

「ああ、いいとも。親分に岡本、井上で大穴だと言ってくれ……」

「わかった」

「例によって社長、百万と注ぎ込むんだろうな？」

「いや、もう少し張り込むらしいぜ」

「ほう。じゃあ配当が少なくなるじゃアねえか……」

「しかし、行列して寄せつけねえから、怪しまれないしよ……」

「親分も利口になったもんだ……」

男たちは笑いあった。

暗闇の中で、霧原才次はその瞳を光らせた。どうやらいつか上林山が言っていたような八百長が、行われるらしいのである。

十三日の八百長とは、十三日の八百長ということらしい。

〈尾高、徳下が本命で……岡本、井上の穴……。変だな。競輪の選手じゃないらしい〉

彼は手首を動かしながら、一体なんのレースだろうと思った。

競輪ではないことは、たしかである。

競馬、オートレース……と考えて来て、才次は、低く
「あッ！」と叫んだ。

舞出藤太郎が、H競艇場の采配をふるっていることを思いだしたのだ。

乾分たちの口吻では、どうやら十三日のH湖競艇の第何レースかに、八百長がある模様である。

〈岡本……井上か！　ふむ。ひとつ荒稼ぎするか！〉

彼は北叟笑んだ。

「おい。ちょっと燃料を入れて来ようじゃないか」

一人の男が提案すると、別の相棒は、

「大丈夫かな？　彼奴……目を覚ましてないかな？」

と不安がった。

「平気だよ。倉庫の錠を外からかけておけば、袋のネズミだし逃げられやしない」

しばらくすると、重い扉をしめる音が遠くで響き、しいーんと建物の中は静まり返った。

霧原才次は、足首や手首を必死になって動かしつづけた。するとロープが太かった所為か、左手だけがすっぽりと抜けた。

〈しめた……〉

才次は、つづいて右手を抜き、足首のいましめを、後ろ手したままの恰好で、なんとか解きほぐした。あとは体に巻いたロープだけである。彼は、自分が押し込められていた、貯蔵室の外へ出て、その壁の角に体を上下に動かして、ロープを切りはじめた。

やっとロープの結び目がボロボロになり、彼が自由を取り戻した頃、外へ出た二人が倉庫に戻って来た。才次は、入口のドラム罐の陰にかくれ、二人をやりすごしておいてから倉庫の外へ飛び出すと、逆にピーンと錠前をおろした。そして痛む体を引きずりながら、警察を探して走った。

7

真犯人は多賀三郎である。その証拠に倉庫に軟禁された……と訴え出た霧原才次の申し立ては受理された。

そうして多賀三郎は、任意出頭の形で、警察署に連行されて、取調べを受けた。

だが三年前の事件当夜には、多賀三郎には恰好のアリバイがあった。暴行傷害で、掛川署に留置されていたのである。

「そ、そんな莫迦な！」

と地団太を踏んでみたが、事実は事実であった。そうして逆に才次は、多賀三郎の弁護士から、名誉毀損罪で告訴される羽目になったものだ……。

彼は、失意落胆して、川崎のカツ子の許に帰って来た。

一夜、彼は自分の部屋に、弟の正三と上林山とを呼び、

「俺は真犯人は、多賀だと思う。あいつは自分のアリバイをつくるため、芝居の喧嘩をやったんだろう。そして支店を襲う仕事は、自分の乾分にやらせたんだ……」

という、自分の推理を話し、どうしたら多賀三郎を罠にかけられるだろうか……と話を持ちかけた。

カツ子は、

「いつまでも未練たらしく考えないで、あきらめなさい」

と言い、上林山も、

「その方が良策のようだね……」

と意見を述べた。

〈みんな冷たい奴等だ！　俺が無実の罪だというのを、半信半疑でやがる！〉

彼はカツ子に、

「おい。俺がなにもしなかったということを一番知っているのは、お前なんだぞ……あきらめろとは何だ……」

と喰ってかかる。

すると弟の正三が間に割って入り、

「兄さん。それよりも、復讐を考えたら、どうなんです？」

と言った。

「復讐？」

「むこうはアリバイ工作までやっている完全犯罪なんでしょう、兄さんの言葉を借りればね……」

「う、うむ……」

「これを崩すのはむずかしい。だから、復讐を考えるんです」

「復讐を？　どうやって？」

「そら……昨夜、兄さんは十三日のH湖の競艇の七レースで、八百長が行われるのを聴いた……と言ってたじゃないですか」

「ああ、そうだが？」

「その八百長レースの連勝券を、その多賀三郎の親分……」

「舞出藤太郎だ……」

「その人が買うんでしょう？」

「ああ、その通り」

「だったら、その八百長レースを崩してしまったら、どうなります？」

「レースを崩す？」

才次は腕組みして、しばらく考えていたが大きく首をふった。

「そいつは、出来ないね」

「出来ない？」

「連中は選手を買収してかかっているんだ。こっちが買収しようと思ったら、やくざ者のリンチに見合うだけの買収費が要る」

「そんなもんですかねえ……」

弟の正三は皮肉っぽく呟いた。

「なあ上林山さん。競艇の八百長も、競輪の八百長も、一緒でしょうが？」

彼は聞いた。

上林山は眉根を寄せて考えていたが、重々しく頷いて、

「同じだろうね。選手に対する買収、脅迫、情実しかない」

と言い切った。

「ほれ、みろ」

才次は得意気に叫んだ。すると正三は、ニヤニヤしながら、

「兄さん、競艇というのは、船が走るんだよ……」

と言った。

「そりゃあそうだ……。だから競艇じゃあないか」

「だったら、頭を働かしたらいい。相手は選手ばかりじゃなく、船もあるんだ」

「うーむ……」

彼は唸った。正三は言葉を続けて、

「たとえば、スクリューの羽根を一枚、ひん曲げてしまったら、どうなる？」

と言った。

「スクリューの羽根を？」

「そうだよ。なにか、方法があると思うけれどなあ。兄さんは、アクアラングができるんだし……」

正三は謎をかけるように言った。

〈アクアラング！〉

彼は、怯えるように叫んだ。

それはここ暫く、忘れ去っていた懐しい言葉だった。刑務所の門を潜ってから、ついぞ思いだしたことのないスポーツの名称である。

〈そうだ。俺は水深四十米までは、楽に潜れるんだった！〉

彼は、低く呻いた。

彼の頭の中には、スタート線に並んだ競艇の姿が泛かび、そうして番狂わせとも知らず、胸を打ち震わせている舞出藤太郎や、多賀三郎の顔がダブッて、クローズ・アップされてくる。

〈ふーむ。そうだ……〉

霧原才次は、ゆっくり腕を組んだ。

——復讐。

なんと残忍な、しかし爽快な響きをもった言葉であろうか。

彼は、翌日、上林山にH湖の競艇を見学に行こうと、自分から提唱した。上林山にも、異存はなかった。

だが才次も上林山も、このとき弟の正三と滝井カツ子の二人が、そっと目だけで頷き合ったのには気づかなかったのである。

H湖の競艇場は、東海道線、東海道新幹線に仕切られるような恰好で、湖に面してつくられていた。東京から来ると右手にあたる位置に、それはあった。

東海道線に直角に北へ伸びたスタンド。その奥がレース用のピットで、ピットは一番から六番まである。

このピットと向かい合わせに突堤が平行して築かれており、その中央に百四十二米の間隔で赤旗が立っている。

才次は競艇をみるのは、生まれて始めてであった。

競艇は競輪や競馬と違って、走りながらスタートをする、所謂フライング・スタート方式をとっている。つまり三分前にエンジンをかけ、各艇はピットを離れて、待機水面で行動しつつ、時の刻むのを待つのだった。

一分前になるとスタンドの正面の大時計が回転しはじめ、二十秒前になると、二十秒針が一分針の三倍の速さで回転し、0のときにスタートするわけだ。

だから、スタート・ラインに別に並んでいる必要はないのであった。エンジンをかけ、待機水面を走り廻っておればよいのである。つまり正発走時を狙って、飛び出す一瞬に、競艇の醍醐味があるわけだった。

霧原才次は、上林山と共に、毎日のように競艇場へ通った。そうして、弟の正三のいう八百長ができるか、否かを検討したのであった。

その結果、もし可能性があるとしたら、それはレース前の七分間のデモンストレーション——顔見せと試走をかねた展示が済み、それぞれの定められたピットにボートをおさめた時だとわかった。

競艇は六隻の艇によって競われる。

1ワクは白、2ワクは黒、3ワクは赤、4ワクは青、5ワクは緑、6ワクは黄の六艇立てである。

スタートからゴールまでの距離は、ふつう千八百米。一周が六百米だから、三周してゴールインすることになる。

レースを行う艇は、各競艇場（因みに日本には二十四カ所の競艇場がある）によって、まちまちであるが、ハイドロ艇、軽ランナー艇、重ランナー艇の三種類にわけられる。

H湖では、ハイドロ艇だけが、用いられていた。

デモンストレーションが終り、各艇は定められたピットに艇を入れ、エンジンを点検してから選手控え室に引き揚げる。

観客は、そのデモンストレーションをみて、各艇のエンジンの調子、選手の技倆などを判断し、スタンド裏にある舟券売場へ殺到するのだった。

二十三分経つと、観客はスタンドに戻り、選手たちも各ピットへ入る。いよいよ本番のレースが開始されるわけだった。

上林山が言った。

「霧さん。レースとレースの間には、小船だと自由に待機水面を行き来できる。その間に飛び込んで、四隻やっつけられるかな?」

才次は答えた。

「四隻はむりかも知れない。しかし、練習してみよう」

才次は言葉をつづけた。

「ただ問題は、アクアラングをつけた格好では、監視人が多いから、目立つし怪しまれるということだなあ。それに潜ると、ブクブクと泡が出る。この二つの問題を解決しなければならない……」

と——。

8

弟の正三は、二人の作戦計画の難航ぶりを知ると、即座に、

「兄さん。そんなのは訳ないよ。兄さんはアクアラングをつけて、焼玉エンジンの小船の底に吸いついているんだ。各艇がピットに入ったら、ピットにわれわれの船が近づく。これだと、兄さんの姿は見えないし、監視人も安心してるだろう。それにスクリューの泡で兄さんの泡は目立たない」

と言った。

才次は感心した。弟は天才だと思った。なるほど、小船で接近すればよいのである。

船には正三とカツ子が乗り、アベックで船遊びを装っているようにする。舵とりは正三。カツ子は船底に潜っている彼に、合図の綱を引く係だった。その綱は、才次の胴に巻かれているのである。

一方、上林山は舟券を買う係だった。

八月十三日の第七レースの出場選手が、何枠に入るかは当日でないとわからない。それを見た上で、舞出たちが八百長を命じている本命、対抗の選手の船と、優勝する予定の二隻の船のスクリューだけを、操作すればいいのであった。

これなら二十三分のあいだに、悠々と仕事ができる。

問題は、スクリューを折り曲げることであったが、船具室へ行って調べてみると、真鍮製が多く、ペンチぐらいで簡単に折り曲げられることがわかった。

〈よし。これで多賀や舞出たちの、鼻をあかしてやれる。復讐の第一歩だ……〉

彼は微笑したのであった。

――いよいよ、八月十三日が来た。

狙う七レースには、六人の選手が出場する。王座をかけた一戦とあって、観客の人気も集中している。

1ワクが徳下、2ワクが岡本、3ワクが小木谷、4ワクが尾高、5ワクが上野、6ワクが井上という枠順である。

一般の人気は尾高―徳下である。つまり4―1だった。そして舞出たちの狙うのは岡本―井上、つまり、2―6、6―2であろう。

上林山は、人気のうすい、3―5、5―3の舟券を、ごっそり買い占める予定である。

アクアラングをつけ、ぴったり借りた漁船の船底にへばりついた霧原才次は、弟正三の運転する船のままに体を委ねている。

もう試走がおわり、各艇はピットに引き揚げる時分であった。

急に、船のエンジンがとまった。

〈変だな……〉

と彼は、船底に耳を押しあてる。エンジンの故障らしく、二人がなにやら慌てふためいている声がした。二分三分……。

苛立っていると、間もなく漁船は動きだして、合図の綱がひかれる。

才次はロープをほどき、右手にあるピットめがけて泳いで行った。

ピットの水深は、たった一・五米である。

水底にへばりつくようにして、彼は進み、用意のペンチをとりだして、先ず右端の6枠の艇から、つぎつぎにと、スクリューの先端を折り曲げて行った。

仕事は、十分間もかからなかった。

彼は仕事が終ると、スタンドの大時計の下の深みに待機し、レースが始まってから、潜り泳ぎをつづける手筈であった。

だが、不図、気が変った。

なんだか犯行のあと、近くに潜伏していると、発見されそうな感じがしたのだ。彼は、予定を変更して、湖底に腹をこすりつけるようにして泳ぎながら、いま来た方向へと戻りはじめた。

そのうち頭上で、焼玉エンジンの音が響いた。

〈正三たちだ！〉

彼は、上昇して船底にしがみつき、二人をおどかそうと、舳先の方に体をずらせて行ったのだった。

波を蹴立てている船首に、まさか才次が首を出しているとも知らず、船の上のカツ子と正三の親しそうな会話が耳に入る。

才次は愕然となった。

「ねえ、あんた……」

というカツ子の声音が、先ず飛び込んで来たからである。

「なんだい？」

と、正三の声。

「あたしゃ、もう、こんな暮しが嫌になったよ。あの人は、あんたの罪を背負って、二年四カ月も監獄へ行くようなお人好しだから、私たちのこと気づかないらしいけれど……あたしゃ、あんたと暮したいよ」

「……そう言うな。辛抱しろよ……俺だってつらいんだ」

「だけど……」

――会話は、それで跡切れた。彼が驚駭のあまり、舳先にとりついていた手を離したからである。

才次は泳ぐのを忘れた人間のように、湖底に沈んだ。彼の一生のうちでこれほど驚いたことはないであろう。いや、他のどんな人間だってこれだけのショックを味わう人間はあるまいと思われる。

〈そうだったのか……〉

霧原才次は、湖の底の土を叩いて、男泣きに泣いた。

マスクの中が涙で曇った。

〈俺は迂闊だった……〉

才次は呻いた。

小使の衛藤孫吉は、犯人が、たしか〈キリハラ〉と言ったと証言した。

そしてあの犯行のあった前日の土曜日、弟の正三は東京から、友人と二人で帰って来て、実家に泊っていたではないか。

二人は日曜日の夕方、東京に戻ると言って実家を出て行った。むろん、この二人にはアリバイがあると思って才次は、はじめから疑ってもみなかったのである。

しかも、血肉をわけた実の弟であった。

だが――船の上の二人の会話で、才次は凡てを悟った。

カツ子と正三は、事件の前にすでに出来ていたのだった。つまり肉体関係があったのである。才次は、それに気づかなかった。

また、考えてみると、才次は宿直に出るとき弟に、

「今夜は大金があるから」と言ったような記憶がある。

また才次は、物覚えがわるいので、すべての数字をメモしておく癖があった。金庫のダイヤルも、手帳に控えてある。

弟の正三は、いつでも兄の手帳を見れば、良かったのである。カツ子と関係のある正三は多分、彼女から日曜の夜半、兄の才次が来て泊って行くことを聞いていたのであろう。

〈畜生！　そうだったのか〉

彼は歯軋りした。

すると、カツ子の霧原荘アパートは、彼に罪をきせて盗んだ六百七十万円の金で、川崎に建てたのだということになる。

〈なんということだ！〉

才次は、湖底に仰臥したまま、考え込んでいたが、矢庭に飛び起きると正三たちの漁船めがけて泳ぎだした。

船底には、どういう目的か知らぬが、一寸ぐらいのヘソみたいな穴があって、木の栓が打ち込んである。

才次は船に追いつくと、船首から垂らしてあるロープを、スクリューに巻きつけた。船は急停止する。

弟の正三も、カツ子も水泳はできない。

彼は船底の栓を、そっと抜いた。

二人は船尾に集って、ガヤガヤやっているらしい。湖の水は、みるみる船に浸入していった。

女の金切り声が聞えたような気がした。

才次は、船の片側にぶら下がり、思い切り揺すぶった。

反動で二人が飛び込んだのをみて、才次は二人の足を摑み、ぐいぐいと湖の底へと引きずり込んだ。

「あぁッ……」

水の中で、驚駭する二人の姿が、水中マスクを通してぼんやり目に映った。

しかし、才次は二人の足首を、がっしり摑んで放さなかった。どこまでも、どこまでも沈んで行った。

「そうか。貴様らが、グルだったのか」

「実の兄や、恋人をよくも売りやがったな。水の中は冷たいが、刑務所の中よりは、暖かいぜ……」

才次は、そう口走りながら、湖の底で仁王立ちになる。やがて二人の男女は動かなくなった。そして水藻のように、すーっと湖底にゆらぎながら舞い降りて来た……。

——翌日の夕刊は、H湖で男女の心中死体がみつかったと報じた。船底の栓を抜いているところから、覚悟の自殺だろうと、報じてあった。

編者解説

日下三蔵

梶山季之は昭和を代表する流行作家の一人だが、作品傾向があまりに多彩過ぎて、今となっては、なかなか全貌を把握しにくい存在なのではないだろうか。

再編集本や文庫化を含まない梶山季之のオリジナル著書は約百九十冊。多いことは多いが、例えば笹沢左保の三百八十冊や西村京太郎の六百五十冊と比べると、少なく見えるかもしれない。しかし、作家としての活動期間を見ると、笹沢左保が四十二年、西村京太郎が六十二年であるのに対して、梶山季之はわずか十五年なのだ。その間、常に月イチ以上のペースで著書を出し続けていたと考えると、その執筆量の凄さが分かるだろう。

ミステリ、SF、ファンタジー、時代小説、恋愛小説、ユーモア小説、ホラー小説、ライトノベルとエンターテインメント小説のサブジャンルは数多くあるが、ほとんどの作家は自分の興味ある——得意なジャンルをいくつかに絞って、専門的にそれを書いていくものだ。そうして推理作家、SF作家などと認識され、結果として、それぞれのジャンルの読者に読まれやすくなるのである。

だが、梶山季之は特定のジャンルには、まったくこだわらず、あらゆる種類の作品を手がけている。社会派ミステリ、サスペンス、スパイ小説、企業小説、実話小説、ポルノ小説、ピカレスク・ロマン、古本小説、時代小説、捕物帳、少年小説、風俗小説、エッセイ、ノンフィクションと、ほとんど大衆娯楽小説のデパートのような作家なのだ。

そんな梶山季之だが、元々は純文学を書いていた文学青年であった。一九三〇（昭和五）年に朝鮮の京城に生まれた梶山は、終戦を迎えた四五年の年末に両親の故郷である広島に引き揚げてきた。

四八年に広島高等師範学校（現在の広島大学の前身の一つ）に入学するが、学業よりも仲間たちと同人誌を出すことに熱中していた。卒業後の五三年に上京。高校教師、喫茶店経営、業界紙の編集と職を転々としながら同人誌に小説を書き続け、第十五次「新思潮」にも参加している。

五六年、「新思潮」から推薦された時代短篇「合わぬ貝」が文芸誌「新潮」に掲載されて作家デビューを果たす。五八年からフリーライターとして活動し、「文藝春秋」「週刊新潮」などに記事を書いた。この年に創刊された集英社の「週刊明星」では雑誌の巻頭《トップ》を飾るスクープ記事を担当し、「トップ屋」と呼ばれた。ちなみにルポルタージュとライターを組み合わせた「ルポライター」も梶山の造語である。

五八年には「新潮」に不動産詐欺を扱った「地面師」を発表して注目された他、少年向けミステリやラジオドラマのシナリオを数多く手がけているが、一般向けの小説からはしばらく遠ざかることになる。五九年四月に創刊された「週刊文春」と嘱託契約を結び、仲間の取材記者と共にスクープ記事の執筆に注力したためである。

六〇年に初めての推理小説「朝は死んでいた」を「週刊文春」に発表。これは五人の作家が各五週ずつ、約半年にわたって中篇を連載するという企画で、梶山は三番手の登場であった。その他のメンバーと作品は、司馬遼太郎「豚と薔薇」、佐野洋「甘い罠」、水上勉「銀の川」、鮎川哲也「人それを情死と呼ぶ」である。また、「中国新聞」に頼山陽を主人公にした時代小説「雲耶山耶」を連載。この作品は七四年に『雲か山か—若き日の頼山陽』として初めて刊行された。

六一年、トップ屋を廃業し、結核療養のために入院。入院中に「スポーツニッポン」紙で小豆相場を題材にした経済サスペンス『赤いダイヤ』の連載を開始している。光文社の新書判叢書《カッパ・ノベルス》から書下し長篇の依頼を受け、自動車業界の産業スパイをテーマにした『黒の試走車』を執筆した。五九年に創刊された《カッパ・ノベルス》は松本清張ブームに乗ってベストセラーを連発しており、清張に次ぐスター作家を探していた。そこで白羽の矢が立ったのが、梶山季之だったのである。

六二年二月に刊行された『黒の試走車』は、たちまちベストセラーとなり、七月には大映で映画化されている。この作品では「企業スパイ」となっていたが、私企業間での諜報行為を意味する「産業スパイ」が広く一般に知られるようになったのは、『黒の試走車』によるものである。

《カッパ・ノベルス》版の表四（裏表紙）に書かれた著者紹介が面白いので、ご紹介しておこう。


三浦朱門・曽野綾子・有吉佐和子らを生んだ「新思潮」の同人である。昭和三十一年、「合わぬ貝」を発表、ついで「地面師」を書いて大いに認められた。もって生まれた多彩な才能から、翻訳・児童文学にも手を伸ばした。しかし、足で調べて書く特異な才能を買われて、三十三年「文芸春秋」のルポ・ライターとなり、そこでの活躍には目ざましいものがあった。「トップ屋」ということばも、彼から出たという説がある。大宅壮一氏門下の逸材だが、現在、評判の連続ラジオ・ドラマ「愛の渦潮」の執筆をはじめ、主として創作面で活躍している。

彼のジャーナリスティックで鋭敏な感覚と男性的な筆致《タッチ》は、小説においても高く評価される。その意味で、本書は彼の真骨頂を発揮したものといえよう。昭和二年に京城で生まれた。


最後の生年が三年ズレているが、若く見られるのを嫌ってサバを読んでいたのだろうか。

ともかく『黒の試走車』の大成功を受けて、梶山季之は一気にエンターテインメント小説界の寵児になっていく。

六二年には、十一月に文藝春秋新社の新書判叢書《ポケット文春》から『朝は死んでいた』（前述の中篇の長篇化）、十二月に集英社から『赤いダイヤ』上巻を刊行している。普通なら上・下巻の長篇は同時に発売するところだが、下巻の刊行は翌年四月。連載終了と前後して上巻だけでも先に出してしまおう、という出版社が考えるほど、著者の人気が過熱していたのである。

週刊誌、中間小説誌に十篇以上の短篇を発表した他、「紳士読本」に証券界を舞台にした『まだはもうなり』（掲載誌休刊のため結末を加筆し『囮』と改題／64年8月／カッパ・ノベルス）、「新週刊」に電機業界を舞台にした『影の凶器』（掲載誌休刊のため結末を加筆／64年8月／講談社）、「週刊朝日」に経済サスペンス『夜の配当』（63年2月／カッパ・ノベルス）、『赤いダイヤ』に続けて「スポーツニッポン」に『青いサファイア』、「女性明星」に建築業界を舞台にしたサスペンス・ロマン『女の斜塔』と、六本もの連載をスタートしている。

この年は、まだ産業スパイものが多かったが、次第に様々なタイプの作品を手がけるようになり、「大衆娯楽小説のデパート」になっていくのである。トップ屋時代に集めたけれど、記事にできなかった情報やテーマが無尽蔵にあり、それを小説の形で放出したのが梶山作品であった。

さらに『女の斜塔』の連載に当たっては、貸本屋でアンケート調査を行い、ターゲットとなる女性誌の読者が好むキャラクターやシチュエーションを分析したうえで書いたというから、今でいうマーケティング・リサーチの手法を取り入れて執筆に当たっていたことになる。「調べて書く」作家の面目躍如といえるだろう。

さまざまなジャンルを手がけた中には、もちろんミステリも含まれる訳で、正統派の社会派推理や産業スパイものだけでなく、ピカレスク・ロマン、官能サスペンス、捕物帳なども、当然、広義のミステリに入るのだから、全著作の三分の一以上がミステリに該当する作品といっていい。

ただし、専門作家ではないので、奇抜なトリック、独創的なアリバイ崩し、意外な犯人といった要素をもった作品は少ない。色と金、生々しい欲望が渦巻く現代社会で、犯罪に手を染めてしまった人たちのドラマを、リアルに、サスペンスフルに描き出すところに、梶山ミステリの特長がある。一九六〇年代から七〇年代にかけて、高度経済成長期の時事風俗は、現代から見ると隔世の感があるが、そこに生きていた人間たちの心理や、彼らが追いつめられた際に取る行動などは、何年経っても変わることはないのだ。

なお、著者のミステリ傑作集としては、光文社文庫の《昭和ミステリールネサンス》シリーズで山前譲氏が編んだ『地面師』が二〇一八年十二月に刊行されている。「地面師」「瀬戸のうず潮」「遺書のある風景」「怪文書」「冷酷な報酬」「黒の燃焼室」の六篇を収めたもので、もちろん、本書のセレクトに当たっては、『地面師』との重複は避けているので、出来れば両方の作品集を手に取っていただきたいと思っている。

本書に収めた作品の初出は、以下の通り。

海の殺戮　「別冊小説新潮」67年10月号
有閑マダムと少年　「オール讀物」72年1月号
甘美な誘拐　「別冊小説現代」67年10月号
犯罪日誌　「小説新潮」69年6月号
腐爛死体の場合は　「小説新潮」69年11月号
名士劇殺人事件　「別冊小説新潮」70年1月号
四本目の鍵　「小説現代」64年9月号
失脚のカルテ　「オール讀物」66年9月号
湖底の賭　「別冊小説新潮」67年1月号

「海の殺戮」は《ポケット文春》『海の殺戮』（69年3月／文藝春秋）に初収録。中島河太郎の編によるアンソロジー『海洋推理ベスト集成　血ぬられた海域』（77年8月／徳間ノベルズ）および、その文庫版『日本ミステリーベスト集成4《海洋篇》』（85年8月／徳間文庫）にも収められている。

語り手が「トップ屋上がりの作家」なので、誰もが著者自身をイメージしながら作品を読み進めることになるだろうが、それが既に一つのトリックになっているのだ。このラストシーンは、ミステリ専門作家には、絶対に書けないはず。

「有閑マダムと少年」は桃源社『青の執行人』（72年5月）に初収録。日本推理作家協会編によるアンソロジー『ベストミステリー2　恩誼の紐』（74年9月／カッパ・ノベルズ）および、その文庫版『日本ベストミステリー選集5　残酷ロードショウ』（89年4月／光文社文庫）にも収められている。

カッパ・ノベルス版『恩誼の紐』収録時には、ラストに「昭和46年現在の道路交通法による　編集部」との注が添えられていた。

「甘美な誘拐」は講談社『夜の専務』（68年8月）に初収録。日本推理作家協会編によるアンソロジー『1968年版推理小説年鑑　推理小説代表作選集』（68年5月／講談社）および、その文庫版『ミステリー傑作選3　ちょっと殺人を』（74年6月／講談社文庫）、講談社の『現代作家代表作シリーズ6　愛欲の罠』（69年10月）にも収められている。

作中で言及されている「吉展ちゃん事件」は六三年に発生した誘拐殺人事件である。本篇での幼女誘拐事件の意外な真相とは、果たして？

「犯罪日誌」「腐爛死体の場合は」「名士劇殺人事件」の三篇は新潮社『犯罪日誌』（70年4

月）に初収録。

「四本目の鍵」は講談社『梶山季之傑作シリーズ3　詰め腹』（65年9月）に初収録。ペイパーバックスタイルの選集《梶山季之傑作シリーズ》は、当初、全五巻でスタートしたが、好評のため全七巻に増巻されている。

同書の「著者あとがき」には、「「四本目の鍵」は、フェチシズムを扱ったものだが、終りのオチが効いているか、どうかよくわからない。私は、ふとしたキッカケで、男色というものが存在すると知り、以来、変態性欲というものに興味をもち、かなり文献を集めた。私の作品に、歪んだ形のセックス描写が多いのは、どうやらそのためらしい」とのコメントがある。

日本推理作家協会編によるアンソロジー『1965年版 推理小説ベスト24　1』（65年7月／東都書房）および、その再編集版『ミステリー傑作選1　犯罪ロードマップ』（74年3月／講談社文庫）にも収められている。

「失脚のカルテ」「湖底の賭け」の二篇は秋田書店の新書判叢書《サンデー・ノベルス》の短篇集『離婚請負業』（67年3月）に初収録。「失脚のカルテ」は日本推理作家協会編によるアンソロジー『現代ミステリー傑作選2　氷った果実』（69年2月／カッパ・ノベルズ）および、その文庫版『日本ミステリー傑作選2　犯罪オートクチュール』（81年5月／徳間文庫）、

「湖底の賭」は日本推理作家協会編によるアンソロジー『現代ミステリー傑作選3　湖底の賭』（69年3月／カッパ・ノベルズ）および、その文庫版『日本ミステリー傑作選3　殺人宣言都市』（81年6月／徳間文庫）にも、それぞれ収められている。「湖底の賭」は日本ペンクラブ・編、石川喬司・選のギャンブル小説アンソロジー『一攫千金の夢』（83年4月／集英社文庫）にも収録。

梶山作品は思い切ってエロティックな要素を取り入れているので、特に顕著かもしれないが、セクハラという概念すらなかった昭和の時代の大衆小説を読んでいると、女性の扱いについて違和感を覚えることは少なくない。しかし、著者が性差別主義者だったという訳ではなく、社会全体が少しずつ良い方向に変化した結果、昔の作品が内包している価値観が気になるようになってきたのだ。

フィクションは社会を映す鏡であるから、発表当時の人々の意識はこうだったのか、という点にも着目しながら、変わったところと変わらないところ、両方について考えるきっかけにしていただきたいと思う。そして、そのうえで、梶山季之一流のストーリーテリングを楽しんでもらえたなら、それ以上にうれしいことはない。

（右上）『海の殺戮』文藝春秋
（1969 年 3 月）
（右下）『青の執行人』桃源社
（1972 年 5 月）
（左下）『夜の専務』講談社
（1968 年 8 月）

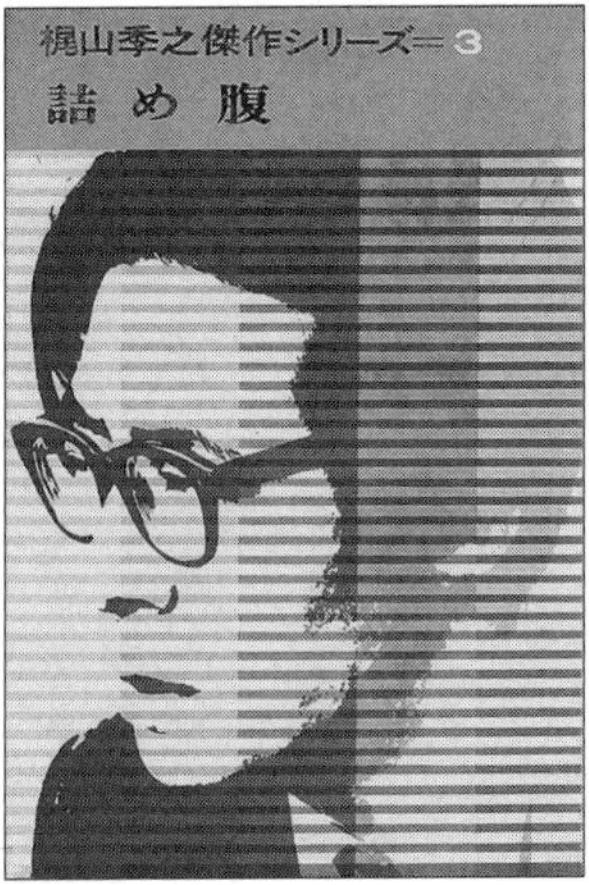

（左上）『犯罪日誌』新潮社
（1970年4月）
（右上）『梶山季之傑作シリーズ3
詰め腹』講談社
（1965年9月）
（左下）『離婚請負業』秋田書店
（1967年3月）

・本書はちくま文庫のオリジナルです。

・各作品の底本は以下の通りです。

海の殺戮　『梶山季之傑作集成16　疑惑の発生（政界篇）』桃源社　一九七三年三月
有閑マダムと少年『梶山季之傑作集成6　恋は曲者（おんな篇3）』桃源社　一九七三年四月
甘美な誘拐　『梶山季之傑作集成11　甘美な誘拐（推理篇2）』桃源社　一九七三年二月
犯罪日誌　『梶山季之傑作集成6　恋は曲者（おんな篇3）』桃源社　一九七三年四月
腐爛死体の場合は『梶山季之傑作集成11　甘美な誘拐（推理篇2）』桃源社　一九七三年二月
名士劇殺人事件　『梶山季之傑作集成11　甘美な誘拐（推理篇2）』桃源社　一九七三年二月
四本目の鍵　『梶山季之傑作集成10　罠に賭けろ（推理篇1）』桃源社　一九七二年十二月
失脚のカルテ　『梶山季之傑作集成8　悪の勇者（企業篇2）』桃源社　一九七二年十二月
湖底の賭　『梶山季之傑作集成12　奇妙な女傑（実話篇1）桃源社　一九七三年五月

・本書のなかには、今日の人権感覚に照らして差別的ととられかねない箇所がありますが、作者が差別の助長を意図したのではなく、故人であること、執筆当時の時代背景を考え、該当箇所の削除や書き換えは行わず、原文のままとしました。

ねにもつタイプ　岸本佐知子

何となく気になることにこだわる、ねにもつ。思索、奇想、妄想はばたく脳内ワールドをリズミカルな名短文でつづる。第23回講談社エッセイ賞受賞。

TOKYO STYLE　都築響一

小さい部屋が、わが宇宙。ごちゃごちゃと、しかし快適に暮らす、僕らの本当のトウキョウ・スタイルはこんなものだ！　話題の写真集文庫化！

自分の仕事をつくる　西村佳哲

仕事をすることは会社に勤めること、ではない。仕事を「自分の仕事」にできた人たちに学ぶ、働き方のデザインの仕方とは。（稲本喜則）

世界がわかる宗教社会学入門　橋爪大三郎

宗教なんてうさんくさい!?　でも宗教は文化や価値観の骨格であり、それゆえ紛争のタネにもなる。世界宗教のエッセンスがわかる充実の入門書。

ハーメルンの笛吹き男　阿部謹也

「笛吹き男」伝説の裏に隠された謎はなにか？　十三世紀ヨーロッパの小さな村で起きた事件を手がかりに中世における「差別」を解明。（石牟礼道子）

増補　日本語が亡びるとき　水村美苗

明治以来豊かな近代文学を生み出してきた日本語が、いま、大きな岐路に立っている。我々にとって言語とは何なのか。第８回小林秀雄賞受賞作に大幅増補。

子は親を救うために「心の病」になる　高橋和巳

子は親が好きだからこそ「心の病」になり、親を救おうとしている。精神科医である著者が説く、親子という「生きづらさ」の原点とその解決法。

クマにあったらどうするか　姉崎等　片山龍峯

「クマは師匠」と語り遺した狩人が、アイヌ民族の知恵と自身の経験から導き出した超実践クマ対処法。クマと人間の共存する形が見えてくる。（遠藤ケイ）

脳はなぜ「心」を作ったのか　前野隆司

「意識」とは何か。どこまでが「私」なのか。死んだら「心」はどうなるのか。――「意識」と「心」の謎に挑んだ話題の本の文庫化。（夢枕獏）

モチーフで読む美術史　宮下規久朗

絵画に描かれた代表的な「モチーフ」を手掛かりに美術を読み解く、画期的な名画鑑賞の入門書。カラー図版約１５０点を収録した文庫オリジナル。

三島由紀夫レター教室　三島由紀夫

五人の登場人物が巻き起こす様々な出来事を手紙で綴る。恋の告白・借金の申し込み・見舞状等、一風変ったユニークな文例集。（群ようこ）

コーヒーと恋愛　獅子文六

恋愛は甘くてほろ苦い。とある男女が巻き起こす恋模様をコミカルに描く昭和の傑作が、現代の「東京」によみがえる。（曽我部恵一）

七時間半　獅子文六

東京―大阪間が七時間半かかっていた昭和30年代、特急「ちどり」を舞台に乗務員とお客たちのドタバタ劇を描く隠れた名作が遂に甦る。（千野帽子）

青空娘　源氏鶏太

主人公の少女、有子が不遇な境遇から幾多の困難にぶつかりながらも健気にそれを乗り越え希望を手にする日本版シンデレラ・ストーリー。（山内マリコ）

御身　源氏鶏太

矢沢章子は突然の借金返済のため自らの体を売ることを決意する。しかし愛人契約の相手・長谷川との出会いが彼女の人生を動かしてゆく。（寺尾紗穂）

カレーライスの唄　阿川弘之

会社が倒産した！　どうしよう。美味しいカレーライスの店を始めよう。若い男女の恋と失業と起業の奮闘記。昭和娯楽小説の傑作。（平松洋子）

愛についてのデッサン　野呂邦暢　岡崎武志編

夭折の芥川賞作家が古書店を舞台に人間模様を描く「古本青春小説」。古書店の経営や流通など編者ならではの視点による解題を加え初文庫化。

おれたちと大砲　井上ひさし

家代々の尿筒掛、草履取、駕籠持、髪結、馬方、いまだ修業中の彼らは幕末の将軍様を救うべく、奮闘努力、東奔西走。爆笑、必笑の幕末青春グラフティ。

真鍋博のプラネタリウム　真鍋博　星新一

名コンビ真鍋博と星新一。二人の最初の作品『おーいでてこーい』他、星作品に描かれた挿絵と小説冒頭をまとめた幻の作品集。（真鍋真）

方丈記私記　堀田善衛

中世の酷薄な世相を覚めた眼で見続けた鴨長明。その人間像を自己の戦争体験に照らして語りつつ現代日本文化の深層をつく。巻末対談＝五木寛之

落穂拾い・犬の生活　小山清

明治の匂いの残る浅草に育ち、純粋無比の作品を遺して短い生涯を終えた小山清。いまなお新しい、清らかな祈りのような作品集。（三上延）

須永朝彦小説選　須永朝彦　山尾悠子編

美しき吸血鬼、チェンバロの綺羅綺羅しい響き、暗い水に潜む蛇……独自の美意識と博識で幻想文学ファンを魅了した小説作品から山尾悠子が25篇を選ぶ。

紙の罠　都筑道夫　日下三蔵編

都筑作品でも人気の〝近藤・土方シリーズ〟が遂に復活。贋札作りをめぐり巻き起こる奇想天外アクション小説。二転三転する物語の結末は予測不能。

幻の女　田中小実昌　日下三蔵編

近年、なかなか読むことが出来なかった〝幻〟のミステリ作品群が編者の詳細な解説とともに甦る。夜の街の片隅で起こる世にも奇妙な出来事たち。

第8監房　柴田錬三郎　日下三蔵編

剣豪小説の大家として知られる柴錬の現代ミステリ短篇の傑作が奇跡の文庫化。〈巧みなストーリーテリング〉と〈衝撃の結末〉で読ませる狂気の8篇。

飛田ホテル　黒岩重吾

刑期を終えたやくざ者に起きた妻の失踪を追う表題作など、大阪のどん底で交わる男女の情と性。直木賞作家の傑作ミステリ短篇集。（難波利三）

『新青年』名作コレクション　『新青年』研究会編

探偵小説の牙城として多くの作家を輩出した伝説の総合娯楽雑誌『新青年』。創刊から101年を迎え新たな視点で各時代の名作を集めたアンソロジー。

ゴシック文学入門　東雅夫編

江戸川乱歩、小泉八雲、平井呈一、日夏耿之介、澁澤龍彦、種村季弘――。「ゴシック文学」の世界へと誘う厳選評論・エッセイアンソロジーが誕生！

刀　東雅夫編

名刀、魔剣、妖刀、聖剣……古今の枠を飛び越えて「刀」にまつわる怪奇幻想の名作が集結。業物同士が唸りを上げる文豪×怪談アンソロジー、登場！

家が呼ぶ　朝宮運河編

ホラーファンにとって永遠のテーマの一つといえる「こわい家」。屋敷やマンション等をモチーフとした逃亡不可能な恐怖が襲う珠玉のアンソロジー！

品切れの際はご容赦ください

ちくま文庫

犯罪日誌《はんざいにっし》

二〇二四年四月十日　第一刷発行

著　者　梶山季之（かじやま・としゆき）
編　者　日下三蔵（くさか・さんぞう）
発行者　喜入冬子
発行所　株式会社　筑摩書房
東京都台東区蔵前二―五―三　〒一一一―八七五五
電話番号　〇三―五六八七―二六〇一（代表）
装幀者　安野光雅
印刷所　明和印刷株式会社
製本所　株式会社積信堂

ISBN978-4-480-43951-2　C0193